Henner Kotte **Ministermord unter der Augustusbrücke**

Henner Kotte

Ministermord unter der Augustusbrücke

Ein historischer Kriminalfall aus Dresden

Bild und Heimat

ISBN 978-3-95958-228-5

1. Auflage dieser Ausgabe

Umschlaggestaltung: capa
Umschlagabbildung: Chris Keller / bobsairport
Druck und Bindung: CPI Moravia Books s. r. o.
In Kooperation mit der SUPERillu

SUPERillu

www.superillu-shop.de

Inhalt

I. Die Kabinette treten zurück

Das deutsche Kaiserreich steht vor dem Abgrund und wird stürzen. Mit letzten verzweifelten Aktivitäten hofft es auf weitre Existenz. Vergebliche Versuche der Machterhaltung. »Das alte bekannte Spiel der Geschichte wiederholt sich regelrecht in Deutschland. Wenn der Boden der alten Klassenherrschaft zu wanken und zu beben beginnt, dann erscheint in zwölfter Stunde ein ›Reformministerium‹ auf der Bildfläche. Der historische Sinn und Zweck solcher ›Reformministerien‹ in letzter Stunde, bei heraufziehendem Vollgewitter, ist stets derselbe: die ›Erneuerung‹ des alten Klassenstaates ›auf friedlichem Wege‹, d.h. die Änderung von Äußerlichkeiten und Lappalien, um den Kern und das Wesen der alten Klassenherrschaft zu retten, um einer radikalen, wirklichen Erneuerung der Gesellschaft durch die Massenerhebung vorzubeugen. Das historische Schicksal dieser Ministerien der zwölften Stunde ist auch stets dasselbe: Sie sind durch ihre innere Halbheit und ihren inneren Widerspruch mit dem Fluche der Ohnmacht beladen. Das Volk empfindet sie instinktiv als einen Schachzug der alten Mächte, um sich am Ruder zu erhalten. Die alten Mächte mißtrauen ihnen als unzuverlässigen Dienern ihrer Interessen. Die treibenden Kräfte der Geschichte, die das Reformministerium erzwungen haben, eilen alsbald über dasselbe hinaus. Es rettet nichts und verhindert nichts. Es beschleunigt und entfesselt nur die Revolution, der es vorbeugen sollte.«

Der Spartakusbrief im Oktober 1918 war voller Häme, denn das völlige Unverständnis des Volkes mit seinen Regierenden, mit Staatsoberhaupt und Parlament war offensichtlich nicht zu leugnen. Das deutsche Volk konnte landesherrliche Entscheidungen nicht mehr begreifen, vielmehr schienen sie seinem Willen und Empfinden zuwider zu laufen. Nach vier elenden Kriegsjahren sehnte man sich nach Frieden, Brot, Arbeit und wollte seine Ruhe.

Angriffspunkt des kommunistischen Flugblatts war eine hektische Regierungsumbildung in jenen Oktobertagen in Berlin. Noch war der Weltkrieg nicht beendet, noch rieben sich die Fronten auf. Doch war es sichtbar im Feld, es war sichtbar im Land: Das deutsche Kaiserreich der Hohenzollern war am Ende: »Ziel der Reichsleitung war es, gegenüber dem feindlichen Ausland und gegenüber den Revolutionären in Deutschland zu zeigen, dass Deutschland sich auf einen Friedensschluss und auf eine Demokratisierung im Inneren vorbereite.« Schizophrenie der Weltgeschichte: »Die Macht, die bei seiner Entstehung Geburtshilfe hatte leisten müssen, die Politik von Blut und Eisen ward sein Totengräber.« Im Juli 1918 »brach die Angriffskraft, im August auch die Widerstandskraft der deutschen Westarmee zusammen. Der Versuch, sie durch die Verkürzung der Frontlinie wieder herzustellen, schlug fehl. Die Soldaten waren durch keine Beruhigungsapparate mehr über den wahren Stand der Dinge hinwegzutäuschen.«

Dass der Krieg verloren war, begriff auch der Erste Generalquartiermeister und Stellvertreter des Heeresleiters

Hindenburg Erich Ludendorff und drängte bereits »am 1. Oktober 1918 auf einen sofortigen Waffenstillstand. Die Diskussion über die Abdankung des Kaisers griff um sich, der Kaiser selbst zeigte sich schwerhörig. Die Regierung tastete mehr und mehr zu der Opposition herüber. Es wurden politische Gefangene entlassen, darunter die Abgeordneten Kurt Eisner und Wilhelm Dittmann.« Doch wurden staatlicherseits kriegsbeendende Verhandlungen nicht geführt. Vielmehr befahlen Offiziere ihre Soldaten in den Tod.

Angesichts selbstmörderischer und sinnloser Befehle wagten Kieler Matrosen den Aufstand. »Wie das über die Matrosen kam, am Anfang November, ist leicht gesagt. Sie hatten während des Krieges in Häfen rumgelungert. Und ein, zwei Wochen bis zum Ende des Krieges hätten sie noch gut und gern ausgehalten. Aber da brüteten die Offiziere etwas aus, was ihnen nicht gefiel. Sie sollten, achtzigtausend Mann, an einem bestimmten Tage den Hafen verlassen und in den sicheren Tod gehen, den sie wie alle menschlichen Wesen verabscheuten. Die Offiziere verrieten es ihnen darum auch nicht, aber die Matrosen fingen die Abschiedsbriefe der Offiziere an ihre Angehörigen ab, aus denen sie es ersahen. Die Seeoffiziere wollten dem Engländer, der draußen, viel stärker als sie lauerte, eine Schlacht liefern. Da es doch nun einmal gewiß war, in diesem November, daß man nirgends in der Welt, weder zu Wasser noch zu Lande, siegen konnte, so wollte man wenigstens mit Ruhm untergehen. Wer? Die Offiziere. Die Matrosen aber meinten, dazu gehören zwei. Denn auf den Schiffen, auf denen die Offiziere sterben wollten, saßen auch sie. Und sie waren für solche Sachen nicht zu haben. Und drauf brannte, als die Stunde der befohlenen Abfahrt kam, in den Kesseln der Schiffe kein Feuer. Auch die Heizer wollten nicht sterben. Schon Friedrich der Große hatte sich in der Schlacht bei Kunersdorf mit der eigentümlichen Abneigung von Menschen, auch von Soldaten, zu befassen, in einen gar zu deutlich markierten Tod zu gehen. Er hatte gebrüllt: ›Hunde, wollt ihr ewig leben?‹ Aber auch das animierte wenige. Die Feldherren erfahren oft: Ihre Leute sterben ungern, wenn man sie mit der Nase darauf stößt. Wenn sie freilich über den schwierigen Punkt, das Sterben, hinweg sind, dann liegen sie ruhig, aber davon hat der Feldherr nicht viel. In Kiel erhielten die Offiziere, als sie ihre Matrosen und Heizer anschrien, den runden Bescheid: ›Wir gehorchen nicht. Ihr habt den Krieg verloren. Es war nicht unser Krieg.‹ Mit Blut auf beiden Seiten wurde diese Antwort besiegelt und als endgültig festgestellt. Was in Kiel geschah, wiederholte sich in Wilhelmshaven, Altona, Bremen. Es waren die furchtbaren, letzten, allerletzten Tage für die deutsche Armee.«

Am 7. November »in der Nacht bat die deutsche Heeresleitung in einem Funktelegramm an den Befehlshaber der alliierten Truppen um einen sofortigen Waffenstillstand. Sie erhielt zur Antwort: Die deutschen Bevollmächtigten sollten sich bei einem französischen Vorposten auf der Straße Chimay-Fourmies-La-Capelle-Guise einfinden. Sie überschritten zehn Uhr abends die alliierten Linien bei Haudroy, wurden in Wagen nach Soissons geleitet und langten am Freitag früh im Forst von Compiègne an, im

Hauptquartier des Marschalls Foch. Er ließ sie um neun Uhr morgens vor, in seinen Salonwagen. Neben ihm standen ein französischer General und zwei Admirale, ein englischer und ein amerikanischer. Der deutsche Wortführer, ein Zivilist, glaubte angesichts der Schwere der Bedingungen Bemerkungen vorbringen zu müssen; der Oberkommandeur der Alliierten wies ihn mit den Worten ab, die Waffen würden nicht eher ruhen, bis dieser Vertrag unterzeichnet sei (er glaubte selbst nicht an seine Annahme). Sie erhielten eine Frist von zweiundsiebzig Stunden.«

Trotz der Friedensverhandlungen blieb unübersehbar: »Die Revolution regte sich im Reich, die Revolution in Deutschland. Der Kaiser, Könige, Groß- und Kleinherzöge, die Generale und Junker hatten die Revolution in Deutschland für so unmöglich gehalten, daß sie mit Seelenruhe den russischen Oberkonspirator Lenin und Gefolge von Zürich nach Rußland fahren ließen, um da zum Besten Deutschlands das Seine zu tun. Rußland war Rußland und Deutschland Deutschland. Und nun war plötzlich Deutschland nicht mehr Deutschland. Man wagte von Demokratie zu reden, von einer parlamentarischen Verfassung, den bekannten ›welschen Lügen‹. Aber gestern waren es ›welsche Lügen‹, vom Feind ins Land eingeschmuggelt, um die deutsche Wehrmacht zu zersetzen, und heute arbeiteten die eigenen Reichstagsausschüsse, von der Regierung getrieben, an einem neuen Verfassungsentwurf. Man wollte sich vor dem russischen Schicksal schützen. Warum keine welsche Verfassung, wenn man die Zügel in der Hand behielt? Aber gerade mit den Zügeln in der Hand hatte es sein Bewenden.«

Angesichts der politischen Lage waren die Sozialdemokraten mit Philipp Scheidemann und anderen bereits in jene Anfang Oktober etablierte Regierung unter Prinz Max von Baden eingetreten, in der Hoffnung, so das Land zu stabilisieren. Sie brachten notwendige Reformen auf den Weg, unter anderem amnestierte man politische Gefangene. Vor allem Philipp Scheidemann setzte persönlich, gegen den Widerstand von Kriegsministerium und Militärgerichtsbarkeit wie auch gegen die Bedenken des Reichskanzlers, die Freilassung des Spartakisten Karl Liebknecht durch. Liebknecht (1871 in Leipzig geborener Sohn des SPD-Mitbegründers Wilhelm Liebknecht) hatte als einziger Abgeordneter des Parlaments 1914 die von der Reichsregierung geforderten Kriegskredite nicht bewilligt. Er kämpfte weiter für die Beendigung des Krieges, dafür saß er seit 1916 im Gefängnis und hatte damit unter der Bevölkerung Hochachtung und legendären Ruf erlangt. Nun war er frei.

Karl Liebknecht, 1913

Am Mittwoch, den 23. Oktober 1918, »hat Karl Liebknecht, der Zuchthäusler, seinen Einzug in Berlin gehalten, umtost von den jubelnden Zurufen der Proletarier, über deren Köpfen die Schutzmannsäbel blinkten. Vormittags hatte es sich wie ein Lauffeuer in den industriellen Betrieben von Groß-Berlin verbreitet, daß der Amnestierte um fünf Uhr am Abend eintreffen werde, und schon lange vor der Ankunftszeit füllte sich der weite Platz vor dem Anhalter-Bahnhof mit vielen Tausenden von Männern und Frauen. Selbstverständlich waren auch die Hüter der von den Regierungssozialisten garantierten Ordnung in großer Zahl zur Stelle. An den Straßen postierten sich die Schutzleute zu Fuß. Radfahrer hielten sich in Bereitschaft. Berittene patrouillierten zwischen den Menschenmassen hin und her – das alte Bild. Aus den Augen der Arbeiter und Arbeiterinnen sprach freudige Genugtuung. Bürger und Offiziere, die hier und dort neugierig fragten, was hier vorginge, machen erstaunte und erschreckte Gesichter: So empfängt man in Berlin einen Landesverräter?«

Die Ankunft des Arbeiterführers wurde zur Manifestation. Die Staatsmacht beobachtete misstrauisch das Geschehen. »Die Menge bedeckt die den Bahnhof umgebenden Straßen. Über die Rasenplätze strömt sie hinweg. Jeder will den Mann sehen, dessen Name der Arbeiterschaft in diesen Jahren ein Banner war und der um des Friedens willen litt. Liebknecht zieht wie ein Triumphator ein. Aber er soll sich keine Illusionen machen. Er soll nicht glauben, daß sich wesentliches geändert habe. Deshalb hat sich hinter den jubelnden Massen an den Ausgängen des Platzes die Schutzmannschaft zusammengezogen, und kaum ist der Mann des Volkes auf der Straße angelangt, da fliegen die Säbel aus den Scheiden und funkeln in der abendlichen Beleuchtung. Alle Welt soll wissen, daß die Polizei der Scheidemann-Regierung dient, das, was die kapitalistische Welt unter Ordnung versteht, nicht minder energisch zu schützen entschlossen ist, als die, die ihre Plempen dem bürokratischen System früherer Machthaber ließ. Den Tausenden wird es schlagend vor Augen geführt: es hat sich nichts geändert. Und nun schallt der Schrei über den Platz, um deswillen Liebknecht ins Zuchthaus mußte: ›Nieder mit der Regierung!‹ Und er wird ergänzt durch ein ›Nieder mit Scheidemann!‹«

Unzweifelhaft: Regierungsumbildung und Oktoberreformen waren wichtige Schritte auf dem Weg zur Demokratie im Deutschen Reich. Doch die Friedensverhandlungen und die widerwillig gemachten Zugeständnisse reichten nicht aus, um das Vertrauen des Volkes in die Staatsführung und die überkommenen Machtstrukturen wiederherzustellen. Die eilige Gründung des »Reformministeriums« kam zu spät.

Unter Kenntnisnahme und Bezug auf die regierungsfeindliche Stimmung im Land forderte die SPD mehrfach vehement und eindringlich die Abdankung von Wilhelm II. »Wenn der Kaiser nicht abdankt, dann ist die soziale Revolution unvermeidlich.« Doch da der Monarch weiterhin keinen Anlass sah, Thron und Macht zu entsagen, und sich auch die Waffenstillstandsverhandlungen nur mühsam dahinschleppten, herrschte bald eine revolutionäre Situation in Deutschland: Das ist »die Unmöglichkeit für die herrschenden Klassen, ihre Herrschaft in unveränderter Form aufrechtzuerhalten«. Die von W. I. Lenin dafür definierten Merkmale trafen im Herbst 1918 auf

Deutschland zu: »Verschärfung der Not und des Elends der unterdrückten Klassen über das gewohnte Maß hinaus. Eine beträchtliche Steigerung der Aktivität der Massen, die durch die Verhältnisse der Krise zur selbständigen historischen Aktion herangezogen werden.« Im November erreichte die revolutionäre Wucht Berlin.

Am 9. November hatten die Morgenzeitungen vermeldet: »Die Lage ist noch nicht geklärt. Die Gefahr eines verzweifelten Putsches der militärischen Fronde besteht nach wie vor. Wilhelm II. ist im Großen Hauptquartier. Er will die Krone nicht niederlegen und sucht Schutz bei den hohen Militärs. In einer Proklamation an das Volk will er seinen festen Entschluß verkünden, unter allen Umständen an der Krone festzuhalten. Der wahnsinnige Gedanke, daß Deutschland den Krieg fortsetzen müsse, wird im Großen Hauptquartier immer noch aufrechterhalten.«

Nur Stunden später schrien Zeitungsjungen, kündeten Plakate an Hauswänden und Litfaßsäulen: »Der Kaiser hat abgedankt! Der Reichskanzler hat folgenden Erlaß herausgegeben: Seine Majestät der Kaiser und König haben sich entschlossen, dem Throne zu entsagen. Der Reichskanzler bleibt noch so lange im Amte, bis die mit der Abdankung Seiner Majestät, dem Thronverzichte Seiner Kaiserlichen und Königlichen Hoheit des Kronprinzen des Deutschen Reichs und von Preußen und der Einsetzung der Regentschaft verbundenen Fragen geregelt sind. Er beabsichtigt, dem Regenten die Ernennung des Abgeordneten Ebert zum Reichskanzler und die Vorlage eines Gesetzesentwurfes wegen der Ausschreibung allgemeiner Wahlen für eine verfassungsgebende deutsche Nationalversammlung vorzuschlagen, der es obliegen würde, die künftige Staatsform des deutschen Volks einschließlich der Volksteile, die ihren Eintritt in die Reichsgrenzen wünschen sollten, endgültig festzustellen.« Weder war der Kaiser offiziell zurückgetreten noch hatte der amtierende Reichskanzler Prinz Max von Baden das Recht, Friedrich Ebert zu dem ihm nachfolgenden »Volkskanzler« zu ernennen. »Herr Ebert, ich lege Ihnen das Deutsche Reich ans Herz!«, habe er gesagt, berichteten Zeugen. »Ich habe zwei Söhne für dieses Reich verloren«, habe darauf der designierte Kanzler gesagt und Amt wie Würde angenommen.

Mit der Wahl von Friedrich Ebert waren die Linken nicht einverstanden. Sie wollten mehr: Ihre »nächsten Kampfziele sind: Befreiung aller zivilen und militärischen Gefangenen. Wahl von Arbeiter- und Soldatenräten. Übernahme der Regierung durch die Beauftragten der Arbeiter- und Soldatenräte. Sofortige Verbindung mit dem internationalen Proletariat, besonders mit der russischen Arbeiterrepublik. Hoch die sozialistische Republik! Es lebe die Internationale!

Karl Liebknecht, Georg Lebedour, Adolf Hoffmann und ›Revolutionäre Obleute‹ hatten in Schöneberg in der Wohnung eines ›unabhängigen‹ Genossen übernachtet und standen früh auf am 9. November, um vom Fenster des Eckhauses zu beobachten, ob die Steglitzer Fabrikarbeiter kommen würden. Ob sie kommen würden. Und siehe da, da kamen sie. Da marschierten sie näher. Da sangen sie. Die rote Fahne flog ihnen voran. Nun die

Treppe hinunter. Es war zu Ende mit dem Verstecken. Dies ist ein Morgen – gibt es einen schöneren? Auf offener Straße Begrüßung, Jubel, Ansprachen. Karl und die anderen schließen sich dem Zug an. Es geht zum kaiserlichen, ehemals kaiserlichen Schloß.

In der Wilhelmstraße, in der Reichskanzlei saß der letzte kaiserliche Reichskanzler, Friedrich Ebert, ein sozialdemokratischer Routinier, ein schlauer Mann. Er zitterte noch mehr als die Generale vor der Revolution. Denn wenn sie siegte, würde sie auch mit ihm abrechnen, wegen seiner Durchhaltepolitik. Er war für die Monarchie. Man konnte es ihm glauben. Er saß erst einen Tag in der Reichskanzlei, da kam die Revolution. Da machte ihm sein eigener Freund, Philipp Scheidemann, Sozialdemokrat wie er, einen Strich durch die Rechnung – unabsichtlich, er glaubte sein Bestes zu tun: während Liebknecht mit seinen Arbeitern vor das Schloß zog und von einem Schloßfenster aus die Republik ausrief, stieg Scheidemann am Reichstag ans Fenster und rief sie von da aus aus: ›Arbeiter und Soldaten! Furchtbar waren die vier Kriegsjahre. Grauenhaft waren die Opfer, die das Volk an Gut und Blut hat bringen müssen. Der unglückselige Krieg ist zu Ende; das Morden ist vorbei. Die Folgen des Kriegs, Not und Elend, werden noch viele Jahre lang auf uns lasten. Die Feinde des werktätigen Volkes, die wirklichen inneren Feinde, die Deutschlands Zusammenbruch verschuldet haben, sind still und unsichtbar geworden. Diese Volksfeinde sind hoffentlich für immer erledigt. Arbeiter und Soldaten! Seid euch der geschichtlichen Bedeutung dieses Tages bewußt. Unerhörtes ist geschehen! Große und unübersehbare Arbeit steht uns bevor. Alles für das Volk, alles durch das Volk! Nichts darf geschehen, was der Arbeiterbewegung zur Unehre gereicht. Seid einig, treu und pflichtbewußt! Das Alte und Morsche, die Monarchie ist zusammengebrochen. Es lebe das Neue; es lebe die deutsche Republik!‹ Zweimal war diese Republik ausgerufen; es konnte ihr an nichts fehlen. Wütend schrie Ebert, der sich im selben Reichstag befand, als er hörte, was Scheidemann angerichtet hatte: ›Du hast mich meineidig gemacht.‹ Aber der Schaden war nicht mehr zu reparieren.«

Wer war dieser Mann Friedrich Ebert? »Er war, merkwürdiger Zufall, im gleichen Jahr, 1871, zur Welt gekommen wie Lenin und Rosa Luxemburg, er, ein Heidelberger Schneiderssohn. Von Haus aus Katholik, tauschte er den tiefen, mit Schwermut und Sehnsucht getränkten Glauben seiner Eltern gegen den seichten Optimismus eines Sozialisten ein, der auf Organisation und Fortschritt schwört. Er war nicht auf Großes aus, ihm lag die Vision von Karl Marx, Weltrevolution und Diktatur, nicht, er wollte nur die Lebensumstände seiner Leute verbessern und tat dafür, was er konnte. Er ging in die Partei. Er war Sattler, Gastwirt, ein biederer Mann, ein kleiner Mann, bis jetzt ohne Ehrgeiz – keiner wird auf den Gedanken kommen, ihn mit Lenin oder Rosa zu vergleichen. Er hatte eine untersetzte rundliche Figur. Sein dicker Kopf wuchs nicht recht aus den Schultern heraus. Seine Augen, die hervorquollen und deren Blick nicht angenehm war, bedeckte er gern mit den schweren Lidern. Aus dem Kinn stieß ein kurzer schwarzer Knebelbart hervor. Das Wichtigste, Deutlichste aber an ihm waren die Beine, kurze stämmige Träger, solide Instrumente, denen ihr Besitzer sein Gewicht anvertrauen konnte. Und mit solchen Beinen stand er auf dem Boden der Tatsachen. Während einige sich den Hals ausrenkten, um hinter dem Leben her zu spähen, das sich jenseits der Dächer verlor, während andere den Rammbock nahmen, um sich Platz zu schaffen, war er einverstanden. Ihn interessierte die Routinearbeit an den Details. Man hatte von diesem Mann früher kaum etwas gehört. Er war erst 1912 Reichstagsabgeordneter geworden. Er hatte sich irgendwie das Vertrauen der Leute erworben. Er schrieb nicht; schreiben lag ihm nicht, es gab genug Schreiber in der Partei, Reden hielt er auch nicht, aber sie hielten alle Reden, und es erregte Aufsehen im Reichstag, als ein Abgeordneter mit geschlossenem Munde einzog. Sie meinten, er müsse etwas im Mund haben. Wie er aber den Mund öffnete, bei Fraktionssitzungen, hatte er nichts drin, bloß kleine richtige Bemerkungen. Es waren Bemerkungen, wie sie jeder machen konnte, aber nicht machte. Er selber war gewohnt, sie hinter seinem Ausschank zu verzapfen. So wurde er ein Mirakel in der Politik. Er konnte auch andere reden lassen und nichts dazu sagen. Sein Ruf war gemacht. Er leitete Kommissionssitzungen, man wählte ihn zu einem Parteivorsitzenden. Er sah unverändert wie ein würdiger Gastwirt aus, der Lärm in seinem Laden zu dämpfen verstand, und er blieb dabei, wie sein Freund Scheidemann bezeugte, ›ein Prachtmensch im Kreis fröhlicher Zecher‹.« Ein neuer »Volkskanzler« und dürftige Reformen, die zur Beruhigung der Massen führen sollten, was sie jedoch nicht wirklich taten.

Am nächsten Tag, den 10. November 1918 des Morgens um elf Uhr, waren die zweiundsiebzig Stunden des Aufschubs der Waffenstillstandverhandlungen in Compiègne abgelaufen. In Berlin sahen sich die Verantwortlichen oder die, die sich dafür hielten, gezwungen, im Namen Deutschlands weiterzuverhandeln. »Um acht Uhr abends langt ein Radiotelegramm des Großen Hauptquartiers am Verhandlungsort an: Man fordert neue Bedingungen, heiliger Gott, man hat schon den ganzen Tag vergeblich darum gekämpft, was soll geschehen. Endlich das erlösende Wort, um halb elf Uhr, ein Funkspruch an die deutsche Waffenstillstandskommission: ›Die deutsche Regierung nimmt die Waffenstillstandsbedingungen an, die ihr am 8. November gestellt sind. Reichskanzler Schluß.‹ Die Unterhändler müssen sich mit dem französischen Dolmetscheroffizier zusammenstellen, der fragt, wer Reichskanzler Schluß ist, man kenne ihn weder hier noch in Paris, und der Führer der Deutschen, ein mittelgroßer, behäbiger Herr mit semmelblondem Haar und einem goldenen Kneifer, ein Journalist und Abgeordneter namens Matthias Erzberger, muß sich den Schaden besehen und erklären, das heißt nichts als Reichskanzler, und Schluß heißt Schluß, Endpunkt, und mit diesem Reichskanzler würde es wohl, setzt er hinzu, auch Schluß sein, was den Dolmetscher weiter nichts angeht. Um fünf Uhr morgens zeichneten sie den Vertrag. Und als die Unterhändler mit dem unterschriebenen Dokument am nächsten Tag wieder die feindlichen Linien überschritten, sahen sie, daß drüben Revolution war, daß es keinen Kaiser und keine wirkliche Regierung mehr in Deutschland gab. Die Welt hatte sich in den schweren vier Tagen verändert. Auch das Telegramm, das sie zuletzt erhielten, war von keiner Regierung und keinem Reichskanzler verfaßt. Es war im allgemeinen Wirrwarr von den Obersten der Heeresleitung abgesandt. Denn es eilte ungeheuer.«

Ungeheuer schnell sah man den neuen »Volksreichskanzler« Ebert auf Postkarten und Zeitungsseiten lächeln. Aber angesichts der politischen Lage lehnte Friedrich Ebert den auf ihn so plötzlich gekommenen Titel »Volksreichskanzler« ab. Auf einmal saß er an den Schaltstellen der Macht. Er und seine Partei waren der festen Überzeugung, dass sie weder mit der alten Regierung noch mit dem Vorkriegsparlament erfolgreich regieren würden. Diese alten Kader schienen dem »Volkskanzler« und seinen Genossen für die weitere Verantwortung und den Aufbau des neuen Staates nicht legitimiert. Es musste eine neue Volksvertretung geben. Wahlen sollten ausgerufen werden und zwar sobald als möglich. Deutschland befand sich im Umbruch, auf den Straßen tobte der Kampf. Die Internationale tönte:

Wacht auf, Verdammte dieser Erde,
die stets man noch zum Hungern zwingt!
Das Recht wie Glut im Kraterherde
nun mit Macht zum Durchbruch drängt.
Reinen Tisch macht mit den Bedrängern!
Heer der Sklaven, wache auf!
Ein Nichts zu sein, tragt es nicht länger.
Alles zu werden, strömt zuhauf!

In Russland bauten die Bolschewiki unter Führung von Wladimir Iljitsch Lenin bereits seit einem Jahr am Sozialismus. Auch in Deutschland hatten viele Hoffnung auf eine friedliche und gerechte neue Gesellschaftsordnung.

Ohnehin waren bereits neben den Parlamenten neue Machtstrukturen entstanden. Vielerorten waren Arbeiter- und Soldatenräte gewählt und forderten Mitspracherechte. Nicht immer stellten sich ihre Vertreter ehrlichen Herzens zur Verfügung. Mancher witterte persönlichen Einfluss und Vorteil. »Der Vorsitzende des Soldatenrats war ein schlanker junger Mann mit klugem, feinem Gesicht. Er war der zukünftige Erbe des großen Kaufhauses an der Kaiserstraße. Wie kam die Kompanie nur dazu, ausgerechnet einen Großkapitalistensohn zu wählen? Er tat nicht einmal so, als ob er revolutionär wäre und ging am liebsten jeder Entscheidung aus dem Weg.« Andere sind mangels personeller Alternativen auf solche Posten geraten. Führungsqualitäten und Politikerfahrung hatte kaum einer dieser Volksvertreter, und etablierte Machtstrategen konnten die Entscheidungen von »diesen Leuten aus dem Volk« schwer nachvollziehen. Politik wurde unberechenbar.

Stimmung und Ereignisse ließen »Volkskanzler« Ebert ein Zusammengehen der beiden Arbeiterparteien in der von ihm zu bildenden Regierung opportun erscheinen. Es existierten zwei Parteien mit dem Kürzel SPD, denn die Sozialdemokratie hatte sich 1916 im Streit um die Gewährung weiterer Kriegskredite entzweit. Seitdem saßen sowohl die Mehrheits-SPD (MSPD) wie die Unabhängigen Sozialdemokraten (USPD) als voneinander unabhängige Fraktionen im Reichstag. Dazu noch hatte sich in der USPD eine innerparteiliche kommunistische Opposition gegründet und sich den Namen Spartakusgruppe gegeben. An deren Spitze standen die Volkstribune Rosa Luxemburg und Karl Liebknecht.

Eine Regierung angesichts der Vielzahl an Strömungen und Programmen war für Genossen Friedrich Ebert also schwer zu bilden, die parlamentarische Mehrheit ohne Kompromisse nicht zu erlangen. Der »Volkskanzler« wagte und besetzte sein Kabinett paritätisch mit Mitgliedern aus beiden SPD-Parteien. »Er verlangte aber, daß die USPD Wahlen zu einer Nationalversammlung als Ziel anerkennt und auf ihre Forderung verzichtet, die allenthalben sich bildenden Arbeiter- und Soldatenräte zum Träger der Macht zu machen. Der gemäßigte USPD-Flügel akzeptiert diese Bedingungen. Am 10. November kommt eine Koalitionsregierung, der Rat der Volksbeauftragten, zustande. Für die SPD gehören ihm Friedrich Ebert, Philipp Scheidemann und Otto Landsberg an, für die USPD Hugo Haase, Wilhelm Dittmann und Emil Barth. Vorsitzende mit gleichen Rechten sind Friedrich Ebert und Hugo Haase. Der erste Aufruf des Rates der Volksbeauftragten beginnt mit dem Satz: ›Der heutige Tag hat die Befreiung des Volkes vollendet.‹ Er enthält die Ankündigung von Wahlen zu einer verfassunggebenden Nationalversammlung und die Warnung vor revolutionären Auswüchsen: ›Menschenleben sind heilig. Das Eigentum ist vor willkürlichen Eingriffen zu schützen. Wer diese herrliche Bewegung durch gemeine Verbrechen entehrt, ist ein Feind des Volkes …‹

Der Rat der Volksbeauftragten hat eine Fülle von Problemen zu bewältigen: Aufgrund der Bestimmungen des Waffenstillstandsabkommens müssen innerhalb kurzer Zeit mehr als vier Millionen deutsche Soldaten aus den besetzten Gebieten in Frankreich und Belgien zurückgeführt werden; anderenfalls droht ihnen die Gefangennahme durch die siegreichen Alliierten. Dieser Wunsch nach geordneter Rückführung der Truppen und einer reibungslosen Demobilisierung des Millionenheeres sowie die keineswegs gebannte Gefahr eines Bürgerkrieges sind die wesentlichen Gründe dafür, daß Friedrich Ebert mit der kaiserlichen Obersten Heeresleitung zusammenarbeitet. Die von den Soldatenräten geforderte Reform des Militärs wird daher nur zögernd in Angriff genommen. Zugleich muß die Versorgung der Bevölkerung mit Lebensmitteln gesichert werden. Da die Blockade deutscher Häfen trotz des Waffenstillstandes weiter aufrechterhalten wird und die Verantwortlichen einen Kollaps der Versorgung befürchten, wollen sie auch mit der alten Beamtenschaft weiter zusammenarbeiten. Die Umstellung der Kriegs- auf die Friedenswirtschaft, die Ankurbelung der Produktion und die Wiedereingliederung von mehr als acht Millionen Soldaten sind weitere dringende Probleme. Um die ohnehin schon schwierige Lage nicht weiter zu verschärfen, werden Eingriffe in die bestehende wirtschaftliche Ordnung daher vorläufig abgelehnt. Ebert und die sozialdemokratische Führung betrachten zugleich das Zentralarbeitsgemeinschafts-Abkommen vom 15. November 1918, in dem u. a. die Gewerkschaften als Tarifpartner anerkannt werden, als ein Anzeichen für eine Entschärfung der traditionellen Gegensätze zwischen Arbeitgebern und Arbeitnehmern und als ein Mittel zur Beruhigung der Lage im Innern. Aus diesen Gründen verzichten sie auch darauf, mit der Verstaatlichung des Bergbaus wenigstens ein Signal zu setzen.

Angesichts der Schwere der Probleme sehen die mehrheitssozialdemokratischen Mitglieder des Rates der Volksbeauftragten nur wenig Spielraum für die von vielen eigenen Anhängern erwartete tiefgreifende Neuordnung von Staat, Gesellschaft und Wirtschaft. Darüber hinaus ist Friedrich Ebert davon überzeugt, daß nur eine vom Volk gewählte Nationalversammlung berechtigt ist, grundlegende Reformen einzuleiten.« Man sah sich als »Übergangsregierung«. Als Wahltermin bestimmte man den 19. Januar 1919.

Trotz der Versuche, das Land zu befrieden, kommt es stets und aller Orten zu Kundgebungen und anderen Protestaktionen. Der Hunger frisst an Nerven und Gesundheit. Mütter weinen. Kinder schreien. Aus dem Felde kommen die Soldaten und finden keine Heimat wieder. Wieder verweigern sie Befehle. Anarchie. »Daß an diesem Tag viel geschehen würde, fühlten sie alle. Was würde es werden, Krawall, Schießerei oder was? Und um daran teilzunehmen, war von Mittag ab alles, was Beine hatte, auf den Straßen. Die Ladenbesitzer waren in Verzweiflung, sollten sie schließen oder offenlassen, die Leute kauften zwar viel, andererseits sah es nach Plünderung aus, und man ließ keinen gern ein. Es wanderten durch die Menge viele, die man hier selten oder nie sah und die eigentlich in solcher Zahl hier nichts zu suchen hatten! Scharen von Bauern und Bäuerinnen. Sie flanierten nicht wie die Städter menschlich einzeln auf den Trottoiren und drängten in die Geschäfte, sondern hatten sich mit Gespannen, Ochsenwagen, Pferdewagen gerüstet, und einige schoben Handkarren, und diese Handkarren waren leer, ihre Besitzer ließen sie auf der Gasse stehen und setzten sich in Kneipen. Es war nicht klar, was sie in solcher Anzahl mit diesen Transportmitteln hier wollten – sie, die sich selten in der Stadt zeigten, denn ihre Waren holte man ihnen an Ort und Stelle ab, gierig, unter Schmeicheleien. Aber diese Herren und Herrinnen lauerten jetzt hier. Auf alle Nachbardörfer war das Gerücht von der Revolution gedrungen, und das hieß: in der Stadt geht es drunter und drüber, es gibt keine Obrigkeit mehr, man nimmt, was man kriegt, man schleppt, was man findet. Und darum waren sie erschienen, so viele schon morgens. Aber da erfolgte noch nichts, so tranken sie inzwischen. Es gab noch andere Menschen, vor denen man auswich, die auf dem Fahrdamm in kleinen Trupps zu dritt, viert oder fünft wanderten, arme abgerissene Männer, viele von großer, kräftiger Gestalt, die meisten mit wilden braunen und blonden Bärten. Sie trugen hohe Soldatenstiefel, manche bloß Pantoffeln und zerfallene Schuhe. Um den Leib hingen ihnen Soldatenröcke, schwarze lange Mäntel, manche zeigten eine Art von ehemaligem Pelz. Die meisten blickten blaß und hohläugig. Das waren halbverhungerte Russen aus dem Gefangenenlager, Reste der glorreichen Masurenschlacht. Sie blieben ein, zwei Tage draußen, als alle Wachen wegliefen. Dann mußten sie sich zerstreuen, sich retten, wie sie konnten, denn wer sollte sie ernähren?

In den Bündeln, die sie in den Händen trugen, befanden sich Eßgeräte, kleine Holzspielsachen in Gestalt von beweglichen Eidechsen, Schlangen, mühsam und künstlich geschnitzt und primitiv bemalt; die boten sie aus, um zu einem Stück Brot zu kommen. Es gab Trupps von ihnen, die hatten sich in den Besitz von Wägelchen gesetzt, da fuhren sie ihre Kranken und Betten. Es erschienen welche, die Bettsäcke aus den Lagern schleppten. Man sah diese Züge sich am Markt aufstauen. Damen der Stadtgesellschaft hatten für sie vor dem Café eine Art Rast eingerichtet. In Schwesterntracht und in ziviler Kleidung verteilte man Brot und gab Milchkaffee, einige ließen Geld in die Hände der Armen gleiten. Den Patrouillen vom Soldatenrat, die sich bewaffnet durch die Straßen bewegten, war in dem Gedränge nicht wohl. Denn sie fühlten, daß man sie nicht beachtete, ja es war nicht unwahrscheinlich, daß man einige von den jungen Leuten, die hier frech mit herumflanierten, es auf sie abgesehen hatten. Es gab Patrouillen, die sich darauf einigten, in die Kasernen zurückzugehen und zu erklären, ohne Verstärkung könnten sie den Kampf mit den Leuten nicht aufnehmen. Darauf berieten die anwesenden Mitglieder des Soldatenrats, ob man solche Verstärkungen ausschicken sollte oder nicht, sie könnten provozierend wirken, man wollte doch lieber mit der vorhandenen alten Polizei kooperieren. Da fuhren aber schon an der Kaserne vor, und wurden sogleich weiter ins Lazarett geleitet, die ersten verwundeten Soldaten. Sie waren nur leicht beschädigt, die Leute benutzten offenbar ihre kleinen Blessuren, um ihren unangenehmen Dienst loszuwerden. Entstanden waren diese Schlägereien unter sehr entmutigenden Umständen, nämlich in Debatten mit der sogenannten Bürgerwehr, über die sich die Soldaten bitter beklagten. Das waren junge Zivilisten, Ansässige natürlich, mit rotweißen Binden am Arm und einem Stempel darauf, einige hatten Gewehre, die widersetzten sich Anordnungen und schlugen. Sie sagten, sie seien vom Bürgermeister mit der Straßenaufsicht betraut. Als ob die Parole ausgegeben sei, verzog sich gegen drei Uhr der Tumult aus dem Stadtinneren nach der Peripherie. Alle Gassen und Gäßchen stopften sich voll mit Menschen und Fahrzeugen, und alle drängten dahin, wo es doch am kahlsten und unheimlichsten aussah, in die Kasernengegend, in die breite lange Kasernenstraße. Wozu? Wollten die Leute, die keine Waffen hatten, die Kaserne stürmen und die Truppen angreifen?

Sogar in der Kaserne wußte man nicht gleich genau, was vorging. Man fürchtete sich aber nicht, denn man war gereizt, und Waffen hatte man genug. Die Leute unten, Städter und Städterinnen, die Masse der Bauern und Bäuerinnen mit ihren Karren und Ochsengespannen, sahen freilich nicht nach Sturm auf die Bastille aus. Sie waren angezogen von dem Gerücht, daß eine große Plünderung in den Kasernen stattfinden würde. Die verheißene Plünderung, die sie alle in die Stadt gelockt hatte, würde – so wußte man seit einer Stunde mit aller Gewißheit – jetzt erfolgen.

Im Norden der Kasernenstraße schoben sich um diese Zeit noch Möbelwagen auf Möbelwagen. Sie standen auch vor Villen, und man schleppte Möbel auf die Straße. Entsetzt sahen die abreisenden Beamten, wie sich eine raublustige Menge herschob und ihre Wagen umringte. Es gab Geschrei und Drohungen. Aber an keiner Stelle erfolgte mehr, man respektierte ihr Privateigentum. Es gab in jeder Gruppe ein paar ruhige Männer oder Frauen, welche Heißsporne zurückhielten. ›Laß sie noch erzählen, bei uns gibt es Diebe.‹ Und so sahen die Umzugsleute, daß die Menge nur lärmend um die Wagen schwemmte, ohne daß ein Stück weggerissen wurde. Vor der Kaserne aber, dem langgestreckten riesigen Häuserblock, dessen Tore fest geschlossen waren, wimmelten die Städter und Städterinnen und die Männer mit den flachen Hüten und den schwarzen kurzen Westen, die jungen Bäuerinnen mit den prallen Waden und gesunden Gesichtern, die runzligen Mütter. Und gegen drei öffnete sich im Mittelteil des zweiten Stocks der Kaserne ein Fenster, angelweit, Soldaten ohne Mütze standen da, lachten und riefen herunter, und wie ein Bienenschwarm sich auf einen Blumengeruch zubewegt, stürzten sich Scharen über den Damm. Die Soldaten waren verschwunden, sie wurden aber wieder sichtbar und warfen Arme voll Sachen heraus. Erst waren es Stiefel, die unten auf dem Trottoir mit den Nägeln nur so hinprasselten, dann rauschte und klatschte Lederzeug herab, Feldbinden, Gurtel, Riemen, Patronentaschen, Verbandtaschen für Sanitäter.«

Auch in Sachsen brodelte es politisch, lief die Stimmung heiß. Bereits am 25. Oktober 1918 hatte der Kommunist und sächsische Abgeordnete Otto Rühle im Berliner Reichstag im Namen »derjenigen sozialdemokratischen Arbeiter und Soldaten, die sich weder der Partei der abhängigen Regierungssozialisten noch der Partei der Unabhängigen Sozialdemokraten angeschlossen haben, deren Menge aber ungezählte Tausende umfaßt, die Anspruch darauf erheben, von dieser Stelle aus und in dieser politisch und historisch wichtigen Situation gehört zu werden«, die Errichtung einer sozialistischen Republik gefordert. »Für die arbeitende Klasse gibt es keinen Verständigungsfrieden auf der Grundlage des Kapitalismus. Sie fordert einen Machtfrieden in dem Sinne, daß ihr Todfeind, diese Bourgeoisie, überwältigt, die bürgerlich-kapitalistische Regierung gestürzt, der Militarismus zertrümmert wird und das revolutionäre Proletariat der bürgerlichen Gesellschaft nach ihrer Niederwerfung und Überwindung den sozialistischen Frieden diktiert. Wir lehnen weiter die sogenannte Demokratie und den Parlamentarismus ab, womit die bürgerlich-kapitalistische Regierung das deutsche Volk just in demselben Augenblicke beglückt hat, in dem der Militarismus, bisher das stärkste Bollwerk der reaktionären Klassenherrschaft, unleugbar und unaufhaltsam zusammengebrochen ist und die Oberste Heeresleitung selbst zu der Überzeugung kommt, daß der Krieg rettungslos verloren ist.«

Im »roten« Sachsen hatte es schon mehrmals vor den Berliner Ereignissen Demonstrationen unzufriedener Bürger und Militärs gegeben. »Am 4. und 5. November protestierten einige hundert Soldaten, gemeinsam mit vielen Frauen und Jugendlichen, auf dem Altmarkt gegen schlechte Verpflegung und Unterbringung. Eine weitere Protestversammlung, zu welcher die USPD für den 6. November aufgerufen hatte, wurde von der Polizei aufgelöst. Ebenso wie die Demonstrationen am Abend des Folgetages. Nun waren die Protestteilnehmer nicht mehr bereit, sich der Staatsmacht zu beugen. Unter ihnen wurde die Aufforderung verbreitet, am Freitag, den 8. November, erneut an gleicher Stelle zusammenzukommen. Sie kamen, Soldaten und Kriegsversehrte, bewaffnet und derart zahlreich, dass die auf dem Altmarkt postierten Polizisten dem nichts mehr entgegenzusetzen hatten. Zwei unbekannte Redner riefen zur Revolution auf. Gegen acht Uhr abends erging vom Siegesdenkmal (der ›Germania‹ auf dem Altmarkt) her die Aufforderung an die zusammengeströmten Massen, sich in Bewegung zu setzen und sternförmig in alle Richtungen zu ziehen. Die Versammelten sollten überall zur Bildung von Arbeiter- und Soldatenräten aufrufen. Die umliegenden strategisch wichtigen Gebäude, das Rathaus, das Telegrafenamt, das Schloss, das Polizeipräsidium, die Bahnhöfe, die Ministerien und Kasernen, sollten unter Kontrolle gebracht und alle unterwegs getroffenen Polizisten wie Offiziere entwaffnet werden. Kurz darauf zogen die ersten Kolonnen vom Platz.«

Während die Aufständischen durch Dresden zogen, kam es auch in der Vorstellung im Zirkus Sarrasani am Königin-Carola-Platz zu Protesten: »Während der heutigen Vorstellung, die außerordentlich stark von Soldaten besucht war, erhob sich in der 10. Abendstunde plötzlich von den oberen Rängen der Ruf: ›Alles Militär raus! Soldaten raus!‹ Diese Rufe, die den großen Raum heftig durchschallten, riefen begreiflicherweise große Unruhe und Erregung hervor. Die Besucher erhoben sich, alles drängte fragend nach unten und außen. Vor dem Hauptausgang des Zirkus hatten Soldaten Aufstellung genommen, die ihre Kameraden aufforderten, den Zirkus zu verlassen, die Zivilisten jedoch zurückschickten. Nachdem ein großer Teil der Besucher wieder in die Zirkusräume zurückgekehrt war – man sah, daß nur noch wenige Militärpersonen Platz behalten hatten –, suchte man durch ein Zwischenspiel in der Manege beruhigend zu wirken. Alsbald jedoch kehrte eine größere Anzahl Soldaten zurück. Einer von ihnen versuchte zu sprechen, drang aber nicht durch, worauf ein Zivilist die Bühne betrat und eine Ansprache an die Soldaten richtete. Er sagte: Jeder kenne das Ziel. In München, Hamburg, Berlin usw. habe man gesiegt. Wenn man geschlossen vorgehe, werde das Ziel auch in Dresden erreicht werden. Alle Gewalttätigkeiten hätten keinen Zweck. Morgen werde Liebknecht, Ledebour oder Haase erscheinen. Dann forderte er die Kameraden auf, der roten Fahne nach zum Hauptbahnhof zu ziehen, wo sich der Hauptverkehr abspiele, und die Urlauber, die wieder an die Front zurückkehren sollten, zu treffen wären. Jede Militärperson sollte zum Anschluß aufgefordert werden, selbstverständlich in anständiger Form. Auch auf das Telegraphenamt sollte man Hand legen, damit nicht etwa eine von anderen Garnisonen hergerufen werden könne. Während und nach dieser Ansprache ertönten Rufe: ›Nieder mit dem Kriege! Wir wollen Freiheit!‹ Nachdem die Soldaten ihre noch im Zuschauerraum sitzengebliebenen Kameraden aufgefordert hatten, mit ihrem Aufstand nicht länger zu zögern, verließen sie das Zirkusgebäude, worauf die Schauspieler ihre Vorstellung fortsetzten. In den Straßen hielten die Soldaten Straßenbahnwagen an, um etwa darauf befindliche Militärpersonen zum Absteigen zu bewegen. Aus Gruppen von Soldaten wurde die Absicht geäußert, die Kameraden aus den Militärgefängnissen zu befreien.«

Der Zirkus Sarrasani war der erste feste Zirkusbau in Europa und bot Platz für 3860 Zuschauer. Während der Luftangriffe auf Dresden im Februar 1945 wurde das Theater zerstört.

Auch an anderen Plätzen war Dresden in Aufruhr: »Zunächst rückte die Menge über die Augustusbrücke gen Neustädter Hauptwache (d. i. das Blockhaus und damalige Kriegsministerium), die ohne größere Schwierigkeiten eingenommen wurde. Die Aufständischen konnten gleichfalls das Polizeipräsidium (Schießgasse 7) besetzen. Die dortigen Beamten wurden entwaffnet und 183 Schusswaffen erbeutet. Ein anderer Teil der Demonstranten erzwang unterdessen die Übergabe der Grenadierkaserne (an der heutigen Stauffenbergallee) und eroberte wenig später auch die Schützenkaserne (am Alaunplatz) widerstandslos. Es folgte eine Befreiung von Arrestanten des Festungsgefängnisses Königsbrückerstraße, wobei diejenigen in Gewahrsam verblieben, die als Schwerverbrecher verurteilt waren. Nach der Befreiung der Militärgefangenen zwang der Demonstrationszug das Generalkommando in der Klosterstraße zur Kapitulation – die Wache war bereits zuvor von einer anderen Kolonne erobert worden – und zog hierauf ungehindert zum Dresdner Hauptbahnhof.« Redaktionen wie die der *Dresdner Volkszeitung* (Wettiner Platz 10) wurden besetzt, denn »sie berichten nicht die Wahrheit!«. Die gesamte Stadtverwaltung geriet in die Hände der Aufständischen. Chaos. Reden. Protest.

Bemerkenswert: Gewalt und Plünderungen wurden weitgehend durch die Besonnenheit der Demonstranten verhindert. Drei voneinander unabhängige Arbeiter- und Soldatenräte wurden in Dresden gewählt, denen führende Gewerkschafter, MSPD- und USPD-Mitglieder angehörten: Gustav Neuring, Vorsitzender des sächsischen Fabrikarbeiterverbandes, oder Georg Gradnauer, Chefredakteur der *Dresdner Volkszeitung*, oder Otto Rühle, erwähnter Spartakist und Reichstagsabgeordneter.

Am 10. November verlauteten diese neuentstandenen Volksvertretungen: »Bürger, Arbeiter, Soldaten! Die revolutionären Ereignisse haben sich überstürzt. Schlag auf Schlag ist die öffentliche Gewalt in die Hände des Proletariats gelangt. Von Grund auf wird die Gesellschaft umgewälzt. Die in Dresden gegründeten Arbeiter- und Soldatenräte haben sich zu gemeinsamer Aktion vereinigt. Sie werden gemeinsam die Arbeit der kommenden Tage leisten. Die gesamte öffentliche und militärische Gewalt ruht in der Hand des Vereinigten Revolutionären Arbeiter- und Soldatenrats. Bürger, Arbeiter und Soldaten! Vertraut dieser von euch selbst geschaffenen Institution, die euch verantwortlich ist. Befolgt die Maßnahmen, die von dieser Stelle im Interesse eines geordneten, ungehinderten Fortschreitens der revolutionären Bewegung getroffen werden. Euer Vertrauen, eure Solidarität, eure Unterstützung verbürgen den Sieg.« Am Vormittag des 11. Novembers »um elf Uhr wurde die Vereinigung der Arbeiter- und Soldatenräte bei einer Versammlung im Zirkus Sarrasani von Hermann Fleißner unter stürmischem Beifall der Anwesenden bekanntgegeben. Die Vertreter der sozialistischen Parteien verkündeten die ›soziale Republik Sachsen‹.« Drei Tage später hatte das neue Gremium seine Macht als Parallelregierung im Land gefestigt und verlautete:

1. Die oberste Gewalt liegt bei den Arbeiter- und Soldatenräten.
2. Die militärischen Formationen bleiben bestehen. Dem Generalkommando sind Beauftragte des Vereinigten Revolutionären Arbeiter- und Soldatenrates als Kontrollorgan beigegeben.
3. Die staatlichen und städtischen Behörden arbeiten wie bisher weiter. Die bisherigen Gemeindevertretungen bleiben bis auf weiteres bestehen.

4. Es besteht uneingeschränkte Versammlungsfreiheit. Versammlungen bedürfen keiner Anmeldung.
5. Die Pressefreiheit ist uneingeschränkt, soweit nicht zu gewaltsamer Erhebung gegen die Arbeiter- und Soldatenräte und deren Vollzugsorgane aufgefordert wird.
6. Alle Plünderungen und Gewaltsamkeiten gegen öffentliches, militärisches und privates Eigentum sind streng verboten und werden unnachsichtig geahndet.

»Derfen die denn das?«, soll der sächsische König Friedrich August III. angesichts der Revolution seine Berater gefragt haben. Die selbsternannten Machthaber hätten vor ihm gestanden und dem König seinen sofortigen Thronverzicht befohlen.

»Derfen die denn das?« – der Satz ist eine schöne Erzählung des Leipziger Kabarettisten Hans Reimann. Als er diese Anekdote Kurt Tucholsky vortrug, meinte der Berliner Humorist, dass der Gag noch besser werden könnte. So legte Reimann dem sächsischen Regenten noch die vielzitierten Worte in den Mund: »Macht eiren Dreck alleene!«

In Wahrheit erfolgte des Königs Abdankung auf dem Dienstweg. Am 13. November erreichte den Vereinigten Revolutionären Arbeiter- und Soldatenrat im Ständehaus das bestätigende Schreiben des sächsischen Innenministers Dr. Koch: »Auf die heute früh an Se. Excellenz den Herrn Finanzminister gerichtete Anfrage teile ich mit, daß Se. Majestät der König auf den Thron verzichtet hat. Gleichzeitig hat Se. Majestät alle Offiziere, Beamten, Geistlichen und Lehrer von dem ihm geleisteten

Treueeide entbunden und sie gebeten, im Interesse des Vaterlandes auch unter den veränderten Verhältnissen ihren Dienst weiter zu tun. – Die Nachricht besaß keinerlei Überraschung, sondern war nur die ganz formelle Bestätigung eines historischen Ereignisses. Tatsächlich war Friedrich August III. bereits seiner königlichen Würden entkleidet, da durch die erfolgreiche Revolution die sächsische Republik verkündet worden war. Wenn er jetzt aus der Not eine Tugend machte, so gab er schließlich einem Teil der bürgerlichen Presse – soweit sie sich nicht auf eine bloße Wiedergabe des obigen Schreibens beschränkt – Gelegenheit, ihm wegen seines formellen Verzichts als Trost auf den Weg den Ruhm ›eines besonders verständigen Monarchen‹ anzuhängen.«

Die Arbeiter- und Soldatenräte hatten zwar die staatliche Macht an sich gezogen, die überkommenen königlichen Ministerien jedoch kontrollierten weiterhin den Verwaltungsapparat. Die prekäre Lebensmittelversorgung versuchte man zu regeln. Über 500 000 Soldaten kehrten nach Sachsen heim und mussten untergebracht und beköstigt werden. Auch wenn die politischen Ansichten der momentan Regierenden in den Metropolen differierten, hatte sich die Lage im Sachsenland weitgehend beruhigt.

Nur die linksradikalen Kräfte um Otto Rühle versuchten, auch in Dresden die Maximalforderungen der Berliner Spartakisten durchzusetzen: »Entwaffnung der gesamten Polizei, sämtlicher Offiziere und Soldaten, die nicht auf dem Boden der neuen Ordnung stehen; Bewaffnung des Volkes; alle Soldaten und Proletarier, die bewaffnet sind, behalten ihre Waffen.« Die Kriegsschuldigen waren sofort zu verhaften und zu bestrafen. »Abschaffung aller Dynastien und Einzelstaaten; unsere Parole lautet: einheitliche sozialistische Republik Deutschland. Sofortige Rückberufung der russischen Botschaft nach Berlin. Nieder mit dem Kapitalismus und seinen Agenten! Es lebe die Revolution! Es lebe die Internationale!« Derartige Ansichten waren weder mehrheitsfähig noch durchsetzbar, sie brachten MSPD und USPD zu einheitlichem Handeln.

Am 14. November konstituierte sich in Dresden eine Revolutionsregierung als »Rat der Volksbeauftragten«. Man einigte sich nach dem Berliner Modell auf eine paritätische Besetzung von MSPD und USPD. Ihr gehörten an: Richard Lipinski – Inneres, Äußeres und Vorsitz, Friedrich Geyer – Finanzen, Hermann Fleißner – Krieg, von der MSPD Wilhelm Buck – Kultus, Albert Schwarz – Arbeitsamt und Georg Gradnauer – Justiz. Am 18. November veröffentlichte »die sächsische Regierung an das sächsische Volk!« ihr Programm und schließt mit der Mahnung: »Zu einer Überleitung aus dem Kriege zum Friedensstaat und zum neuen Aufbau des Wirtschaftslebens bedarf es des Aufgebots aller Kräfte. Vornehmlich haben die Organisationen der Arbeiterklasse ihr Äußerstes einzusetzen, um der Schwierigkeiten Herr zu werden. Nur so kann das Gespenst des Hungers gebannt werden und eine bessere Zukunft angebahnt werden. Schwer ist die Not der Zeit. Jeder tue seine Pflicht. Ist die gefahrvolle Übergangszeit überstanden, dann wird das deutsche Volk vermöge der unvergänglichen Kräfte, die in ihm leben, in demokratisch-sozialistischer Entwicklung sich zu neuer Blüte entfalten. Vorwärts! Aufwärts!«

Doch die Reaktion sammelte ihre Kräfte. Die Reichsregierung des »Volkskanzlers« kann sich ihres Handelns nicht sicher sein, weder nach links noch nach rechts. »Am 6. Dezember hatten eine Anzahl Leute einen rätselhaften Putsch in Berlin veranstaltet, bei dem ein Dutzend Menschen umkamen (in der Chausseestraße) und in dessen Verlauf einige vorzeitig Friedrich Ebert zum Reichspräsidenten ausriefen (in der Wilhelmstraße) und den zu revolutionären Vollzugsrat verhafteten (in der Prinz-Albrecht-Straße).«

Das war geschehen: Am Nachmittag des 6. Dezember »fand in Berlin eine Demonstration des Roten Soldatenbundes statt, bei der die Teilnehmer eine Anerkennung ihrer gewählten Vertreter in den nationalen Soldatenräten forderten. Am Stettiner Bahnhof (heute Nordbahnhof an der Ecke Chaussee- und Invalidenstraße) eröffneten vom Stadtkommandanten Otto Wels dorthin entsandte Gardefüsiliere plötzlich das Feuer auf den Demonstrationszug. 16 Menschen, darunter auch der Leiter des Roten Soldatenbundes, wurden getötet und 30 weitere verletzt. Anschließend starteten diese Militärs einen Putschversuch. Das Garderegiment ›Kaiser Franz‹ und Mitglieder der ›Studentenwehr‹ umstellten um 16 Uhr das preußische Abgeordnetenhaus und verhafteten die USPD-Mitglieder des dort tagenden Vollzugsrates. Jedoch wurden diese kurz darauf von der einschreitenden Volksmarinedivision wieder befreit. Daraufhin begab sich ein Teil des

Garderegiments zur Reichskanzlei, wo ein Marinefeldwebel namens Spiro Friedrich Ebert aufforderte, das Amt des Reichspräsidenten zu übernehmen.« Unglaublich: ein konservativ-monarchistischer Militärputsch, der als Ziel formulierte, den Führer der Sozialdemokraten zum obersten Mann im Land zu machen. Friedrich Ebert hatte sich in kurzer Zeit einen wirklich erstaunlichen Ruf erarbeitet.

»Doch er lehnte dieses Amt ab und erwiderte, man müsse noch ›Geduld bis zum Reichsrätekongress‹ haben, aber er würde sich auf jeden Fall um einen frühestmöglichen Termin für die Einberufung der Nationalversammlung bemühen. Durch eine derart offene Zugehörigkeitserklärung zur Konterrevolution hätte die SPD einen Großteil ihres Einflusses auf die revolutionären Arbeiter und Soldaten in Deutschland verloren. Schließlich besetzte das Regiment nach all den Misserfolgen noch über Nacht die Redaktion der *Roten Fahne* (das Presseorgan der Spartakisten: *Sie berichten nicht die Wahrheit!*). Am nächsten Tag veranstaltete der Spartakusbund eine große Protestdemonstration in der Siegesallee. Der Zug führte zur ehemaligen russischen Botschaft, wo man die Wiederaufnahme von politischen Beziehungen forderte und schließlich riefen Liebknecht und Pieck bei der Abschlusskundgebung zum Sturz der Regierung auf. Dem erneuten Demonstrationsaufruf der Spartakisten am 8. Dezember folgten Gegenveranstaltungen der Regierung. Nach der Besetzung der Stadtkommandantur zog die andere Seite mit einer erneuten Besetzung der *Roten Fahne* nach. Die Toten des 6. Dezember wurden am 21. Dezember auf Staatskosten auf dem ›Revolutionsfriedhof‹ im Friedrichshain neben den Märzgefallenen von 1848 und den drei am 9. November getöteten Arbeitern beigesetzt.«

In Dresden übte man den Ausgleich, und so tolerierte der Arbeiter- und Soldatenrat das Weiterwirken des Stadtparlaments. Dieses wurde in seinen Machtbefugnissen (anders als in Chemnitz oder Leipzig) nicht beschnitten. »Als beispielsweise die heimkehrenden Soldaten der 23. Infanteriedivision am 18. Dezember feierlich empfangen wurden, ließ sich ein kurioses Schauspiel beobachten. Der erste Bürger Dresden, Oberbürgermeister Bernhard Blüher (Mitglied der DVP, der nationalliberalen Partei), richtete im Namen der Stadt, des Stadtrates und der Bewohner sein Wort an die versammelten Truppen. Er betonte die Tapferkeit der Frontkämpfer, ihre Schuldlosigkeit an der Niederlage und ihre Pflichterfüllung, die über das Menschenmögliche hinausgegangen war, doch von nun ab sollten sie am Aufbau der Heimat mitarbeiten. Nötig dafür seien besonders gegenseitige Verständigung und die Aufrechterhaltung von Ruhe und Ordnung. Dann ließ Blüher ›unsere tapferen heimkehrenden Krieger‹ hochleben und übergab das Wort an Sergeant Goldberg, Mitglied des Arbeiter- und Soldatenrates von Groß-Dresden. Auch der begrüßte die Heimgekehrten, wenn auch nicht derart pathetisch, um sogleich die Frage nach der Schuld ihrer Niederlage aufzugreifen, sie von den Schultern der Soldaten zu nehmen und sie früheren Machthabern, die ›Deutschland ins Verderben gestürzt haben‹, aufzuerlegen. Doch das alte Regime sei hinweggefegt worden von den Organen der Revolution. Er warb bei der Truppe für Mithilfe beim Aufbau einer sozialistischen Ordnung, trotz Mangel an Nahrung, Rohstoffen, Arbeit und Wohnungen und schloss seine Ansprache mit einem Hoch auf die ›junge sozialistische Republik‹. Hierauf ergriff als dritter Redner der Volksbeauftragte Fräßdorf das Wort. Dieser lobte zunächst die jüngsten politischen Errungenschaften und erklärte, die ›jetzige Herrschaft der Arbeiter- und Soldatenräte‹ solle ›nicht länger als nötig anhalten‹, was mit lebhaftem Beifall quittiert wurde. Schließlich endete Fräßdorf mit dem Ausruf: ›Unser liebes Vaterland, die freie Republik Sachsen, lebe hoch! Hoch! Hoch!‹

In dieser Empfangszeremonie lässt sich nicht nur das breite politische Spektrum der Begrüßungsredner erkennen, sie ist auch ein Beispiel für die Machtverhältnisse in der Stadt. Die Revolutionsregierung als übergeordnetes Gremium versuchte stets, den Einfluss der örtlichen Arbeiter- und Soldatenräte zu beschneiden und die politische Lage in einem gemäßigten Rahmen zu halten. Der Dresdner Arbeiter- und Soldatenrat wiederum konnte seine Macht nur in einem zukünftigen Rätesystem behaupten, vermochte es jedoch nicht, die städtische Vertretung zu beseitigen. Die städtischen Gremien dagegen, die zunächst wie bislang in ihrer Arbeit weiter verfuhren, genossen die Unterstützung aller, die an der Eindämmung des Einflusses der Arbeiter- und Soldatenräte interessiert waren: Quasi als Gegengewicht fungierten sowohl die Konservativen als auch die Mehrheitssozialisten. Bis zur Neuwahl des Stadtverordnetenkollegiums am 9. Februar 1919 trat das nationalliberal dominierte Gremium störungsfrei und in unveränderter vorrevolutionärer Besetzung zusammen.«

In Sachsen hatten sich die sechs »Volkbeauftragten« von MSPD und USPD mit ihrer Funktion längst arrangiert, fungierten nun selbstbewusst als »das Gesamtministerium«. Doch standen in ganz Deutschland erneut Wahlen der Arbeiter- und Soldatenräte an. Zum Erschrecken der linken Kreise verlor die USPD erheblich an Einfluss. »Ein Niederbruch der Bolschewisterei« titelte die Presse. Die kommunistischen Plattformen wie Spartakus mit Liebknecht und Luxemburg wurden an den demokratischen Rand gedrängt. »Die USPD hatte also in nur wenigen Wochen nach der Revolution selbst in Sachsen, ihrer einstmals stärksten Bastion, im Zuge der Machtzunahme der Zentralen Instanz des Landesrates der Arbeiter- und Soldatenräte die Zügel aus der Hand gegeben und der MSPD überlassen müssen. Damit war der Sargnagel der sächsischen Revolutionsregierung gegossen.«

Und nicht nur in Sachsen gärte es weiter. Die bis auf wenige Ausnahmen friedlich verlaufene Novemberrevolution vergoss Weihnachten 1918 Blut. Am 23. Dezember befahl der Rat der Volksbeauftragten der Volksmarinedivision, die man anlässlich der Novemberereignisse herbefohlen hatte, »den Abzug aus Berlin und die Reduzierung ihrer Truppenstärke von 1500 auf 600 Mann. Als der Volksmarinedivision zudem Soldforderungen verweigert wurden, brachte sie die Reichskanzlei in ihre Gewalt und setzte die Regierung fest, zu deren Schutz sie ursprünglich in die Reichshauptstadt gekommen war. Die Oberste

Heeresleitung nahm die Meuterei zum Anlass, durch militärische Intervention mit den Revolutionären abzurechnen. Am Heiligen Abend tobten blutige Kämpfe zwischen regulären Truppen und den Matrosen um das Hauptquartier der Volksmarinedivision im Berliner Schloss sowie um den Marstall, wo der Berliner Stadtkommandant Otto Wels als Geisel festgehalten wurde. Die Kampfhandlungen endeten mit der Niederlage der im Häuserkampf unerfahrenen Frontsoldaten des Ersten Weltkrieges, die gegenüber 11 toten Matrosen 56 Opfer zu beklagen hatten. Den Volksbeauftragten blieb aufgrund der militärischen Situation keine andere Möglichkeit, als die Volksmarinedivision, die während der Kämpfe von einer erheblichen Anzahl bewaffneter Berliner Arbeiter unterstützt wurde, zunächst in voller Stärke zu erhalten und ihren Soldforderungen nachzukommen. Als Konsequenz aus der Niederlage der Fronttruppen ordnete der in den Rat der Volksbeauftragten eingetretene Gustav Noske die verstärkte Bildung von Freikorps an. Zukünftig sollten sie ›zum Schutz der Heimat‹ im Kampf gegen innenpolitische Gegner herangezogen werden.«

Bis heute gilt der Sozialdemokrat Gustav Noske als einer der umstrittensten Politiker seiner Partei und eine der zwiespältigsten Figuren der deutschen Zeitgeschichte überhaupt. »Er ging als ›Retter Deutschlands‹, ›Arbeiterverräter‹ und ›Bluthund‹ in die Geschichte ein. Beifall wurde und wird ihm meistens von rechts gespendet: Noske half die Revolution 1918/19 niederzuschlagen, die letztlich ihre eigenen Kinder fraß und die alten Eliten, monarchistische Generalität und wilhelminische Bürokratie, den Untergang des Kaiserreiches ungeschoren überstehen ließ. Kritik kam meistens von links: Noske trug zur Spaltung der deutschen Arbeiterbewegung bei, die bis zum Ende der Republik unüberbrückbar blieb und Hitler die Machtergreifung erleichterte. Von Anfang an hintertrieb der Sozialdemokrat den Aufbau republikanischer Volkswehren. Stattdessen ging er auf enge Tuchfühlung mit den Generalen der alten Armee, bis die, im März 1920, gegen die Reichsregierung putschten – und es ihm heimzahlten. Das ist die eine Lesart, die andere lautete und lautet: Noske habe sich um das Vaterland verdient gemacht. Er habe Deutschland vor Chaos, Bürgerkrieg und Diktatur des Proletariats im Innern und vor der lebensgefährlichen Bedrohung aus dem bolschewistischen Osten bewahrt (die tatsächlich nicht bestanden hatte).«

Der Rat der Volksbeauftragten 1919, von links: Philipp Scheidemann, Otto Landsberg, Friedrich Ebert, Gustav Noske, Rudolf Wissell

In Dresden hielt die USPD mit ihren drei Volksbeauftragten im paritätisch besetzten Gesamtministerium dem Druck der MSPD und der neugewählten Arbeiter- und Soldatenräte nicht länger stand. Deshalb konnte die amtierende Regierung Ende Dezember einen sehr schnellen Termin, den 2. Februar 1919, für die sächsische Volkskammerwahl festlegen. »Die Verordnung über die Wahlen zur Volkskammer der Republik Sachsen, das hierfür erforderliche Landeswahlgesetz ließ die Revolutionsregierung bis zum 27. Dezember erstellen. Mit dieser Verordnung war endgültig die Frage nach der zukünftigen Regierungsform zugunsten des parlamentarischen Systems entschieden.«

Die USPD verweigerte sich nunmehr konsequent der Mitarbeit an Staatsangelegenheiten und stärkte mit dieser Strategie die MSPD. Ihre drei Minister im paritätisch besetzten Landesrat traten am 16. Januar 1919 zurück. »Der Bruch der Koalitionsregierung war in der Hauptsache auf die Unvereinbarkeit der Anschauungen der einstigen Schwesterparteien und auf die überraschend deutliche Machtverteilung nach den Neuwahlen der Arbeiter- und Soldatenräte zurückzuführen. Fest steht, dass die MSPD die Chance, die Macht zu ergreifen, als sie sich bot, gnaden- und rücksichtslos beim Schopfe packte. Nur übersahen beide sozialdemokratischen Parteien, dass, während sie miteinander um die Herrschaft auf kommunaler wie auf Landes- und Reichsebene rangen, die Gegner der Revolution ungestört ihre Kräfte sammelten.«

Mitten »im Feuer der Novemberrevolution zogen die Linken in der deutschen Arbeiterbewegung die Schlußfolgerung, daß sie eine selbständige revolutionäre Partei brauchten und daß mit der Schaffung einer solchen Partei auch in Deutschland nicht länger gezögert werden dürfte. Am 30. Dezember 1918 versammelten sich 127 Delegierte aus 56 Orten, die vor allem den Spartakusbund, aber auch einige andere linke, revolutionäre Gruppen vertraten, im Festsaal des Preußischen Abgeordnetenhauses in Berlin. Karl Liebknecht begründete die Notwendigkeit, die formal noch bestehende Zugehörigkeit des Spartakusbundes zur USPD zu lösen und auch organisatorisch mit den Zentristen völlig zu brechen. ›Wenn wir heute auseinandergehen‹, rief er aus, ›muß eine neue Partei gegründet sein, eine Partei, die im Gegensatz zu den scheinsozialistischen Parteien steht.‹« Und so geschah es: 127 Delegierte (u. a. Otto Rühle) gründeten am 1. Januar des Jahres 1919 die Kommunistische Partei Deutschlands – KPD. Die KPD nahm noch auf ihrem Gründungsparteitag zu den aktuellen Ereignissen Stellung: »In den bürgerlichen Revolutionen waren Blutvergießen, Terror, politischer Mord die unentbehrliche Waffe in der Hand der aufsteigenden Klassen. Die proletarische Revolution bedarf für ihre Ziele keines Terrors, sie haßt und verabscheut den Meuchelmord. Sie bedarf dieser Kampfmittel nicht, weil sie nicht Individuen, sondern Institutionen bekämpft, weil sie nicht mit naiven Illusionen in die Arena tritt, deren Enttäuschung sie blutig zu rächen hätte. Sie ist kein verzweifelter Versuch einer Minderheit, die Welt mit Gewalt nach ihrem Ideal zu modern, sondern die Aktion der großen Millionenmasse des Volkes, die berufen ist, die geschichtliche Mission zu erfüllen und die geschicht-

liche Notwendigkeit in Wirklichkeit umzusetzen. Aber die proletarische Revolution ist zugleich die Sterbeglocke für jede Knechtschaft und Unterdrückung. Darum erheben sich gegen die proletarische Revolution alle Kapitalisten, Junker, Kleinbürger, Offiziere, alle Nutznießer und Parasiten der Ausbeutung und der Klassenherrschaft wie ein Mann zum Kampf auf Leben und Tod. Die Verwirklichung der sozialistischen Gesellschaftsordnung ist die gewaltigste Aufgabe, die je einer Klasse und einer Revolution der Weltgeschichte zugefallen ist. Diese Aufgabe erfordert einen vollständigen Umbau des Staates und eine vollständige Umwälzung in den wirtschaftlichen und sozialen Grundlagen der Gesellschaft. Dieser Umbau und diese Umwälzung können nicht durch irgendeine Behörde, Kommission oder ein Parlament dekretiert, sie können nur von der Volksmasse selbst in Angriff genommen und durchgeführt werden. In allen bisherigen Revolutionen war es eine kleine Minderheit des Volkes, die den revolutionären Kampf leitete, die ihm Ziel und Richtung gab und die Masse nur als Werkzeug benutzte, um ihre eigenen Interessen, die Interessen der Minderheit, zum Siege zu führen. Die sozialistische Revolution ist die erste, die im Interesse der großen Mehrheit und durch die große Mehrheit der Arbeitenden allein zum Siege gelangen kann. Die Masse des Proletariats ist berufen, nicht bloß der Revolution in klarer Erkenntnis Ziele und Richtung zu stecken. Sie muß auch selbst, durch eigene Aktivität, Schritt um Schritt den Sozialismus ins Leben einführen.«
Das zeigte Wirkung: Reden, Kundgebungen, Demonstrationen, Streiks.

Doch die Reaktion marschierte bereits auf den Straßen. Freikorpseinheiten waren mit Billigung des Reichswehrministers Gustav Noske landesweit gegründet worden und scharten nationalistisch gesinnte Offiziere und Soldaten in Vielzahl um sich. Sie gaben sich einen »Grundlegenden Befehl«, und der besagte:

- »Das Corps besteht aus Freiwilligen.
- Es unterwirft sich einer stählernen Disziplin.
- Keine Soldatenräte. Vertrauensleute zwischen Offizieren und Mannschaften.
- Je edler die Truppe ist, umso weniger haben die Vertrauensleute Anlaß, sich einzusetzen.
- Strafen durch den Kompanie- und Batterieführer aufwärts. Drei Stunden Zwischenraum zwischen Vergehen und Strafexekution.
- Keiner darf in seiner Ehre gekränkt werden.
- Wer plündert, wird zum Tode verurteilt.
- Feige werden ausgestoßen.
- Die Truppe kann für den Grad des Offiziers jeden Mann vorschlagen, der sich heldenhaft bewährt.
- Jeder Mann muß grüßen. Jeder Offizier muß antworten.«

Die Brigade Ehrhardt und die Organisation Consul (der Schwarzen Reichswehr zugehörig) waren für zahlreiche politisch motivierte Gewalttaten verantwortlich. (Nicht nur in diesen revolutionären Zeiten. Ihre Mitglieder verübten das Attentat auf Philipp Scheidemann am 4.6.1922 und begingen die Morde an Matthias Erzberger 26.8.1921 und Walther Rathenau am 24.6.1922.) Reichswehrminister Gustav Noske ließ, kaum im Amt, linke Revolutionsführer überwachen und gewährte den rechten Freikorps freie Hand. Den Linken wurde der »Bluthund Noske« ewiges Feindbild.

Die öffentlichen Auseinandersetzungen nahmen an Schärfe und Gewalt zu. Denn »nunmehr gingen die konterrevolutionären Kräfte direkt zur militärischen Niederschlagung der Revolution über. Anfang Januar 1919 provozierten sie die revolutionären Berliner Arbeiter zu bewaffneten Kämpfen. Die Freikorps, bewaffnete Verbände konterrevolutionärer Söldner unter dem Kommando kaiserlicher Generale und Offiziere, entfesselten auf Weisung rechtssozialistischer Regierungsmitglieder einen blutigen Terror gegen die revolutionären Arbeiter.« Analog der russischen Konterrevolutionäre nennt man sie die Weiße Garde.

Angesichts der marodierenden Rechten erkannten die Kommunisten, dass ihre Ziele friedlich nicht mehr durchsetzbar waren, und ließen den Klassenkampf eskalieren. »Auf zum Generalstreik! Auf zu den Waffen! Arbeiter! Genossen! Soldaten! Grenzenlos war der Langmut der revolutionären Arbeiter Deutschlands; über alle Maßen ihre Geduld mit den vom Bruderblut besudelten Ebert-Scheidemann. Die Verbrechen dieser Verräter des Proletariats, dieser elenden Handlanger der kapitalistischen Scharfmacher, dieser Verkörperung der Gegenrevolution schrien längst zum Himmel. Der 6. Dezember oder 24. Dezember, die Metzeleien unter den wehrlosen Urlaubern und Frontsoldaten, die Niederkartätschung revolutionärer Matrosen, das waren die ersten Bluttaten der Judasse in der Regierung. Sie sollten die Kraft der Revolution brechen, die auflodernde Empörung der Arbeiter- und Soldatenmassen löschen. Doch der revolutionäre Geist triumphiert; die Scheidemann-Ebert standen gebrandmarkt und verachtet vor der ganzen Welt. Aber die vom Urteil des Volkes gerichteten Mörder geben das verruchte Spiel nicht auf. Sie gehörten ins Zuchthaus, aufs Schafott. (Berlins Polizeipräsident) Eichhorn sollte davongejagt, das Polizeipräsidium, diese wichtige revolutionäre Machtstellung, schnöde geraubt werden. Da erhob sich der Zorn der Berliner Arbeitermassen von neuem in wuchtigen Kundgebungen. Einen ehernen Wall zogen sie um das Polizeipräsidium: Denn sie wußten, im Berliner Polizeipräsidium sollte die Revolution selbst tödlich getroffen werden. Sie suchten sich vor der Infamie ihrer Todfeinde zu schützen, indem sie ihnen die Hauptinstrumente der Lüge und Verhetzung aus den blutbefleckten Händen nahmen. Die Scheidemann-Ebert zauderten nicht. Ihr Cäsarenwahnsinn lechzte nach neuem Blut. Zahlreiche heilige Menschenleben fielen ihrem rasenden Haß gegen das revolutionäre Proletariat am Montag (6. Januar) zum Opfer. Endlich mußte das Gericht sie ereilen. Arbeiter! Genossen! Jetzt ist der letzte Nebel hinweggeblasen! Klar ist die Situation! Es geht aufs Ganze, es geht ums Ganze! An jeden Proletarier, an jeden revolutionären Soldaten ergeht der Donnerruf des unerbittlichen Geschicks: Auf zum letzten, zum entscheidenden Kampf! Heraus aus den Fabriken, ihr Arbeiter und Arbeiterinnen! Der Generalstreik aller Betriebe muß eure erste Antwort sein! Zeigt den Schurken eure Macht! Bewaffnet euch! Gebraucht die Waffen gegen eure Todfeinde, die Ebert-Scheidemann! Auf zum Kampf! Auf zum Kampfe, auf zum vernichtenden Schlage, der zerschmettern muß die blutbesudelten Ebert-Scheidemann! Arbeiter! Genossen! Heraus aus den Betrieben! Auf zum Generalstreik! Heraus auf die Straße zum letzten Kampf, zum Sieg!«

Am 10. Januar überfiel die Freikorpsbrigade des Wilhelm Reinhard das spartakistische Hauptquartier in Berlin-Spandau. Einen Tag später unterschrieb »Bluthund Noske« den Einsatzbefehl gegen die linken Besetzer der Redaktion des *Vorwärts* – »Sie schreiben nicht die Wahrheit!«. Die staatlichen Retter der Pressefreiheit waren mit Kriegsausrüstung bewaffnet und ihren Gegnern weit überlegen. Das Freikorps Potsdam eroberte das Gebäude mit Flammenwerfern, Maschinengewehren, Mörsern und Artillerie. Auch weitere Gebäude und Straßen im

Berlin, Januar 1919: Regierungstreue Soldaten mit Maschinengewehren auf dem Dach des Schlesischen Bahnhofs

Zeitungsviertel wurden besetzt. Zu (den behaupteten) Schlachten kam es nicht, da die Aufständischen nicht darauf vorbereitet waren; vielfach ergaben sie sich freiwillig. Dass der Spartakusbund den Aufstand organisierte, ist nie nachgewiesen worden, doch gingen diese Unruhen als »Spartakusaufstand« in die Geschichte ein. Noskes Militär erschoss über hundert Aufständische und eine unbekannte Zahl von unbeteiligten Zivilisten vor Ort. Ein Untersuchungsausschuss des Preußischen Landtags bezifferte später die Zahl der Todesopfer auf 156. Die Militärs hatten dreizehn Gefallene und zwanzig Verwundete.

Am 13. Januar rückten die umliegenden Freikorps in die Stadt ein. Das größte von ihnen war die sogenannte Garde-Kavallerie-Schützen-Division unter dem Ersten Generalstabsoffizier Waldemar Pabst. Berliner Zeitungen begrüßten ihren Einzug und das Ende der Kämpfe als Wiederherstellung von »Ruhe und Ordnung«. Der militärischen Besetzung folgten brutale Exzesse der rechtsgerichteten Truppen, die weit über die Gewalttaten der Linken hinausgingen. Es herrschte Bürgerkrieg. Gustav Noske betonte: »Die von mir geführten Divisionen sind nicht die Werkzeuge der Konterrevolution. Sie dienen nicht der Unterdrückung, sondern werden die Befreiung von unerhörten, terroristischem Druck bringen, unter dem die Masse der Bevölkerung Berlins zu leiden hatte. Sicherheit der Person und des Eigentums, Freiheit der Presse und ungehinderte Ausübung des höchsten staatsbürgerlichen Rechts, der Wahl zur Nationalversammlung, will ich unbedingt sicherstellen.«

Die USPD ließ ob solcher Gewaltausbrüche erschrocken mäßigende Flugblätter verteilen: »Arbeiter! Genossen! Die gegenrevolutionären Kräfte sind am Werke! Das Bürgertum und die Anhänger des alten Militärsystems frohlocken, daß eine Regierung, die sich sozialistisch und demokratisch nennt, sie zur Hilfe gerufen hat, um mit brutaler Gewalt der Kanonen Arbeiter zur Raison zu bringen. Ihr habt zur Unterstützung eurer Brüder bis jetzt die Arbeit ruhen lassen. Euer Opfermut wird in der Geschichte der Arbeiterbewegung unvergessen bleiben. Jetzt fordern wir euch auf, geschlossen die Arbeit wieder aufzunehmen. Denn jetzt kommt es drauf an, die Kräfte nicht zu verzetteln, sondern aufzusparen und zu sammeln für den Augenblick, wo Ihr dringend gebraucht werdet, die Gegenrevolution mit Erfolg zu bekämpfen. Der Augenblick wird kommen. Wir wissen, Ihr werdet auf dem Platze sein, wenn wir Euch rufen. Und wir sind überzeugt, daß der Sozialismus siegen wird über die Bourgeoisie und ihre auch sozialistischen Helfershelfer.«

Doch die Schraube der Gewalt dreht und dreht sich weiter. Vorurteile brechen Bahn. Man machte weitere Schuldige an der Misere aus. »Noch nie ist das deutsche Volk so betrogen worden, als in diesen Tagen. Brot! Friede! Freiheit! Das waren die Lockmittel, die uns nacheinander für die Parlamentisierung unserer Regierung, für die Abdankung des Kaisers für die Errichtung der deutschen Republik begeistern sollten. Wo bleibt das Brot, das uns versprochen wurde?« Und weiter hieß es im Flugblatt der »Kaisertreuen«: »Betrogen seid Ihr alle, Ihr Arbeiter und Soldaten, die Ihr glaubt, die Herrschaft des Ka-

Arbeiter, Bürger!

Das Vaterland ist dem Untergang nahe.
Rettet es!
Es wird nicht bedroht von außen, sondern von innen:

Von der Spartakusgruppe.

Schlagt ihre Führer tot!
Tötet Liebknecht!

Dann werdet ihr Frieden, Arbeit und Brot haben!

Die Frontsoldaten

Flugblatt der Frontsoldaten: Aufruf zur Ermordung Liebknechts und anderer Führer des Spartakusbundes, Dezember 1918

pitals sei vernichtet! Aus den Trümmern der Revolution erhob sich zu allen Zeiten als unbeschränkter Herrscher das Kapital. Der jüdische Zentralverein versendet soeben ein Rundschreiben an seine Mitglieder aus dem folgende Stellen die Situation taghell erleuchten: ›Das Judentum steht einer ungeheuren Sturmflut des Antisemitismus gegenüber, die alles und alle zu verschlingen droht! Zur Abwehr der heranbrausenden Sturmwelle brauchen wir einen Schutzdamm aus Geld! Gebt, gebt schnell. Gebt, was Ihr irgend entbehren könnt!‹ Dieser Schlachtruf des jüdischen Zentralvereins zeigt uns, daß wir rettungslos alle miteinander der künftigen Ausbeutung durch das jüdische Kapital verfallen, wenn wir den Betrug nicht rechtzeitig erkennen. Schließt die Reihen, deutsche Männer und Frauen. Laut und immer lauter ertöne der Ruf von Millionen: Deutschland den Deutschen!«

Man drohte Gruppen und Personen unverhohlen, stiftete zum Mord an den Arbeiterführern an. Die Hetzaufrufe der »antibolschewistischen Liga« klebten an den Litfaßsäulen, Kopfgelder wurden ausgesetzt: »Arbeiter! Bürger! Das Vaterland ist dem Untergang nahe. Rettet es! Es wird nicht bedroht von außen, sondern von innen – von der Spartakustruppe. Schlagt ihre Führer tot! Tötet Liebknecht! Dann werdet ihr Frieden, Arbeit und Brot haben. Die Frontsoldaten.« Nach dem gescheiterten »Spartakusaufstand« mussten Rosa Luxemburg und Karl Liebknecht um ihr Leben fürchten. Sie tauchten unter, wurden von Freunden versteckt.

Am Abend des 15. Januar 1919 jedoch wurden sie zusammen mit Wilhelm Pieck in Wilmersdorf verhaftet. Wilhelm Pieck berichtete: »Durch einen Verrat war aber den Weißgardisten bereits am nächsten Tag der neue Aufenthaltsort von Rosa Luxemburg und Karl Liebknecht bekannt geworden. Als der Verfasser dieses Artikels am Abend des 15. Januar gegen neun Uhr die beiden Genossen in ihrer Wohnung aufsuchen wollte, war die Wohnung militärisch besetzt und Karl Liebknecht schon verhaftet und abtransportiert worden. Rosa Luxemburg befand sich noch in der Wohnung und wurde von mehreren Soldaten bewacht. Auch ich wurde beim Betreten der Wohnung von den Soldaten festgenommen und durchsucht. Nach kurzer Zeit kam eine Anzahl Soldaten unter Führung von zwei Zivilisten, die der Wilmersdorfer Einwohnerwehr angehörten, einem Ingenieur Lindner und einem Gastwirt Mehring, um die Wohnung zu durchsuchen. Sie zwangen Rosa Luxemburg, die wegen heftiger Kopfschmerzen im Bett lag, aufzustehen und sich anzukleiden, und nach kurzer Zeit wurden sie und ich auf die Straße geführt und genötigt, ein Auto zu besteigen, das nach kurzer Fahrt vor dem Eden-Hotel, einem der größten Berliner Hotels in der jetzigen Budapester Straße, hielt. Rosa Luxemburg wurde sofort in die erste Etage des Hotels gebracht, wo ein Hauptmann Pabst als sogenannter Gerichtsherr sie einer Vernehmung unterzog.« Man hatte Karl Liebknecht und Rosa Luxemburg auf getrennten Wegen ins Hotel gebracht, um Aufmerksamkeit zu vermeiden. Aber »wie ein Lauffeuer verbreitete sich die Nachricht von ihrer Gefangenschaft. Ein kollektiver Erregungszustand durchzitterte das Nobelhotel. ›Tötet Liebknecht‹ hatten schon im Dezember Volksverhetzer auf unzähligen Plakaten gefordert, auch im *Vorwärts,* dem SPD-Organ, war in einem Schmähgedicht (›Das Leichenschauhaus‹ von Artur Zickler) dazu aufgerufen worden.«

Vielhundert Tote in einer Reih –
Proletarier!
Es fragten nicht Eisen, Pulver und Blei,
ob einer rechts, links oder Spartakus sei,
Proletarier!
Wer hat die Gewalt in die Straßen gesandt,
Proletarier!
Wer nahm die Waffe zuerst in die Hand
und hat auf die Entscheidung gebrannt?

Spartakus!
Vielhundert Tote in einer Reih –
Proletarier! Karl, Rosa, Radek und Kumpanei –
Es ist keiner dabei, es ist keiner dabei!
Proletarier!

Zunächst wurde Liebknecht von den »getarnten Marineoffizieren abgeführt. Um Aufsehen zu vermeiden, brachte man ihn zum Nebenausgang. Das wurmte jedoch den Jäger Otto Wilhelm Runge, der an der Drehtür des Hauptportals Wache stand. Denn Runge hatte 100 Mark bekommen, damit er Karl Liebknecht mit dem Gewehrkolben den Schädel einschlage. Runge sah, wie sein Opfer zu entschwinden drohte, rannte um das hermetisch abgeriegelte Hotel herum und kam gerade hinzu, als Liebknecht neben den Offizieren im Auto Platz nahm. Er versetzte ihm einen Kolbenschlag. Schwer getroffen sank Karl Liebknecht in den Sitz. Dabei tropfte Blut auf die Hose eines der Offiziere. Liebknecht sagte: ›Es blutet‹, doch keiner kümmerte sich darum. Das Auto fuhr los. Nach kurzer Fahrt hatten sich die Offiziere im Tiergarten ›verfranst‹. Was dann passierte, schilderte einer der Beteiligten einem anderen Marinekameraden direkt am nächsten Tag. Horst Pflugk-Harttung ›erzählte gegen die Verpflichtung absoluter Geheimhaltung, daß er bei der Überführung Liebknechts in das Gefängnis eine Autopanne im Tiergarten fingierte, Liebknecht dann am Arm nahm, um ihn zu führen, ihn absichtlich losließ, um ihm die Gelegenheit zu einem Fluchtversuch zu geben und dann nach kurzem Abwenden hinter L. herschoß;

Liebknecht wurde getroffen und von mehreren Schüssen getötet.‹ Wer Liebknecht hinterrücks erschossen hat, ist belegt: die Offiziere Horst von Pflugk-Harttung, Ulrich von Ritgen, Heinrich Stiege und Rudolf Liepmann. Sie lieferten seine Leiche an der Rettungsstation gegenüber dem Eden ab. Dann gingen sie zu Pabst und meldeten Vollzug. Der ließ jetzt auch Rosa Luxemburg wegbringen.

Den daraufhin folgenden Mord an Rosa Luxemburg schildert Emil Gumbel so: ›Als Rosa Luxemburg durch den Haupteingang des Eden-Hotels fortgeführt wurde, stand derselbe Runge an der Tür. Hauptmann Petri hatte Befehl gegeben, man solle dafür sorgen, daß die Luxemburg nicht lebendig ins Gefängnis komme. Als Frau Luxemburg durch die Tür kam, schlug Runge ihr zweimal auf den Kopf, so daß sie umsank. Der den Transport führende Oberleutnant Vogel hatte nichts dagegen getan. Man schob Frau Luxemburg in den Wagen. Als der Wagen abfuhr, sprang ein Mann von hinten auf und schlug sie mit einem harten Gegenstand auf den Kopf. Unterwegs schoß Oberleutnant Vogel der Frau Luxemburg noch eine Kugel durch den Kopf. Man fuhr zwischen Landwehrkanal und Zoologischem Garten entlang. Am Landwehrkanal stand eine Gruppe Soldaten. Das Auto hielt, die Soldaten warfen die Leiche auf Befehl Vogels in den Kanal. Die am Mord Beteiligten ließen sich am Tage danach bei einem Saufgelage photographieren.‹«

Breaking News, Breaking News, Breaking News am 16. Februar 1919: Im offiziellen Bericht und in der Presse heißt es, dass Liebknecht bei einem Fluchtversuch im Tiergarten erschossen und Luxemburg von einer Volksmenge vor dem Hotel *Eden* gelyncht und entführt worden sei. Nicht nur die Linken waren ob der Gewalttaten erschüttert. Auch in bürgerlichen Kreisen war man empört.

Das ew'ge Los der glühendsten Bekenner:
Nicht zu vergießen nur ihr teures Blut,
wie tausend andre kampfestreue Männer,
nein, sie zersetzt wehrlos der Bestien Wut.

Das ew'ge Los der wahrsten Menschheitsfreunde:
Nicht nur zerrissen vom vertierten Troß,
nein, angespien und totgehetzt als Feinde
von denen just, für die ihr Blut doch floß.

Was die und tausend andre für dich taten,
du dumpfes Volk warst du es wirklich wert?
Seit je nur gut zu Sklaven und Soldaten,
Knecht seit Jahrhunderten, im Kern entehrt.

Wer war's, der den rebellischen Gedanken
In euren dumpfen Seelen erst entfacht?
Wer litt für euch, wem hattet ihr's zu danken,
daß ihr nach tausendjähr'gen Schlaf erwacht?

Er sah zu spät, ihr seid nicht reif gewesen,
er riß zu früh euch von den Ketten los.
Euch durfte man noch nicht zum Licht erlösen,
und wohlverdient war euer Sklavenlos.

Was die gesät, die nun zerrissen siegen,
was sie gesät für euch in alle Welt,
das ernten die Verräter nun und lügen,
von ihnen sei's gesäet und bestellt.

Doch eine Fratze ist es nun geworden,
der jungen Freiheit hehres Angesicht.
Bald werden sie die Göttin selber morden,
ermannt ihr euch in zwölfter Stunde nicht!

Den offiziellen Verlautbarungen »auf der Flucht erschossen« und »Lynchjustiz des Volkes« traute niemand. Sofort nach der Todesnachricht vermuteten viele die Täter in rechten Kreisen, schoben Reichswehrminister Gustav Noske die Schuld zu: »Karl Liebknecht und Rosa Luxemburg tot, ermordet von dem uniformierten und nicht uniformierten Mob in Berlin! Die Henkersknechte des Blut-Noske haben an Karl Liebknecht geübt, was sie im Felde zu oft ausgeführt haben werden – den Gefangenen meuchlings erschossen. Rosa Luxemburg zu Tode geschleift von dem Bourgeoismob! Ein Aufschrei der Empörung und des Ingrimms geht durch das deutsche klassenbewußte Proletariat. Ein Schrei nennt heute die Schuldigen: Ebert und Scheidemann, (MSPD-Justizminister Otto) Landsberg und Noske. Sie, die die Schuld an den Blutopfern des 6. Dezember und des 24. Dezember tragen, sie, die die Ordnungsbestie gegen das revolutionäre Proletariat entfesselt haben, sie tragen die Schuld an der feigen Ermordung Karl Liebknechts und Rosa Luxemburgs.

Die Ebert und Scheidemann, die Landsberg und Noske haben in Berlin die Pogromstimmung gegen die Spartakisten entfesselt, die zu einer Pogromstimmung gegen die Unabhängige Sozialdemokratie, gegen die Revolution überhaupt geworden ist. Der bürgerliche Mob in Berlin schwimmt heute in einem Meer des Entzückens über die scheußliche Ermordung der beiden Führer der Revolution. Für ihn ist die Revolution zu Ende, nachdem sie gefallen sind, die auf das schärfste die Todfeindschaft des klassenbewussten Proletariats gegen die kapitalistische Gesellschaft gezeichnet haben. Die ganze Gemeinheit und Vertiertheit des bürgerlichen Pöbels offenbart sich in dem Freudenrausch über den jammervollen Tod unserer Genossen. Ebert und Scheidemann, Landsberg und Noske, erwacht ihr noch nicht aus eurem Blutrausch? Ein ungeheures Verbrechen war es, als diese mit Blut besudelte Regierung die Weiße Grade bildete gegen die Revolution, ein Verbrechen gegen die Revolution und den Sozialismus. Die Ordnungsgarde der Ebert und Konsorten hat das Blut von Hunderten von tapferen Proletariern vergossen im Namen der bürgerlichen Ordnung gegen die Revolution. Der Noske hat alle konterrevolutionären bewaffneten Elemente aus dem Reich nach Berlin gerufen, er hat sie auf die Arbeiterschaft gehetzt; ihr Blut kommt über ihn. Über Noske und Ebert, Scheidemann und Landsberg das Blut Karl Liebknechts und Rosa Luxemburgs.

Zwei Opfer mehr sind gefallen, aber der Tod dieser Opfer erschüttert das klassenbewußte Proletariat Deutschlands und der ganzen Welt. Der Name Liebknecht war ein Symbol des tapfersten und opfermutigsten Kampfes gegen den Krieg und den Kapitalismus. Liebknecht ermordet, ermordet von den Henkersknechten der Ebert und Scheidemann, der Landsberg und Noske, das ist der Gruß der Rechtssozialisten für die Internationale. Deutsches Proletariat! Willst du auch dazu schweigen? Wirst du nun sehen, daß die bewaffnete Gegenrevolution, die Ordnungsbestie über dir ist? Berlin steht unter der Diktatur der Generale! Die Massenschlächter Wilhelms II. rasen in den Straßen Berlins schlimmer als im Kriege. Die verbrecherische Regierung der Ebert und Konsorten verläßt Berlin. Scheidemann beschimpft in Kassel Liebknecht noch im Tode, Landsberg ist in Oberschlesien, in Berlin aber unterschreibt der Bluthund Noske, was die Generale der Gegenrevolution von ihm fordern. Der weiße Schrecken rast in Berlin wie einst in Finnland, und frech erhebt die Gegenrevolution der Bourgeoisie ihr Haupt.

Deutsche Arbeiter! Wollt ihr euch zu Verbündeten der Konterrevolution herabwürdigen lassen? Wollt ihr zusehen, wie der bürgerliche Mob die Vorkämpfer der Revolution ermordet? Wollt ihr jener verbrecherischen Regierung Gefolgschaft leisten, die die Gegenrevolution entfesselt hat und die klassenbewußten kämpfenden Arbeiter von der Ordnungsbestie ermorden ließ! Wollt ihr nun glauben, daß die Revolution in Gefahr ist? Nicht mehr die Ebert und Konsorten, die gegenrevolutionären Generale und Offiziere sind eure wahre Regierung! Von Berlin aus wird die Gegenrevolution den Versuch unternehmen, die Revolution im ganzen Reiche niederzuschlagen. Auf, deutsches Proletariat, fort mit den Ebert und Scheidemann und ihrem Bluthund Noske, fort mit den Hochverrätern der Revolution! Dann auf zum Kampf gegen den Todfeind der Revolution, gegen die konterrevolutionäre Bourgeoisie. Nieder mit der Gegenrevolution der Generale und Offiziere! Schützt die Revolution!«

Am 25. Januar 1919 wurde Karl Liebknecht mit 31 weiteren Opfern des Januaraufstandes auf dem Friedhof in Berlin-Friedrichsfelde zu Grabe getragen. Die von der KPD zunächst geplante Bestattung auf dem Friedhof der Märzgefallenen im Friedrichshain wurde sowohl von der Regierung als auch dem Berliner Magistrat untersagt. Stattdessen verwies man die Beisetzungskommission an den an der (damaligen) städtischen Peripherie gelegenen Armenfriedhof in Friedrichsfelde. Symbolisch trug man auch einen Sarg für Rosa Luxemburg. Der Sarg war leer, ihre Leiche noch nicht gefunden. »Der Trauerzug entwickelte sich zu einer Massendemonstration, an der trotz massiver Militärpräsenz mehrere zehntausend Menschen teilnahmen. Für die Beerdigung Luxemburgs am 13. Juni 1919 mußten aufgrund des großen Andrangs sogar Eintrittskarten ausgegeben werden. Mit Verständnislosigkeit reagierten weite Teile der Öffentlichkeit, als ein Kriegsgericht die maßgeblich an den Morden beteiligten Offiziere im Mai 1919 freisprach. Unterzeichnet wurde das auf scharfe Kritik stoßende Urteil vom sozialdemokratischen Reichswehrminister Gustav Noske. Das Gerichtsurteil vertiefte nach dem Januaraufstand und den Morden noch einmal erheblich den Graben zwischen der radikalen Linken und der SPD, die als Regierungspartei für die Geschehnisse verantwortlich gemacht wurde.«

Beisetzung der erst nach Monaten aufgefundenen Leiche Rosa Luxemburgs auf dem Friedhof in Berlin-Friedrichsfelde, 13. Juni 1919

Waldemar Pabst, der Erste Generalstabsoffizier des Freikorps Garde-Kavallerie-Schützen-Division, der mit der Verhaftung betraut gewesen war, bekannte 1969 in einem Brief: »Tatsache ist: Die Durchführung der von mir angeordneten Befehle ist leider nicht so erfolgt, wie es sein sollte. Aber sie ist erfolgt, und dafür sollten diese deutschen Idioten Noske und mir auf den Knien danken, uns Denkmäler setzen und nach uns Straßen und Plätze benannt haben! Der Noske war damals vorbildlich, und die Partei (bis auf ihren halbkommunistischen linken Flügel) hat sich in dieser Affäre damals tadellos benommen. Dass ich die Aktion ohne Noskes Zustimmung gar nicht durchführen konnte (mit Ebert im Hintergrund) und auch meine Offiziere schützen musste, ist klar. Aber nur ganz wenige

Menschen haben begriffen, warum ich nie vernommen oder unter Anklage gestellt worden bin, und warum die kriegsgerichtliche Verhandlung so verlaufen ist. Als Kavalier habe ich das Verhalten der damaligen SPD damit quittiert, dass ich 50 Jahre lang das Maul gehalten habe über unsere Zusammenarbeit. Wenn es nicht möglich ist, an der Wahrheit vorbeizukommen und mir der Papierkragen platzt, werde ich die Wahrheit sagen, was ich auch im Interesse der SPD gern vermeiden möchte.«

Auf, auf zum Kampf, zum Kampf!
Zum Kampf sind wir geboren!
Auf, auf zum Kampf, zum Kampf!
Zum Kampf sind wir bereit!
Dem Karl Liebknecht, dem haben wir's geschworen,
Der Rosa Luxemburg reichen wir die Hand.

Wir fürchten nicht, ja nicht,
Den Donner der Kanonen!
Wir fürchten nicht, ja nicht,!
Die grüne Polizei!
Den Karl Liebknecht, den haben wir verloren,
Die Rosa Luxemburg fiel durch Mörderhand.

Es steht ein Mann, ein Mann,
So fest wie eine Eiche!
Er hat gewiß, gewiß,
Schon manchen Sturm erlebt!
Vielleicht ist er schon morgen eine Leiche,
Wie es so vielen Freiheitskämpfern geht.

II. Die Kabinette werden gewählt

Januar 1919: Deutschland wählte trotz Unruhen und erregter Debatten seine neuen Volksvertretungen auf Reichs- und Landtagsebene. Nach neuem Wahlgesetz parlamentarisch und frei trat man an die Urnen. Erstmals gestand man jenen unter 25 Jahren das Wahlrecht zu und nach erbittert geführten Diskussionen auch den Frauen. »In der modernen Demokratie vollzieht sich die Demokratie so, daß die Massen ihre Wahlzettel abgeben und sich durch Parlamentarier und durch ein souveränes Parlament regieren lassen. Jeder hat die Möglichkeit, seinen Einfluß auf das Schicksal der Gesamtheit auszuüben, alle drei oder fünf Jahre. Dann gibt es noch Parteien, Vereine, Berufsorganisationen. Überall suchen sich Organe der Massen zu gestalten«, hatte Bayerns amtierender Ministerpräsident Kurt Eisner auf der Sitzung des Münchner Arbeiterrates am 5. Dezember 1918 bemerkt.

In Bayern hatte König Ludwig III. als erster Monarch im Deutschen Reich auf seinen Thron verzichtet. Der Arbeiter- und Soldatenrat wählte daraufhin als Landesführer Kurt Eisner. Der erklärte in der Nacht zum 8. November im Münchner Mathäserbräu Bayern zum Freistaat. Eisner, 1867 als Sohn eines jüdischen Kaufmanns in Berlin geboren, war ein bekannter Journalist und Publizist. In der Vorkriegs-SPD hatte er Karriere gemacht und nach der Spaltung der Partei 1917 baute er die USPD in München auf. »Er stand an der Spitze der kurzen, schmerzlosen Revolution.« Nicht alle gesellschaftlichen

Kräfte goutierten Eisners Berufung an die Staatsspitze. »Er wurde schnell Zielscheibe heftigster antisemitischer Angriffe. Besonders verübelte man ihm, dass er an der deutschen Kriegsschuld nie einen Zweifel gelassen und zum Beweis amtliche Dokumente aus bayerischen Archiven veröffentlicht hatte. ›Ob wir es später einmal glauben werden, daß wir solche Lumpen in Deutschland auch nur einen Tag geduldet haben?‹, empörten sich die Rechten. Täglich liefen hasserfüllte Drohbriefe in der bayerischen Staatskanzlei ein; Aufrufe zum Mord wurden plakatiert. In einer Notiz schrieb Anton Graf von Arco auf Valley: ›Eisner ist Bolschewist, er ist Jude, er ist kein Deutscher, er fühlt nicht deutsch, er untergräbt jedes vaterländische Denken und Fühlen, er ist ein Landesverräter.‹« Der 22-jährige Bankierssohn und Leutnant des bayrischen Leibregiments Arco würde handeln.

Bereits für den 12. Januar rief Eisners Regierung das Volk an die Wahlurnen. Eisner sah ein neues gesellschaftliches System im Werden. »Die neue Form, die aus der Revolution in Deutschland hervorgegangen ist, sind die Arbeiter-, Soldaten- und Bauernräte, die den Namen von der russischen Organisation übernommen haben, aber in ihrem Wesen sehr verschieden sind von den östlichen Gebilden. In diesen Räten soll nun versucht werden, die unmittelbare Politisierung der Massen durchzuführen. Die Arbeiterräte sollen das Proletariat unmittelbar politisieren und zur Mitarbeit an der Gesamtheit heranziehen. Sie wissen, daß in wenigen Wochen die Nationalversammlung, der neue Landtag in Bayern, gewählt werden soll. Dieses Parlament wird genauso gestaltet sein wie alle

Parlamente. Der Unterschied gegenüber anderen Parlamenten wird nur sein, daß es auf dem freiesten, weitesten und gerechtesten Wahlrecht der Welt beruht. Ich bin überzeugt, wenn wir verhindern wollen, daß auch die neue Demokratie sich in einem leeren unfruchtbaren Parlamentarismus verliert, die Berufsparlamente, die Räte, daneben lebendig bleiben müssen. Sie werden die Organisationen der Wähler sein, nicht so, als ob nun über dem Landtag eine neue Oberaufsicht wäre und eine höhere Gewalt eingerichtet würde. Die Nationalversammlung oder der Landtag muß souverän sein; aber die Arbeiter bilden ihr eigenes Parlament, sie verhandeln ihre eigenen Angelegenheiten. Gerade für die Übergangszeit gibt es eine so unermeßliche Fülle neuer Arbeit, neuer Gedanken, neuer Probleme, daß, wenn erst einmal die Arbeiterräte zu arbeiten angefangen haben werden, sie sich kaum vor der Fülle der Arbeit zu retten wissen werden. Sie sollen eben nicht alle paar Jahre einmal wählen, sondern unmittelbar mitarbeiten müssen. Sie können die gesetzgeberischen Vorschläge machen, nicht hinter den Türen der Fraktionszimmer, auch nicht durch die Führer und durch die Regierung, sondern sie sollen selbst unmittelbar ihre gesetzgeberischen Vorschläge, ihre Anregungen und Beschwerden unterbreiten.

Aber die Arbeiterräte sollen noch mehr sein. Sie sollen Aufsichtsorgane des gesamten öffentlichen Lebens des Bezirkes, in dem sie eingesetzt sind, sein. Sie sollen das öffentliche Leben kontrollieren, sie sollen sich mit der Tätigkeit der Regierung und auch der Selbstverwaltung beschäftigen, nicht als Exekutivorgane, aber als Kontrollorgane, als kritische Organe, kurz, das gesamte öffentliche, politische und soziale Leben soll in seiner ganzen Öffentlichkeit erörtert und kritisiert werden. Bisher leistete einen Teil dieser Arbeit die Presse. Die Arbeiterräte sollen eine Art lebendige Presse sein. Sie sollen ein Zentralorgan sein, von dem das gesamte öffentliche Leben unseres Bezirkes zur Rechenschaft und zur Verantwortung gezogen wird. Von hier aus soll Kritik, Anregung und schöpferische Mitarbeit ausgehen. Nur eine solche Demokratie, in der die breitesten Massen jeden Tag mitarbeiten an den öffentlichen Angelegenheiten, leistet jene erzieherische Arbeit, ohne die wir zu unseren sozialistischen Zielen nicht gelangen können. Die bisherige Bürokratie ist ganz unbrauchbar gewesen. Wer Gelegenheit hatte, ins Innere dieser Bürokratie hineinzublicken, der verzweifelt fast daran, wenn man sieht, daß diese – gewiß fleißigen – Arbeiter nichts zu leisten imstande sind. Wir wissen es, und dies erklärt auch einen großen Teil unserer Schwierigkeiten, wie wir sie in Berlin haben. Es fehlt uns an energischen Persönlichkeiten, die Weitblick und Mut haben und entschlossen sind, etwas zu wagen, und die sich durchzusetzen vermögen.

Der Gegensatz zwischen Führern und Massen, der bisher uns beherrscht hat, soll verschwinden. Jeder soll lernen, selbst ein Führer zu sein. Das ist die große Erziehungsarbeit, die diese Räte leisten müssen. Und wenn jeder dann ein Glied der Gesellschaft geworden ist, das fähig ist, mitzuarbeiten an den Aufgaben der Gesamtheit, dann ist jene Vorbedingung erfüllt, die den Sozialismus ermöglicht. Die Übernahme der Produktion durch die

Gesamtheit setzt zweierlei voraus: einmal die Reife der Wirtschaft, die vollkommene Entfaltung der produktiven Kräfte. Die andere Vorbedingung ist, daß, wenn die Gesellschaft selbst die Produktion übernimmt, sie auch in allen ihren Gliedern fähig ist, diese Produktion zu leiten. Dann brauchen wir keine Unternehmerintelligenzen mehr, wenn jeder selbst eine Unternehmerintelligenz geworden ist. So können diese unscheinbaren Gebilde der Arbeiter- und Bauernräte Pflanzschulen zur Erziehung der Männer sein, die einst berufen sein werden, an der Vergesellschaftung der Produktion mitzuarbeiten.« Es war eine Zeit voller Hoffnung, die Gesellschaft gerechter zu gestalten. Nicht nur Kurt Eisner träumte.

Das ausgezählte Wahlergebnis vom 12. Januar in Bayern widersprach den Prognosen und der gefühlten Stimmung, es setzte im Freistaat den deutschlandweiten Trend fort, den die Wahlen zu den Arbeiter- und Soldatenräten bereits erwiesen hatten. »Die Wahlberechtigten, insbesondere erstmals auch die Frauen, machten von ihrem Stimmrecht in großer Mehrheit Gebrauch: Die Wahlbeteiligung lag bei circa 86 Prozent. Ausschlaggebend dafür war die Politisierung und Mobilisierung der Wähler, die alle politischen Parteien intensiv betrieben, auch und vor allem die neu gegründete Bayerische Volkspartei (BVP). Sie erzielte 35 Prozent der Stimmen und erhielt damit 66 der insgesamt 180 Mandate. Dicht dahinter folgte die MSPD mit 33 Prozent und 61 Mandaten, danach die liberale DDP mit 14 Prozent und 25 Mandaten. Der Bayerische Bauernbund (BB) erzielte 9,1 Prozent, die Nationalliberalen (NLP und BMP) 5,8 Prozent. Die

Unabhängigen Sozialdemokraten (USPD), die Partei des Ministerpräsidenten Eisner, erlitten mit 2,5 Prozent eine deutliche Niederlage. Sie waren mit drei Sitzen im Landtag vertreten, die übrigen kleinen Parteien mit insgesamt 0,6 Prozent der Stimmen nicht.«

Reichstagswahl. Auch das sächsische Gesamtministerium rief an die Urnen und schlug öffentlich an: »An Sachsens Volk! Alle großen Parteien unseres Landes sind sich einig, daß die von dem deutschen Rätekongreß beschlossenen Wahlen zur Nationalversammlung am 19. Januar durchzuführen sind. Demgemäß ist es Aufgabe aller Behörden, die zur Durchführung erforderlichen Maßnahmen zu treffen und vorzusorgen, daß jede gewaltsame Behinderung der Wahlfreiheit unterbunden wird. Die ge-

Bayerns Ministerpräsident Kurt Eisner (vorne) in Berlin, November 1918

setzlichen Bestimmungen geben Gewähr, daß Personen, die die Wahl behindern wollen, sich strafbar machen. Die Regierung fordert die gesamte Bevölkerung Sachsens auf, sich für die geordnete Durchführung der Wahlen einzusetzen.« Unterzeichnet hatten sowohl die Minister der MSPD als auch der USPD. Deren drei Vertreter Richard Lipinski, Friedrich Geyer und Hermann Fleißner traten zwei Tage später nach innerparteilichen Streitereien und fehlendem Rückhalt beim Wähler zurück. Längst divergierten die Ansichten der beiden sozialdemokratischen Parteien so, dass ihnen die Zusammenarbeit nicht mehr möglich war. Bis zur Wahl übernahm Dr. Georg Gradnauer (MSPD) die Regierungsverantwortung. Am 19. Januar schritt Sachsen zur ersten freien Wahl. Beteiligung: 84 Prozent.

Noch zählte die Kommissionen aus, da wusste bereits die mehrheitssozialdemokratische Presse um den Trend und erkannte sich als Sieger: »Der Wahlkampf zur Nationalversammlung und der Tag der Entscheidung sind verrauscht. Im Schnittgerinne der Straßen schimmern als trübe Erinnerung an den Kampf die Reste der zahllosen Flugblätter. Noch sind die Wahlkommissare mit der Auszählung der Stimmzettel, mit der Mandatsberechnung beschäftigt. Die Feststellung des Resultats ist bei dieser Wahl erheblich zeitraubender als bei den vorhergegangenen, denn an die Urne wogten diesmal die neuen Wählermassen. Die zwischen 20 bis 25 Jahren und das große Heer der Frauen. Dazu dauerte die Wahl diesmal bis abends 8 Uhr. Die Parteien traten zahlreicher an; auch die kleinen suchten die Gunst der Verhältniswahl für sich auszuprobieren und ließen den Stimmzettel für sich entscheiden. Vor heute abend ist eine Übersicht über das gesamte Wahlresultat kaum zu erwarten, aber die gemeldeten Teilresultate zeigen immerhin die ungefähren Umrisse der Entscheidung an.

Uns und alle, die mit uns den Kampf für die Sozialdemokratie ausgefochten haben, darf es mit Freude erfüllen, daß die Sozialdemokratie gut abgeschnitten hat und daß sie mit einem starken Sieg aus der Wahl hervorgehen wird. Vorläufig liegen nur Teilresultate aus den Großstädten vor. Danach hat die Sozialdemokratie in so ziemlich allen großen Städten nicht nur die stärkste Stimmenzahl, sondern offenbar auch mehr als alle anderen Parteien zusammen. Leicht war der Kampf unserer Partei wahrlich nicht. Gegen zwei Fronten hatte sie ihre Ziele und ihren Standpunkt zu verteidigen. Von rechts wurden wir ins Lager der Anarchie geworfen, während wir nach den Schimpfereien der hyperradikalen Linken weiter nichts als verkappte ›Gegenrevolutionäre‹ sein sollten. Die Volksmassen haben aus diesen sich berichtigenden Verdrehungen die richtigen Schlüsse gezogen, haben sich nicht beirren lassen, haben der alten Sozialdemokratie ein Vertrauensvotum ausgestellt. Daß die Unabhängigen eine Niederlage erleiden würden, war nach allen Wahlen, die während des Krieges und der Revolution stattfanden, auch von Nichtpropheten vorauszusehen. Das Gesamtresultat wird wohl sein, daß die Unabhängigen mit an letzter Stelle marschieren. Katastrophal ist für die sozialistische Splittergruppe wiederum das Resultat in Dresden. Trotzdem die Unabhängigen nicht müde wurden, uns noch rasch in den letzten Tagen der Wahl die ›Blutschuld‹ für die Dresdner Spartakusausschreitungen zuschieben, schneiden sie hier wiederum so kläglich ab wie im November bei den Arbeiter- und Soldatenratswahlen. Günstig sind sie nur in Leipzig weggekommen, wo bei der Absplitterung die Parteiorganisation in ihren Händen geblieben ist. Aber während in anderen Städten die Unabhängigen einen kleinen Bruchteil von Stimmen erhielten, musterte hier die Sozialdemokratie ziemlich die Hälfte der unabhängigen Stimmenzahl. Das ist angesichts der Leipziger Verhältnisse für uns ein gutes Resultat. Die Unabhängigen bleiben mit ihrer Stimmenzahl selbst in ihrer Hochburg weit hinter der Gesamtzahl der übrigen Parteien zurück. Von den bürgerlichen Parteien scheinen die Demokraten noch am günstigsten abgeschnitten zu haben, während die Deutschnationalen auffällig schlecht weggekommen sind. Das Volk hat in dieser Mischung aus Kapitalismus und Junkertum den Hauptfeind erkannt.

Der Wahltag im Allgemeinen ist ruhiger verlaufen als nach der wüsten Spartakusagitation erwartet werden durfte. Ausschreitungen und Wahlstörungen sind nur in geringem Umfange zu verzeichnen. Die Aufforderung zur Wahlsabotage ist abgeprallt an der Vernunft der Wählermassen. Das Volk wußte, was mit den Wahlen auf dem Spiele stand, was die Nationalversammlung für die Zukunft bedeutet, daß sie der Weg zum Frieden, zu Brot und Arbeit, daß sie letzten Endes das Eingangstor zum Sozialismus ist. Daß die Wahlen ruhig verliefen, ist der unabhängigen Presse am wenigsten zu danken. Noch am Wahltag brachte Haases (USPD-)Blatt *Die Frei-*

heit Angriffe gegen die Regierung Ebert-Scheidemann, in denen die Regierung ›Zuhälter der Gegenrevolution‹ beschimpft und die Spartakusausschreitungen in Berlin mit all ihren traurigen Folgen der Mehrheitssozialdemokratie angehangen wurden. Aber auch in Berlin hat diese wilde Agitation nichts genützt. Auch hier marschiert die Sozialdemokratie allen Parteien weit voraus. Die unabhängig-sozialistischen Gruppen, ob sie nun auf Haase oder Lebedour schwören, sollten sich endlich darüber klarwerden, wo der Feind des Proletariats steht. Sie können wenige Mandate erlangen, aber den Kampf mit den Bürgerlichen können sie nicht ausfechten. Und hier in diesem Kampfe geht es um die entscheidenden Gegensätze der Revolution, geht es um wirtschaftliche Gegensätze, die nie zwischen uns und den linksradikalen Splittergruppen, sondern nur immer zwischen uns und den bürgerlichen Parteien ausgefochten werden können. Wenn uns der Hyperradikalismus bei diesen Auseinandersetzungen in den Rücken fallen will, so mag er es vor der Arbeiterschaft und der Geschichte verantworten. Wir werden in unserem Ringen gegen den Kapitalismus nicht ermüden und werden uns auf den Lorbeeren unseres Wahlsieges nicht ausruhen. Zu neuem Kampfe locken neue Wahlen. Die Gemeinderatswahlen und die zur sächsischen Nationalversammlung stehen vor der Tür. Da gibt's kein Verschnaufen. Während uns allen der Schweiß dieses Wahlkampfes noch auf der Stirn steht, ergeht an unsere Parteigenossen wiederum der Appell: An die Wahlarbeit, damit auch der 2. Februar ein Siegeszug der Sozialdemokratie werde!«

Zwar war die MSPD mit 38 Prozent als stärkste Kraft aus der Nationalratswahl hervorgegangen, doch war ihr eine Alleinregierung im Deutschen Reich nicht möglich. Sondierungsgespräche und Koalitionsverhandlungen erwiesen sich als langwierig, und Kompromisse waren schwierig zu finden, zu unterschiedliche Ansichten, Programme, Charaktere. Noch stand in Berlin keine neue Regierung, als die Sachsen zur Landtagswahl gerufen wurden.

»Im Vergleiche zu der hinreißenden Wucht der Begeisterung, die die Wahl zur deutschen Nationalversammlung entfachte, trug der zweite Gang, der die Zusammensetzung der sächsischen Volkskammer bestimmen sollte, von vornherein ein etwas flaueres Gepräge. Landtagswahlen wurden bei aller Bedeutung, die der Wahlkampf namentlich durch das Eintreten der Sozialdemokratie gewann, in der Regel ein wenig kühler durchgefochten als die Wahlen zum Reichstage. Von besonders nachteiliger Einwirkung auf die Wahlbegeisterung war aber die Häufung von Wahlen. Nach der Wahl zur Deutschen Nationalversammlung alsbald die zur Sächsischen Volkskammer. In einer ganzen Reihe von Orten dazwischen noch die Gemeindewahlen. Dazu reichen für viele Leute die Energie und die politische Schulung nicht aus. Ganz ähnlich ging es ja auch zu den Wahlen zur Preußischen Nationalversammlung. Von wesentlichem Einflusse auf die Wahlbeteiligung war aber auch der Umstand, daß die den Einzelstaaten verbleibenden Aufgaben noch ganz unklar und verschwommen sind, ja, daß noch nicht einmal die Landesgrenzen erkennbar sind, die der Republik Sachsen gesteckt sein werden. Für viele überwiegt der Gedanke an die großdeutsche Republik das Interesse an dem Gliedstaate, die beherrscht das Gefühl, daß im Reiche die großen Grundlagen für die fernere Gestaltung unseres staatlichen und wirtschaftlichen Daseins gegeben sind. Es war denn schon oft in den Wahlversammlungen eine große Leere zu bemerken, und zwar bei den bürgerlichen Parteien in gleichem oder höherem Maße als bei uns. Lebhafte Propaganda entfalteten die Unabhängigen. Ihre Mittel waren die bekannten, und die Ungunst der ganzen Lage gab ihrem Vorgehen die Resonanz, so daß es nicht verwunderlich scheint, wenn sie insofern einen kleinen Vorteil erlangten, als ihre Stimmenzahl nicht überall an dem Rückgange beteiligt war, im Ganzen sogar etwas gewachsen sein dürfte, wie die Vergleichung von Einzelergebnissen erkennen läßt. Hinter den bürgerlichen Parteien haben die rechtsstehenden allem Anschein nach am ungünstigsten abgeschnitten. Hingegen dürften die Demokraten einen Gewinn davongetragen haben.

Im ganzen prägt sich in dem Ergebnis zweier ja so wichtiger Wahlen die Stimmung eines Volkes aus, das noch in der Ungewißheit über seine Lage steht und noch nicht die Wege zu erkennen vermag, die es herausführen. Leicht aufgeflackerte Neigung für die eine oder andere Partei wird dabei sehr oft durch wechselnde Stimmung oder durch Gleichgültigkeit verdrängt. Am meisten wohl beim weiblichen Geschlecht, auf dessen ausschlaggebende Bedeutung die eingetretenen Schwankungen zum allergrößten Teile mit beruhen. Soviel aber zeigt das Wahlergebnis schon mit voller Deutlichkeit, daß die alte Sozialdemokratie den festen Stern aller demokratischen Verhältnisse bietet. Sie ist bei weitem die stärkste Partei, und wird den Vertretern der Unabhängigen in der Volkskammer eine absolute Mehrheit bilden. An den Unabhängigen wird es liegen, ob sich die Möglichkeit bieten wird, in geschlossener Weise sozialdemokratische Politik zu treiben. Erweisen sich die Unabhängigen als politisch unfruchtbar, so wird bald die Weltgeschichte über sie und ihren kleinen Augenblickserfolg zur Tagesordnung übergehen. Für die arbeitende Klasse ergibt sich aus dem Wahlergebnis die Aufgabe, weiterhin zu arbeiten an der Festigung der sozialistischen Anschauungen im Volke und an dem zielsicheren Aufbau neuer fester Verhältnisse wie im Reiche, so auch im Staate.«

Der Wahltag verlief ruhig, nur in Oschatz kam es zur Stürmung eines Wahllokals, da nicht alle Wahlberechtigten auf der Liste standen, danach besetzte ein Ulanen-Regiment die örtliche Zeitung. Die Wahlbeteiligung lag circa 10 Prozent niedriger als bei der Reichstagswahl. 96 Sitze waren in der Volkskammer zu besetzen. Die MSPD lag nach der Auszählung bei 41,6 Prozent (42 Sitze), die USPD bei 16,3 Prozent (15 Sitze). Die beiden liberalen Parteien erlangten knapp 26,8 Prozent (zusammen 26 Sitze), die Nationalen 14 Prozent (13 Sitze) und die Christliche Volkspartei 1 Prozent (1 Sitz). Angestrebt wurde eine sozialdemokratische Koalition aus MSPD und USPD, doch auch im Land Sachsen gestalteten sich die Gespräche zur Regierungsbildung komplizierter als vermutet. Die Parteien sondierten und diskutierten. Wer regieren würde, war nicht entschieden.

In Berlin schien man Kompromisse, die zur Regierungsbildung führten, gefunden zu haben. Im Neuen Theater zu Weimar trat am 6. Februar 1919 die neue, am 19. Januar gewählte verfassungsgebende Deutsche Nationalversammlung zusammen. Die thüringische Kleinstadt Weimar wurde zum Tagungsort bestimmt, weil die nachrevolutionären Unruhen in Berlin gewalttätige Störungen erwarten ließen, andererseits sollte »der Geist der Klassik die Abgeordneten inspirieren«. Unter den 421 Abgeordneten waren 37 Frauen. Die Sitzung wurde vom »Volksbeauftragten« Friedrich Ebert eröffnet: »Meine Damen und Herren! Die Reichregierung begrüßt durch mich die verfassungsgebende Versammlung der deutschen Nation. Besonders herzlich begrüße ich die Frauen, die zum ersten Male gleichberechtigt im Reichsparlament erscheinen. Sobald das Selbstbestimmungsrecht des deutschen Volkes gesichert ist, kehrt es zurück auf den Weg der Gesetzmäßigkeit. Mit den alten Königen und Fürsten von Gottes Gnaden ist es für immer vorbei. Das deutsche Volk ist frei, bleibt frei und regiert in alle Zukunft sich selbst!« Die parlamentarische Selbstbestimmung des deutschen Volkes war so sicher nicht, denn noch waren die Friedensverhandlungen mit den Alliierten nicht abgeschlossen.

Am 10. Februar verabschiedete das in Weimar tagende Parlament das Gesetz über die vorläufige Reichsgewalt, in dessen 1. Paragraphen es heißt: »Die verfassunggebende deutsche Nationalversammlung hat die Aufgabe, die künftige Reichsverfassung sowie auch sonstige dringende Reichsgesetze zu beschließen.« Laut Paragraph 6 führte die »Geschäfte des Reichs« nunmehr dessen Präsident, zu dem man Friedrich Ebert ohne Gegenkandidaten bestimmt hatte. Ebert betraute Freund und Genosse Philipp Scheidemann mit der Reichsregierungsbildung. Scheidemanns »Weimarer Koalition« bestand aus den drei größten aus der Wahl hervorgegangenen Parteien, der sozialdemokratischen MSPD, der katholisch-konservativen Zentrumspartei und der liberalen DDP. Der Ministerpräsident wurde im Vergleich zum ehemaligen Reichskanzler mit weniger Macht ausgestattet, »die Minister sind nicht seine ›Untergebenen‹, sondern der Präsident ist ›Erster unter seines Gleichen‹.«

Philipp Scheidemann bei Amtsantritt: »Das erste Wort der ersten verantwortlichen Regierung der deutschen Republik muß ein Bekenntnis zu dem Gedanken der Volksherrschaft, den diese Versammlung verkörpert, sein. Aus der Revolution geboren, ist es ihr Beruf, das geistige Gut der Revolution vor Verschleuderung zu wahren und zum dauernden Besitz des ganzen deutschen Volkes zu machen. In gerechter freier Wahl, bei der es keinen Unterschied gab des Ranges, Besitzes und Geschlechtes, hat das Volk Sie zu seinen Vertretern bestellt, durch Sie wird es sich seine Gesetze geben, denen unverbrüchlichen Gehorsam zu leisten unser aller Pflicht ist. Ich glaube die Prophezeiung wagen zu dürfen, daß die Zeiten der Gewaltherrschaft ein für allemal vorüber sind, daß keine Macht der Welt jemals ungestraft es wagen dürfte, das gleiche politische Recht aller Volksgenossen anzutasten.«

Das von der Regierung verabschiedete Weimarer Programm stieß auf fundamentale Kritik von links. »Von

Sozialismus enthält es kein Wort. Wo Andeutungen an die Forderungen der revolutionären Arbeiter selbst von dieser Regierung gemacht werden mußten, geschieht es in verschwommener und versteckter Form, aus der das Bürgertum nur das eine herauslesen wird, daß es vom Sozialismus nichts zu fürchten hat. Was von der Sozialisierung angedeutet wird, das geht nicht über das hinaus, was schon von den alten Gewalten vorbereitet war. Der Militarismus soll neu entstehen. Kein Gedanke an die Errichtung einer Volkswehr, an die Bewaffnung der Arbeiterklasse. Die Arbeiter- und Soldatenräte werden ausgeschaltet. Sollen durch dieses Programm auch die wenigen Erwartungen, die die Arbeiterschaft auf die Revolution gesetzt hat, zunichte gemacht werden, so gibt das Koalitionskabinett dem Bürgertum mit desto volleren Händen. Die Bourgeoisie wird von der Angst vor der Durchsetzung sozialistischer Grundsätze befreit, das Privateigentum am Grundbesitz soll so gut wie gar nicht angetastet werden, dem Mittelstand werden Versprechungen gemacht, wie sie von der alten Regierung auch nicht schöner gehört worden sind. Alles in allem bestätigt das Programm: Die Revolution ist zu Ende, der Traum von der sozialistischen Republik ist ausgeträumt.«

Die Wahlen in Bayern hatten der provisorischen Regierung unter Kurt Eisner eine empfindliche Niederlage beigebracht. Seine USPD war mit 2,5 Prozent und drei Sitzen zur Splittergruppe im Parteienspektrum degradiert worden. »Folge war, dass sich die Revolutionsregierung fortan zunehmend schwertat, ihre politischen Entscheidungen zu legitimieren. Nahezu umgehend nach der Wahl spitzte sich die politische Auseinandersetzung zu. Destabilisierte die äußerste Linke die Lage durch den Druck der Straße sowie gewaltsame Übergriffe gegen Regierungsmitglieder und Presseorgane, so trug die bürgerliche Rechte vor allem durch ihre mediale Präsenz zur Aufheizung der Stimmung bei. Kontroverse Themen waren dabei die künftige Rolle der Räte, der Aufbau einer Bürgerwehr und Eisners Eingeständnis der deutschen Kriegsschuld.«

Grimm und Unmut der bürgerlichen Kreise und reaktionären Kamarillen über das völkerverständigende Wirken Kurt Eisners nahmen durch Hetze und gefälschte Neuigkeiten in Zeitungen und Volksreden Ausmaße an, so dass sich der Ministerpräsident zur Reaktion veranlasst sah: »Während ich (auf der Sozialistenkonferenz) in Bern, nicht ohne Erfolg, mich bemühte, für das deutsche Volk zu wirken, gegen das sich wegen der Verbrechen des alten Systems ein ungeheures Maß von Haß, Verachtung und Mißtrauen angehäuft hat, erhalte ich aus Bayern Presseerzeugnisse zugesandt, die mir leider beweisen, daß diejenigen, die die Führer der öffentlichen Meinung sein wollen, heute noch ebenso sinnlos und frevelhaft das Verderben Deutschlands organisieren helfen wie während der 4½ Jahre des Krieges. Man weiß noch immer nicht, von welchen Gefahren wir bedroht sind, und noch weniger, was wir in dieser Lage zu tun haben. Da hat man gedruckt, daß ich nach Bern gegangen sei, um das während meiner Regierung gestohlene Vermögen in Sicherheit zu bringen. Ein edles Mitglied der Pressezunft macht von der Schrankenlosigkeit der Pressefreiheit Gebrauch, sogar unter Berufung auf ein Oppositionsmitglied, diese idiotische Geschichte in die Welt zu setzen, ich hätte jede Woche von England Geld erhalten: idiotisch und zugleich bewußt verlogen, weil ich ja 8 ½ Monate lang in Untersuchungshaft gesessen habe und während dieser Zeit mit peinlicher Genauigkeit alle meine Verhältnisse durchstöbert worden sind. Fast die gesamte Presse bringt über die Berner Verhandlungen, in denen es mir gelungen ist, das Vertrauen der Internationale in den guten Willen der deutschen Massen zurückzugewinnen, gefälschte und entstellte Berichte, nicht durchweg durch die Schuld ihrer Berner Korrespondenten, die sich bemüht haben, wahrheitsgemäß die Tätigkeit des bayerischen Ministerpräsidenten darzustellen, sondern durch redaktionelle Verblendung, die gegenwärtig in der ganzen Welt nichts mehr sieht, als den verächtlichen Kleinkram kapitalistisch-bourgeoiser Reden für den Inbegriff politischer und staatsmännischer Weisheit zu halten. Liest man das alles im Ausland, so möchte man daran verzagen, ob diesem armen irregeführten deutschen Volke überhaupt noch zu helfen sei. Dennoch muß jeder seine Pflicht tun, und ich wenigstens bin entschlossen, sie weiter zu tun, so widerwärtig es auch gegenwärtig sein mag, mit einer Welt von Lüge und Dummheit zu ringen; denn ich weiß, daß Wahrheit und Vernunft siegen werden und möchte hoffen, daß das Erwachen nicht ebenso zu spät kommt wie bei unserem militärischen Zusammenbruch.«

Breaking News, Breaking News, Breaking News am 21. Februar 1919: »München: Heute vormittag gegen zehn Uhr wurde der Ministerpräsident Kurt Eisner auf dem Wege vom Ministerium des Äußeren nach dem Landtagsgebäude in der Prennerstraße von einem Leutnant Graf von Arco auf Valley durch zwei Kopfschüsse von hinten getötet. Der Täter wurde durch einen Polizisten schwer verletzt und liegt im Sterben.«

Linke Kommentare glichen sich: »Nach Liebknecht und Rosa Luxemburg ist nun auch Kurt Eisner das Opfer der entfesselten Ordnungsbestie geworden. Er fällt, der tapfere Vorkämpfer und Bahnbrecher der deutschen Revolution, der Entzünder des revolutionären Feuerbrandes in Bayern, auf den Schanzen, im Dienste des Befreiungskampfes. Er fällt als das Opfer einer schamlosen, mit den niedrigsten Mitteln arbeitenden Hetze der Reaktion, die dem Mörder das Mordeisen in die Hand drückte. Ein Edler ist gefallen, einer, der sich restlos geopfert hat für die Gesamtheit. Mit aller Glut seines leidenschaftlichen Temperaments hat Kurt Eisner sein Werk getan. Vier Kriegsjahre lang hat er seine Existenz aufs Spiel gesetzt, um die Aktion gegen den Krieg zu schaffen, die er ersehnte, die er als einzige Rettung erkannt hatte. Kein Opfer hat er für dieses Ziel gescheut. Im Januar 1918 bot er seine ganze Kraft seiner Beredsamkeit und seines Willens auf, um die Bewegung über das Stadium des bloßen Lohnkampfs hinauszutreiben zur revolutionären Aktion. Er glaubte damals schon die Möglichkeit gegeben, die Hydra des Völkermordes durch den hunderthändigen Griff des geeinigten Proletariats zu erdrosseln. Er überschätzte die revolutionäre Kraft und Erkenntnis in der durch die rechtssozialistische Presse systematisch irregeführten

Arbeiterschaft. Er war unter den Opfern des Streiks und mußte als Hochverräter mehr als neun Monate im Untersuchungsgefängnis verbringen, bis ihn endlich der Zusammenbruch des deutschen Militarismus in der Ära des Bürgerprinzen befreite. Damals wußte Kurt Eisner, daß die Zeit endlich reif geworden war. Er fühlte die Revolution kommen, und er hat nicht gezögert, die Arbeit vom Januar 1918 wieder aufzunehmen. Wie er gegen den Willen der Rechtssozialisten an jenem denkwürdigen 8. Oktober das zündende Wort in die wartende Masse warf, mit einer kühnen Initiative sich an die Spitze der Bewegung schwang, das ist in aller Erinnerung.

Wie er damals alle Gefahren mißachtet hat, so hat er es weiter getan. Unermüdlich hat er gearbeitet, um das im ersten Anlauf Gewonnene zu sichern und zu festigen. Er stand im Agrarland Bayern als Sozialist und dem überwiegend rechtssozialistischen Proletariat des Landes als unabhängiger Sozialist auf exponiertem Posten. Die Schwierigkeit seiner Lage erklärt manches Zugeständnis, das er dem Partikularismus gemacht hat. Er glaubte um des größeren Zieles willen den Preis zahlen zu dürfen. Seine Wege sind nicht immer die unsrigen gewesen, aber stets haben wir uns geneigt vor dem feurigen Idealismus, vor der rückhaltlosen Hingabe an die Sache, mit der Eisner seine revolutionäre Arbeit getan hat. Nun ist der geistreiche Mund verstummt, und die Hand ist kalt und steif geworden, die die seine geschliffenen Sätze schrieb, in die dieser Künstler des Stils seine Gedanken, seine aufrüttelnden Weckrufe zu kleiden wußte. In tiefer Trauer stehen wir an der Bahre des sinnlos Gemordeten. Mit zusammengebissenen Zähnen hören wir die schreckliche Nachricht. Die Liste der Opfer, die der Befreiungskampf des Proletariats kostet, ist um ein neues und schweres verlängert. Während die Ebert und Scheidemann zu den Sesseln der Macht aufsteigen, fallen die wahren Vorkämpfer der Arbeiterklasse. Der weiße Schrecken hebt sein Haupt. Wehe der Arbeiterklasse, wenn sie ihm nicht zu begegnen wüßte! Wehe dem deutschen Proletariat, wenn es nicht aus dem Schicksal der Liebknecht, Luxemburg und Eisner endlich Erkenntnis und Kraft zu einiger Tat zu finden vermag!«

Kurt Eisner war auf dem Weg vom Außenministerium ins Landtagsgebäude gewesen, um dort den Rücktritt seiner Regierung zu erklären. Sein Begleiter Felix Fechenbach schilderte das Geschehen: »Freunde baten Eisner, er möge nicht über die Straße, sondern durch den ›Bayerischen Hof‹ gehen, dessen rückwärtiger Ausgang gegenüber dem Landtagsgebäude liegt. Eisner weigerte sich entschieden. Wir gingen zu dreien, rechts der Leiter des Bureaus des Ministerpräsidenten, in der Mitte Eisner, und ich zu seiner Linken. Plötzlich krachen hinter uns schnell nacheinander zwei Schüsse, Eisner schwankt einen Augenblick, er will etwas sprechen, aber die Zunge versagt ihm. Dann bricht er lautlos zusammen.«

Voller Zorn packte Felix Fechenbach den 22-jährigen Attentäter Anton Graf von Arco auf Valley am Arm und warf ihn zu Boden. »Ein herbeigeeilter Wachsoldat feuerte mehrere Schüsse auf ihn. Obwohl durch den Tod seines großen politischen Vorbildes zutiefst erschüttert, lief Fechenbach hinüber zum Landtag, um Minister Erhard Auer, Vorsitzenden der MSPD und offener Gegner Eisners, zu warnen. Dieser nahm die Nachricht vom Tode Eisners zwar mit ernster Miene auf, sah aber keinerlei Gefahr für sein Leben. Fechenbach befürchtete zu Recht, dass der Mord an Eisner zu einem noch größeren Blutvergießen führen könnte. So gut es ihm möglich war, versuchte er, die aufgewühlten Menschen zu beruhigen, bürgerkriegsähnliche Zustände zu abzuwehren. In letzter Sekunde gelang es ihm zu verhindern, dass die Waffen aus dem Zeughaus an die aufgebrachten Massen verteilt werden. Soldaten trugen derweil den toten Ministerpräsidenten ins Portierszimmer des Ministeriums des Äußeren. Am Ort des Attentates wurde ein Bild Eisners aufgestellt. Im Nu war es von Kränzen und Blumen umgeben. Soldaten mit Bajonetten übernahmen die Totenwache. Der tote Ministerpräsident war der erste Märtyrer der Revolution in Bayern.«

Unter Münchens Bürgern wurde die Nachricht von Arcos Tat nicht nur mit klammheimlicher Freude aufgenommen, man freute sich auch ungeniert: »Die Schulkameraden unserer Jungen haben bei der Nachricht applaudiert und getanzt«, notierte Thomas Mann, der seinerzeit in München lebte. In der Arbeiterbevölkerung jedoch überwog das Entsetzen. Hier genoss der intellektuelle Eisner große Sympathien. Im Landtag, »eine Stunde nach dem Mord: Gerade hatte der Vorsitzende der bayerischen MSPD, Innenminister Erhard Auer, der in den Monaten zuvor nichts unversucht gelassen hatte, um das Ansehen Eisners herabzusetzen, sich von der Bluttat distanziert – da stürzte der Schankkellner Alois Lindner, Mitglied des

Revolutionären Arbeiterrats, in den Saal und feuerte zwei Schüsse auf Auer ab. In dem anschließenden Tumult wurden ein Abgeordneter der Bayerischen Volkspartei und ein als Besucher anwesender Major getötet; Auer überlebte schwer verletzt.« Mit den Schüssen auf Eisner und Auer begann die zweite, radikalere Phase der Revolution in München.

»Die Kugeln, die den Genossen Eisner niederstreckten, haben ein wildes Blutchaos über das Land Bayern gebracht. Die eine Bluttat hat eine Hydra von Attentaten entbunden. ›Das ist der Fluch der bösen Tat, daß sie fortzeugend Böses muß gebären.‹ Minister Auer liegt auf den Tod getroffen danieder, ein Zentrumsabgeordneter und ein Ministerialbeamter sind getötet und wie viele Verletzte die Schießerei im Landtage noch gefordert hat, wie groß die Zahl der Opfer schließlich sein wird, ist aus den aufgebrachten Münchner Meldungen noch nicht mit Sicherheit zu entnehmen. Wir wissen auch kaum etwas über die Person des Täters (oder der Täter), wir wissen nicht einmal, welche Motive die Tat bestimmten, ob sie etwa wilden Rachegelüsten fanatisierter Wirrköpfe entsprang, die da glaubten, den Manen Kurt Eisners furchtbar blutige Opfer bringen zu müssen. So nahe die Vermutung liegt, ebensogut möglich ist auch, daß auch hinter der Bluttat im Landtage als Schuldige die Gegenrevolution steht.

Es sind nicht nur die Toten und Verletzten des Blutfreitags in München zu beklagen, das ganze Land Bayern ist getroffen und windet sich in wildem Wundfieber. So stark ist der Eindruck der Morde gewesen, daß das Proletariat plötzlich die Einheit der Aktion gefunden hat und die Stadt unter seine Diktatur gestellt hat. Die Rechtssozialisten, die sich in den letzten Tagen heftig gegen die Pläne Eisners gewehrt hatten, dem Rätesystem in der Verfassung des Landes einen Platz zu geben, haben sich der Wucht der entschlossenen Stimmung in der Arbeiterschaft beugen müssen und sind in die neue Kombination, die die politische Macht in den Räten konzentriert, beigetreten. Der Streitpunkt, um den sich das politische Leben Bayerns immer erregter und fieberhafter gedreht hat, die Frage, ob der neugewählte Landtag der absolute Souverän in Bayern sei, oder ob seine Befugnis durch die Arbeiter- und Bauernräte eingeschränkt werden sollte, ist somit vorläufig im Sinne der letzteren Auffassung entschieden. Der Opfertod Kurt Eisners hat die Forderungen triumphieren lassen, die er eifrig vertreten, für die er vor ein paar Tagen noch an der Spitze einer großen Arbeiterbewegung in den Straßen Münchens demonstriert hat.« Ironie dieses Ministermordes: Eisner war auf dem Wege gewesen, seinen Rücktritt einzureichen. Anton Graf von Arco auf Valleys Tat wollte genau dieses provozieren. Doch setzte sie ganz anderes in Gang

»Noch am 21. Februar rief der Vollzugsrat der Arbeiterräte Delegierte aus ganz Bayern zusammen. Aus dieser Versammlung ging ein Zentralrat der bayerischen Republik hervor, in dem Vertreter von MSPD, USPD und KPD sowie der Bauernräte saßen. Vorsitzender wurde ein Mehrheitssozialdemokrat, der Augsburger Volksschullehrer Ernst Niekisch, der zum linken Flügel der Partei gehörte. Ein allgemeiner Rätekongress beschloss kurz darauf, den Landtag auf unbestimmte Zeit zu vertagen und einem provisorischen Nationalrat die Regierung zu übertragen. Doch der Beschluss blieb folgenlos, weil die MSPD auf den Standpunkt beharrte, dass ein funktionsfähiges Kabinett nur aus dem gewählten Landtag hervorgehen könne. Dieser trat am 17. März zusammen und berief den MSPD-Politiker und ehemaligen Kultusminister in der Regierung Eisner, Johannes Hoffmann, zum neuen Ministerpräsidenten. Es gelang dieser Koalitionsregierung jedoch nicht, die erregte Stimmung in der Arbeiterschaft zu beruhigen. Im Gegenteil.«

Am 12. März fasste die USPD München den Beschluss und verwarf »grundsätzlich die bürgerliche Demokratie und den bürgerlichen Parlamentarismus als Ausdruck des politischen Willens und als Kampfmittel des werktätigen Volkes. Als Mittel bedient sie (USPD) sich der Verwaltung durch das werktätige Volk (Diktatur des Proletariats), in der sie kein terroristisches, sondern ein schöpferisches Mittel sieht. Voraussetzung ist die Eroberung der politischen Macht durch die Räte. Die Unabhängige Sozialdemokratische Partei Münchens wehrt sich entschieden gegen jede Kompromißpolitik mehrheitssozialistischer Führer. Die Unabhängige Sozialdemokratische Partei verwirft jedes Bestreben, eine sozialistisch revolutionäre Front zu bilden, die einen Teil der arbeitenden Bevölkerung ausschließt. Die Unabhängige Sozialdemokratische Partei sieht in der Kommunistischen Partei eine Bruderorganisation, mit der sich eine gemeinsame Arbeitsbasis finden läßt, ebenso, wie sie alles aufbietet, um die revolutionären sozialistischen Massen der Mehrheitsparteien für den neuen Aufbau zu gewinnen. Aus den dargelegten Grundsätzen folgt für die gegenwärtige Lage, daß sie die Vereinbarungen des 7. und 8. März entschieden verwirft, das Verhalten der Fraktion im Rätekongreß nicht billigt und es ablehnt, auf der Grundlage der Vereinbarungen mit den Mehrheitsführern sich an einem Ministerium zu beteiligen.«

Die Nachricht von der »Proklamation der ungarischen Räterepublik durch Béla Kun in Budapest am 21. März wirkte beflügelnd auf all jene in München, die von einem ähnlichen Experiment träumten. Hinzu kam, dass es wirtschaftlich immer mehr bergab ging und ein plötzlicher Wintereinbruch Ende März die Not verschärfte. Am 3. April wollten Mitglieder des Augsburger Arbeiterrats sofort die Räterepublik ausrufen. Einen Tag später fasste der Zentralrat in München den Beschluss, die nächste Sitzung des Landtags abzusagen. Der Landtag wurde für aufgelöst erklärt, der Rücktritt des Ministeriums Hoffmann bekanntgegeben und ›jedes Zusammenarbeiten mit der verächtlichen Regierung Ebert-Scheidemann-Noske-Erzberger‹ in Berlin abgelehnt. Die Regierung Hoffmann packte die Koffer und wich ins fränkische Bamberg aus. In Flugblättern, die sie von einem Flugzeug aus über München abwerfen ließ, erklärte sie, dass sie ›die einzige Inhaberin der Gewalt in Bayern‹ bleibe und ›allein berechtigt‹ sei, ›rechtswirksame Anordnungen zu erlassen und Befehle zu erteilen‹.« Harry Graf Kessler kommentierte die Ausrufung der Räterepublik so: »Das erste Stück von Deutschland, das zum Bolschewismus übergeht. Wenn sich die Kommunisten dort halten könnten, so wäre das ein deutsches und europäisches Ereignis ersten Ranges.« Sie hielten sich kaum einen Monat. Der geflohene Ministerpräsident rief die Reichsregierung in Berlin um Hilfe an. Die setzte Truppen in Marsch gen München gegen diese Räterepublik. Unter ihnen viele Freikorps, die Reichswehrminister Gustav Noske für solche Situationen in Bereitschaft gehalten hatte. Die Gewaltspirale eskalierte.

»Die Regierung Hoffmann hat ein neues großes Verbrechen begangen. Dreimal sind ihr Verhandlungen angeboten worden, dreimal hat sie jede Verhandlung abgelehnt. Zum letzten Mal, unmittelbar vor dem Beginn der Kämpfe in München, ist ihr ein durchaus annehmbares Angebot gemacht worden. Aber bei dieser Regierung gilt keine ruhige Überlegung mehr. Sie hat sich der Gegenrevolution verkauft. Die Gegenrevolution treibt sie vorwärts. Bei dem Versuch, ihr entgegenzukommen, würde sie über die Köpfe der Hoffmann und Genossen hinweggehen. Nicht diese Regierung herrscht mehr in Bayern, sondern die Führer der gegenrevolutionären Truppen, die Bürgerlichen, der katholische Klerus, die Hoffmann und Genossen zu Hilfe gerufen haben. Die Entfesselung der Reaktion war das größte Verbrechen, dessen sich diese Regierung schuldig gemacht hat. Dieses Verbrechen hat die andern nach sich gezogen. Nun ist es so weit, daß jedes Verhandlungsangebot zurückgewiesen wird, damit die entfesselte reaktionäre Bestie sich ausrasen und sich den Blutpreis für die Erhaltung der Regierung Hoffmann holen kann. Nach den bürgerlichen Berichten aus München müssen die Straßenkämpfe fürchterlich sein. Diese

Berichte lassen ahnen, daß unter den gegenrevolutionären Truppen eine Pogromstimmung aufgeputscht worden ist, die sich nun entlädt. Man kann sich denken, daß die Studenten aus Würzburg und Erlangen, die bewaffneten Bürger, die von den Pfaffen zum Mord aufgehetzten Bauern in München wüten wie Noskes Truppen in den Straßen Berlins. Die Wut der Ordnungsbestie ist entfesselt und tobt gegen die revolutionären Arbeiter. Verhandeln? Niemals! Tötet! Tötet!«

Ende April war der Belagerungsring der Regierungstruppen um München geschlossen. »Die Landeshauptstadt sah sich vollständig von allen Lebensmittelzufuhren abgeschnitten; der Zahlungsverkehr brach zusammen. Die gemäßigten Mitglieder in der Räteregierung drängten auf Verhandlungen. Am 27. April sprach jedoch eine Mehrheit der Betriebsräte ihr das Misstrauen aus und zwang sie zum Rücktritt. Im neuen Aktionsausschuss waren die Kommunisten nicht mehr vertreten. Alle Versuche, in letzter Minute ein Blutvergießen zu verhindern, scheiterten an der kompromisslosen Politik Noskes einerseits und an der fatalen Überschätzung der eigenen Kräfte durch die Räterepublikaner. Am 30. April wurden im Luitpoldgymnasium zehn Geiseln, darunter sieben Mitglieder der rechtsextremistischen Thule-Gesellschaft, erschossen – als Rache für die von den ›weißen‹ Verbänden vor den Toren der Stadt verübten Gräueltaten. Diese Mordtat, die auch von den Anhängern der Räteregierung scharf verurteilt wurde, diente den Regierungstruppen bei ihrem Einmarsch als Vorwand, um ein wahres Blutregiment zu errichten. Am 1. Mai wurde in München gekämpft, bereits am 3. Mai war die Stadt in Noskes Hand. Was nun folgte, war ein ›weißer Schrecken‹, wie ihn noch keine deutsche Stadt, auch Berlin nicht, erlebt hatte. Eine Woche lang hatten die Eroberer Schießfreiheit, und alles, was ›spartakusverdächtig‹ war – im Grunde die ganze Münchner Arbeiterbevölkerung – war vogelfrei. Insgesamt kamen in diesen wenigen Schreckenstagen über 600 Menschen ums Leben, viele von ihnen völlig unbeteiligte Zivilisten. Erst nach dem 8. Mai hörte das Morden auf. Für ›die umsichtige Leitung und Durchführung der zur Befreiung Münchens aus der Hand der Bolschewisten notwendigen militärischen Operation‹ sprach der wieder amtierende Ministerpräsident Johannes Hoffmann den Truppen seinen herzlichsten Dank aus.«

»Träume vom ewigen Frieden begleiten die Menschheit durch die Wirklichkeiten ewigen Krieges. Dichter, Propheten, Philosophen singen, weissagen, lehren durch die Jahrtausende von dem Goldenen Zeitalter, das die einen, die sentimental Rückwärtsgewandten, in den Anfang der Dinge als das für immer verlorene Paradies setzen, die anderen, die tätig Revolutionären, als Idee, als menschliche Aufgabe, als Kampfziel in die Zukunft verlegen.«

Kurt Eisner: *Theorien und Phantasien vom ewigen Frieden*

III. Volk tötet Volksvertreter

Trotz Wahl und feststehendem Endergebnis waren die politischen Verhältnisse in Sachsen im März 1919 noch unklar. Eine Alleinregierung war der MSPD nicht möglich. Deren Vertreter hofften auf eine Zusammenarbeit mit der Schwesterpartei, doch die USPD sah dafür wenig Chancen. Sondierungsgespräche führten zu keinen Kompromissen, vielmehr entzweiten sie die Schwesterparteien endgültig. »Die sozialdemokratische Fraktion der sächsischen Volkskammer hatte vor einigen Tagen bereits beschlossen, trotz der Stellungnahme der Unabhängigen, an der Absicht festzuhalten, eine rein mehrheitssozialdemokratische Regierung zu bilden. In letzter Stunde traten jedoch Schwierigkeiten ein. Das Abschwenken der Unabhängigen hatte dem Verlangen der (liberalen) Deutschen Demokratischen Fraktion, an der Regierung beteiligt zu sein, neuen Anstoß gegeben, und sie ließ der sozialdemokratischen Fraktion die Mitteilung zukommen, daß die Demokraten nur dann für einen sozialdemokratischen Ministerpräsidenten stimmen würden, wenn ihnen im Ministerium die entsprechende Zahl von Sitzen eingeräumt werde. Die sozialdemokratische Fraktion ist aber auch in der neuen Beratung bei ihrem ersten Beschlusse stehen geblieben.

In konservativen Blättern wird das als ›reine Machtpolitik‹ bezeichnet, die dazu voller Gefahren sei, weil die sozialdemokratische Fraktion nur 42 von 96 Sitzen der Volkskammer inne habe. Die konservative Presse scheint also bereits jetzt überzeugt, daß die Unabhängigen nicht nur die Teilnahme an der Regierung verweigern, sondern auch die Regierung bekämpfen werden, auch wenn sie nur aus Sozialdemokraten besteht. Das muß ja füglich erst abgewartet werden. Jetzt sitzen in der Volkskammer 42 und 15, zusammen 57 Sozialdemokraten, und 39 Bürgerliche. Und die sozialdemokratische Fraktion läßt sich bei ihrer Haltung doch eben von der Tatsache leiten, daß die Mehrheit in der Volkskammer wie die Mehrheit der Wähler im Lande aus Sozialdemokraten besteht, daß sie demnach auch verpflichtet ist, die Regierung sozialdemokratisch zu gestalten. Sollten die Unabhängigen es wirklich auf sich nehmen wollen, diese selbstverständliche Haltung der sozialdemokratischen Fraktion zu durchkreuzen? Das wäre denn doch ein Meisterstück politischer Unvernunft und Böswilligkeit, das wäre Sabotage, Zerstörungsarbeit an den Errungenschaften der Revolution, das wäre Verrat an der Arbeiterschaft. Wir brauchen uns die Köpfe der Unabhängigen nicht zu zerbrechen. Möglich schon, daß sie es drauf anlegen, eine sozialdemokratische Regierung unmöglich zu machen. Doch können wir es auf eine praktische Probe ankommen lassen.«

Die praktische Probe erfolgte: Die Unabhängigen verweigerten ihre Mitarbeit im geplanten Kabinett der Mehrheitssozialisten. Trotzdem stellte sich deren Kandidat Dr. Georg Gradnauer, der seit 22. Januar die Regierungsgeschäfte provisorisch führte, im Parlament zur Wahl. Überraschenderweise erlangte er ohne vorherige Koalitionsaussage eine absolute Mehrheit unter den Abgeordneten. Und das von der USPD provozierte Chaos blieb aus. »Der Mehrheitssozialist Dr. Gradnauer wurde am 14. Februar in der Sitzung der Volkskammer zum Ministerpräsidenten gewählt. Die Regierungssozialisten stehen scheinbar auf dem Gipfel ihrer Macht. In Wirklichkeit ist ihre Position niemals schwächer gewesen, als augenblicklich in Sachsen. Das zeigt am besten das Stimmenverhältnis bei der gestrigen Wahl. Gradnauer erhielt von 91 abgegeben Stimmen ganze 49. Ein Zettel enthielt den Namen Dr. Koch, alle übrigen waren unbeschrieben. Von den bürgerlichen Parteien waren gerade so viele abkommandiert, als nötig waren, um Herrn Gradnauer mit einer Stimmenmehrheit durchs Ziel zu bringen. Der Gewählte hat nichts hinter sich, als ausschließlich seine Partei, die allein nur eine Minderheit ist. Diese Isolierung haben die Mehrheitler ihrer jammervollen Politik zu verdanken, durch die sie immer tiefer in den Sumpf hineingeraten.

Anstatt die günstige Situation in Sachsen auszunutzen und durch eine klare Entscheidung für den Sozialismus eine geschlossene sozialdemokratische Regierungsmehrheit zu schaffen, haben sie sich nur zaghaft und widerstrebend durch die politischen Ereignisse vorwärtsschieben lassen und durch ihre Unentschlossenheit die revolutionären Elemente von sich abgestoßen. Auf der anderen Seite haben alle die Konzessionen, die Herr Gradnauer in seinen Reden dem Bürgertum machte, noch nicht genügt, das Mißtrauen der bürgerlichen Parteien gegen alles, was sich sozialistisch nennt zu zerstreuen. Und wenn sieben der kapitalistischen Vertreter für Gradnauer stimmten, so geschah das nur aus taktischen Erwägungen und in der Hoffnung, daß dadurch die Entwicklung nach links etwas gehemmt werden könnte. Der neue Ministerpräsident ist sich auch keineswegs im Zweifel über seine Position. Das bewies die Beklommenheit, unter der er den üblichen Dank abstattete. Charakteristisch ist übrigens das zu seinen früheren verschwommenen Erklärungen passende Bekenntnis, daß er arbeiten werde ›für politischen und sozialen Fortschritt, für des Volkes Wohl und des Vaterlands Erneuerung‹. Darunter kann nun jeder verstehen, was er will.« Das Parteiengezänk ging weiter und an mehrheitlichen Lösungen vorbei.

Der gewählte Ministerpräsident versuchte, die Staatsmacht in Sachsen zu stabilisieren. Eine Minderheitsregierung hätte es bei den herrschenden politischen Verhältnissen in ihrer Arbeit schwer gehabt, aber notgedrungen sprach Gradnauer genau darüber mit den im Parlament vertretenen Parteien. Seine Verhandlungen waren erfolgreich, die liberalen Parteien würden auf eine Totalopposition verzichten. »Man mag sich über die Art, wie die Regierungsbildung stattfindet, beklagen, man wird sich aber damit abzufinden haben. Die Lage der neuen Regierung ist keine rosige. Es wird von ihr abhängen, inwieweit sie die Unterstützung der bürgerlichen Parteien finden wird. Geschieht letzteres nicht, so ist ihre Geburts- zugleich auch ihre Sterbestunde. Ein solcher Zustand bietet natürlich keine Gewähr für eine aufwärtssteigende Entwicklung. Wir brauchen Ruhe und Ordnung. Man kann überzeugt sein, daß die neue Regierung ehrlich bestrebt ist, schon aus Selbsterhaltungsgründen, für beides zu sorgen.

Ob sie hierzu stark genug ist, wird bereits die nächste Zukunft zeigen. Die (liberale) Deutsche Demokratische Partei beabsichtigt nicht, der neuen Regierung grundsätzlich Schwierigkeiten zu bereiten. Ihr oberster Grundsatz ist, der Gesamtheit unseres Volkes zu dienen. Läßt sich die neue Regierung ebenfalls von diesem Gesichtspunkte und nicht von einer Rücksichtnahme auf einseitige Klasseninteressen leiten, dann wird sie auf die Unterstützung der Deutschen Demokratischen Partei rechnen können.« Nach dem Zerfall von Gradnauers Minderheitskabinett trat die DDP im Oktober 1919 in die mehrheitssozialistische Regierung ein.

Am 19. März 1919 war die Neubildung des Gesamtministeriums vollzogen, die Minderheitsregierung im Amt. Sie war eine rein sozialdemokratische und glich Gradnauers vorherigem Übergangskabinett. »Freilich übernimmt die sozialdemokratische Partei dadurch, daß sie die Regierung ganz aus ihren Reihen stellte, eine schwere Verantwortung. Die politische Umwälzung und Neugestaltung, die wirtschaftliche Lage des Landes und die sozialen Forderungen der Zeit stellen die Regierung vor geradezu ungeheure Aufgaben. Daß sie sich der Schwere des Amtes bewußt ist und daß dieses Bewußtsein als eine beruhigende Sicherheit für die dem Wohle des ganzen Volkes entsprechende Lösung des schweren Werkes hingenommen werden kann, dafür legte die Regierungserklärung Zeugnis ab, die der Ministerpräsident vor nahezu vollbesetztem Hause gehalten hat.

Nach einer offenen Darlegung der Vorgänge vor der Regierungsbildung, in der er betonte, daß die Absicht, die

Regierung aus der sozialdemokratischen und der demokratischen Volkskammerfraktion als den beiden stärksten zu bilden, an der Haltung der Unabhängigen gescheitert sei, zeichnete Dr. Gradnauer die Richtlinien für die Politik der neugebildeten Regierung. Durch die Revolution sei die Bahn frei geworden für die Verwirklichung der Einheit und Freiheit des deutschen Volkes. Die Regierung des Freistaats Sachsen trete voll für den Ausbau und die Stärkung des Reiches ein. Diese Ausführungen waren ein nachdrückliches und gegen alle Absplitterungsbestrebungen gerichtetes Bekenntnis zum Reichsgedanken. Ihnen folgte ein ebenso nachdrückliches Bekenntnis zur Demokratie, mit der jedwede Bestrebungen, die auf eine gewaltsame Diktatur einer Minderheit abzielen, als unvereinbar bezeichnet wurden. Und diesem Bekenntnis zur Demokratie schloß sich an die Betonung des festen Willens, auf der demokratischen Grundlage die sozialistische Entwicklung mit aller Entschiedenheit zu fördern. Durch den Ausbau der wirtschaftlichen Selbstverwaltung des Volkes müsse der bisherige Gegensatz zwischen Kapital und Arbeit, zwischen Reichtum und Armut abgebaut und die Arbeitsfreudigkeit aller Werktätigen auf das höchstmögliche Maß gesteigert werden. Ein besonderes Sozialisierungsamt werde dieses Wirken zusammenfassen und einheitlich gestalten.« Sieben Mitglieder gehörten diesem Gradnauer-Kabinett II an: Dr. Georg Gradnauer (Ministerpräsident, Inneres/Äußeres), August Emil Nitzsche (Finanzen), Rudolf Harnisch (Justiz), Gustav Neuring (Militär), Albert Schwarz (Wirtschaft), Max Heldt (Arbeit/Wohlfahrt) und Wilhelm Buck (Kultus). Der MSPD-Abgeordnete Julius Fräßdorf übernahm den Parlamentsvorsitz.

Die Schwierigkeiten dieser Regierung waren nicht zu übersehen, soziale Verwerfungen und wirtschaftlicher Niedergang allzu offensichtlich. Georg Gradnauer und seine Minister mussten den neuen Freistaat nach dem Sturz der Monarchie etablieren und sichern. Diskussionen über den Verlauf der sächsischen Landesgrenzen wurden noch geführt, die Eigenständigkeit der Lausitz diskutiert. Wie die Regierungsentscheidungen auch fielen, Kritik der linken und ganz rechten Opposition war bei sämtlichen Themen zu erwarten. Vor allem sah die USPD ihre politischen Pläne der Destabilisierung durchkreuzt. Aber auch unter Staatsbeamten gab es viele mit der Ansicht: »Ich werde die neue Regierung mit meiner Person schützen, aber wenn wir als Kommunisten stark genug sind, werden wir diese Regierung stürzen.«

Ohne solide Finanzen war der junge Staat kaum aufrechtzuerhalten. Die ständigen Ausgaben der Verwaltung und für die Sicherheit waren enorm und öffentliche Daseinsfürsorge unabdingbar. Man versuchte, Abhilfe zu schaffen. »Der sächsische Freistaat begibt eine 4-prozentige Staatsanleihe. Die Anleihe wird in Stücken von 100, 200, 500, 1.000, 2.000 und 5.000 M. ausgegeben. Da der Ausgabekurs 93⅓ Prozent für 100 M. Nennwert beträgt, wird eine Verzinsung von 4,3 Prozent erreicht. Vom 1. September 1920 an wird jährlich ein Teil der Schuldverschreibungen ausgelost, und zwar beträgt der Tilgungssatz 1,9 Prozent zuzüglich ersparter Zinsen. Es besteht also für denjenigen, der jetzt eine Schuldverschreibung von 93⅓ Prozent kauft, die Aussicht, daß er in verhältnismäßig kurzer Zeit, wenn seine Schuldverschreibung ausgelost ist, dafür vom sächsischen Staat 100 M. ausgezahlt bekommt. Diese Gewinnaussicht läßt die Anleihe als eine vorteilhafte Kapitalanlage erscheinen, die auch für kleinere Sparer zu empfehlen ist. Da mit jedem Jahre die Aussicht größer wird, daß eine Schuldverschreibung zu ihrem vollen Nennwert eingelöst wird, kann damit gerechnet werden, daß die Papiere im Laufe der Zeit im Kurse steigen.« Neben dieser »Volksaktie« wird »die sächsische Staatsregierung in dem Nachtragsetat, den sie binnen kurzem der Volkskammer zugehen lassen wird, sehr starke Erhöhungen der Einkommenssteuer vorschlagen. Einkommen in der Höhe von 100.000 M. werden mit 12½ Prozent belastet und steigen bis 35 Prozent bei Einkommen von 600.000 M.«

Gradnauers Regierung sparte. Staatseigentum wurde verkauft, so wurde unter anderem das »Tafelsilber« der Sächsischen Staatseisenbahn gegen finanziellen Ausgleich in die Obhut der Bahn des Reiches übergeben. Lebensmittel wurden knapp, und die, die es gab, waren für die Volksmasse nicht zu kaufen. Vor allem heimgekehrte Soldaten und ihre Familien waren vom Elend betroffen. Man versuchte, sich zu wehren, protestierte. »Die Dresdner Ortsgruppe des Reichsbundes der Kriegsgeschädigten und ehemaligen Kriegsteilnehmer hatte für Freitag abend (28. März 1919) die Kriegshinterbliebenen zu einer öffentlichen Versammlung nach dem Tivolisaale (Wettiner Straße 12) einberufen, die sich eines sehr starken Besuchs erfreute.

Kamerad Heyer vom Reichsbund sprach über die Forderungen der Kriegshinterbliebenen an den Staat und über die Notwendigkeit einer Organisation der Kriegswitwen. Unter Hinweis darauf, daß der Krieg ein Millionenheer von wirtschaftlich Schwachen, nämlich die Kriegsgeschädigten und -hinterbliebenen, hervorgebracht habe, bezeichnete er es als Pflicht der Allgemeinheit, diese zu unterstützen, damit sie den schweren Kampf ums Dasein mit einiger Aussicht auf Erfolg bestehen können. Worte in dieser Hinsicht habe man genug gehört, aber mit den Taten sei es schlecht bestellt. Deshalb fordere man vom Staate, daß diesen Kriegsopfern endlich eine angemessene Lebenshaltung gewährt werde, nicht aus Gnade, sondern von Rechts wegen! Was aber heute geboten werde, sei bloß ein Gnadensold. Die Kriegsbeschädigten und Kriegshinterbliebenen wollen indessen nicht von der Gnade des Staates leben, sie meinen vielmehr, ein Recht zum Leben zu haben, genau so wie diejenigen, die während des Krieges in beschaulicher Ruhe ein Vermögen erworben und ein luxuriöses Leben führen durften.

Unbedingt notwendig sei eine gründliche Reform des Mannschaftsversorgungsgesetzes. Bei der ungeheuren Lebensmittelteuerung und der allgemeinen Geldentwertung seien es nur Bettelpfennige, die man den Kriegshinterbliebenen gewähre. In erster Linie müsse gefordert werden, daß die unterschiedliche Bemessung der Hinterbliebenen-Rentensätze nach Dienstalter und Dienstgrad des Gefallenen verschwindet. Wegfallen müsse auch die Bestimmung, daß Kriegerwitwen nur Anspruch auf Rente haben, wenn sie mindestens drei Monate verheiratet gewesen sind, desgleichen die weitere Vorschrift, daß die Witwen- und die Waisenrente zusammen – und wenn die Kinderzahl noch so groß ist – nicht mehr als die Vollrente eines Kriegsbeschädigten betragen darf. Diese Bestimmung bedeute geradezu eine Strafe für Kinderreichtum!

Nach kurzer Aussprache wurde folgende Entschließung angenommen: Die Versammlung nimmt mit Bedauern zur Kenntnis von den zur Sprache gebrachten Fällen, in denen für Kriegshinterbliebene in durchaus unzureichender Weise gesorgt wird. Derartige Vorgänge zeugen von wenig sozialem Geist und die Versammelten erblicken darin nicht die Erfüllung des im Überfluß gegebenen Versprechens: Der Dank des Vaterlandes ist euch gewiß! Die Nutzanwendung aus der mangelnden Fürsorge gegenüber den Kriegshinterbliebenen erblickt die Versammlung in der unbedingten Erkenntnis, sich zur Wahrnehmung der Interessen zusammenzuschließen, in einer Hinterbliebenen-Sektion zu organisieren und so mit der Ortsgruppe Dresden des Reichsbundes der Kriegsbeschädigten und ehemaligen Kriegsteilnehmer eine Einheitsfront zu bilden. Die Versammlung ist der Überzeugung, daß eine geschlossene Kampforganisation die Erfüllung der berechtigten Forderungen und Wünsche der Kriegshinterbliebenen gewährleisten kann. Noch am Gründungsabend erfolgten mehr als 500 Beitrittserklärungen.« Und der Verein machte mobil, um seine Forderungen auf die Straße zu tragen: Er rief zur Kundgebung am 12. April auf dem Dresdner Theaterplatz auf. Es sollten Hunderte kommen, die Wut war groß.

Auch an anderer Stelle offenbarte sich sozialer

Sprengstoff. Ob im Erzgebirge die Kumpels weiter streiken sollten, stand zur Abstimmung, »die am Donnerstag (dem 10. April 1919) auf Verantwortung der Bezirksleitungen Zwickau und Lugau-Oelsnitz des Bergarbeiterverbandes Deutschlands vorgenommen werden sollte, um festzustellen, ob die Bergarbeiter für oder gegen den Streik sind, wurde durch die Kommunisten auf den meisten Schächten gestört und überhaupt verhindert, so daß von 14 000 Mann des Lugau-Oelsnitzer Reviers auf sämtlichen Gruben nur etwa 4000 Mann abstimmen konnten. In einer Versammlung der Arbeiterausschüsse des Kohlereviers Oelsnitz wurden die aufgestellten Forderungen durchberaten, wobei sich ein Teil der Teilnehmer scharf gegen die Forderungen aussprach. Die Vertreter der Kommunisten erklärten, die Forderungen aufgestellt zu haben, um die politische Macht an sich zu reißen. Das Endergebnis war, daß die überwiegende Mehrheit der Arbeiter gegen den Streik war.«

Die Sitzung der Volkskammer in der Woche vom 8. bis 12. April versuchte der explosiven Lage im Sachsenlande Herr zu werden und benannte die Probleme: Generalstreik in Leipzig, dem Kohlerevier und andern Orten. Anna Geyer (USPD): »Meine Herren und Damen! Die Arbeiter wollen sich mit den politischen Freiheiten, die ihnen die Novemberrevolution gebracht hat, nicht bescheiden und kämpfen mit großer Zähigkeit und mit riesigen Opfern um ihre wirtschaftliche Befreiung, um die Befreiung von Knechtschaft und von der Ausbeutung, die viele Jahrzehnte auf ihnen lastete. Dieser Kampf richtet sich gegen die Kapitalisten und ihre Handlanger, die besonders zahlreich in den verschiedenen Regierungen in Deutschland sitzen. In diesem großen Kampfe um die wirtschaftliche Befreiung und für den Sozialismus ist der Generalstreik eines der stärksten Mittel. Dazu hat die Arbeiterschaft gegriffen. Geschlossen ist sie in den Kampf für ihr Ideal, den Sozialismus, getreten und hat für dieses Ideal damit ein riesiges Opfer gebracht. Freudig und voll Begeisterung hat die Arbeiterschaft dieses Opfer gebracht und diesen Kampf geführt, aber nicht ohne Überlegung hat sie zu diesem starken Kampfmittel gegriffen. Sie hatte den ehrlichen Willen, vor allem die Versorgung mit Lebensmitteln aufrecht zu erhalten. Diese Absicht wurde schnell durchkreuzt. Das Bürgertum war nicht so bedenklich. Mit der gleichen Skrupellosigkeit, mit der es während des Krieges durch seine Politik Frauen, Kinder und Kranke dem Hunger preisgegeben und das Leben für nichts geachtet hat, mit der gleichen Skrupellosigkeit setzte sich das Bürgertum gegen den Generalstreik zur Wehr. Die Bäckerinnung forderte ihre Mitglieder auf, kein Brot zu verkaufen an die hungernde Arbeiterschaft. Die Krankenkassenbeamten weigerten sich die Krankenunterstützung zu zahlen. Die Ärzte weigerten sich, die Kranken zu behandeln, und die Krankenhäuser setzten ihre Fieberkranken auf die Straße. Ratsbeamte zahlten Kriegsfrauen keine Unterstützung, und die Arbeitslosenunterstützung wurde anfangs nur zum Teil und sehr verspätet dann gezahlt. So sah der Kampf des Bürgertums aus. Wir finden es durchaus begreiflich, wenn in diesem riesigen Kampfe, dessen Ziel es doch ist, dem Bürgertum seine wirtschaftliche Übermacht zu entziehen, dieses sich heftig wehrt.

Was wir aber nicht dulden können, ist, daß Beamte die Macht oder die Geldmittel, die sie von der Allgemeinheit zur Verwaltung übertragen bekommen haben, gegen die Interessen der Allgemeinheit verwenden.«

Der Deutschnationale Georg Brost (DNVP) bemängelte die Doppelherrschaft von Volkskammer und Arbeiter- und Soldatenräten, die für das Volk nicht nachvollziehbar sei. Wer regierte? Wer hatte das Sagen? Brost forderte »von der Regierung die Abschaffung der nur Verwirrung hervorrufenden Arbeiter- und Soldatenräte. Die Einrichtung einer derartigen neben einer geordneten Verwaltung nebenherlaufenden eigenmächtigen Spitze ohne feste einheitliche Direktion unter der Regierungsgewalt selbst ist und bleibt ein Unding und eine Schmarotzerwucherung an einem geordneten, ja selbst dem gesündesten Regierungskörper. Wenn die Regierung zum Ausdruck bringt, daß sie überzeugt ist, daß nunmehr die Arbeiter- und Soldatenräte ihre Tätigkeit der vom ganzen Volk gewählten Volkskammer zu übergeben haben, wenn die Regierung in durchaus zutreffender Weise weiter erklärt, daß allein in der Volkskammer der souveräne und demokratische Wille des Volkes verkörpert ist, wenn die Regierung ausdrücklich ausspricht, daß allein die Volkskammer oberste staatliche Macht darstellt, dann fragen wir die Regierung, wie sie ihre Auffassung in Übereinstimmung bringen will mit dem Recht, das der Arbeiter- und Soldatenrat für sich in Anspruch nimmt, mit dem Recht, nun in diesen Aufgabenkreis einerseits der Regierung und andererseits der Volksvertretung einzugreifen. (Zuruf von den Unabhängigen: ›Mit dem Recht der Revolution!‹) Aus dem Rechte der Revolution heraus ist die Volkskammer entstanden, und nur der Volkskammer sind aus dem Rechte der Revolution heraus die obersten gesetzgebenden Gewalten zugesprochen.«

Kriegsminister Gustav Neuring musste Stellung zu illegalen Waffendepots nehmen, denn zu tödlichen Auseinandersetzungen war es beim hart geführten Klassenkampf bereits gekommen. Gefahr für Leib und Leben herrschte auf den Straßen, auf den Plätzen, auf den Demos und Gegendemos. Und nachgewiesenermaßen verteilte man Waffen und Munition aus dem Besitz der sich in Auflösung befindlichen Armee. Die extremen politischen Lager horteten große Mengen in geheimen Lagern. »Meine Damen und Herren! Es wird gefragt, was die Regierung zu tun gedenkt, um die ordnungsgemäße Ablieferung der Waffen und Artilleriemunition herbeizuführen und dadurch zur Beruhigung der Bevölkerung beizutragen. Ich könnte mich nun damit begnügen, zu sagen, die Munition, die Waffen, die ausgegeben wurden, sind wieder in unserem Besitz, und die Sache hat sich erledigt. Wir haben uns aber damit nicht begnügt, weil wir annehmen, daß außer diesen Mengen, die bezeichnet worden sind, in den ersten Tagen und Wochen der Revolution dies überall vorgekommen ist, daß Waffen und Munition von den Soldaten weggeworfen wurden und dadurch in den Besitz von Zivilpersonen gekommen sind. Da haben wir besonders in den letzten Wochen alles getan, was nur zu tun möglich war, um auch diese Waffen und Munition, die auf diese Art an die Bevölkerung gekommen sind, zurückzubekommen. Wir haben angeordnet, daß die Artilleriemunition überhaupt nicht ausgegeben werden darf, auch nicht an Sicherheitstruppen.

Wir haben weiter bereits im März ein Schriftstück an die Generalkommandos gesandt, in dem wir darauf aufmerksam gemacht haben, daß in der Bevölkerung allgemein die Auffassung besteht, daß es wilde Waffendepots im Lande gibt. Wir haben die Generalkommandos ersucht, unbedingt dafür zu sorgen, daß diese wilden Waffendepots festgestellt werden, damit sie ausgehoben werden können. Wir haben weiter zu gleicher Zeit gesagt, daß öffentliche Bekanntmachungen zu erfolgen haben, Belohnungen auszusetzen sind für diejenigen, die uns die wilden Waffendepots bezeichnen. Außerdem sind wir dankbar dafür und setzen eine namhafte Belohnung aus, wenn uns gesagt wird, wo sich Waffen befinden. Im übrigen möchte ich noch kurz bemerken, ohne alle Einzelheiten auszuführen, was wir getan haben, um diese Waffen einzuziehen und die wilden Waffendepots zu beseitigen, daß die öffentliche Gewalt sich zurzeit unbestritten fest in der Hand der jeweiligen Regierung befindet und diese in der Lage ist, überall dort, wo Waffendepots sein sollten, diese ausheben zu können. Diese Erklä-

Der sächsische Kriegsminister Gustav Neuring

rung, die klipp und klar und vor allen Dingen bündig ist, darf ich vor diesem Hohen Hause abgeben. (›Bravo!‹ bei den Sozialdemokraten.)« Es sollte Gustav Neurings letzter Auftritt vor dem Hohen Hause sein.

Am Ende der Sitzungswoche meldete man auch Erfolge der Regierungsarbeit, machte sich Mut und übte Kritik: »In Sachsen ist gestern ein wichtiger Schritt getan worden, um uns auf dem Wege des Sozialismus weiterzubringen. Die Vorlage des Ministeriums, die die Errichtung eines Sozialisierungsamtes vorsieht, ist angenommen worden. Dieser Beschluß wird von den Massen der sächsischen Bevölkerung mit Freude begrüßt werden. Er ist ein Beweis dafür, daß bei der Regierung und bei der Mehrheit der Kammer der ernste Wille zum Sozialismus besteht. Kein vernünftiger Mensch wird freilich von dem neuen Sozialisierungsamt erwarten, daß es uns über Nacht in ein sozialistisches Schlaraffenland herüberführen kann. Jeder, der unserem Volke nicht Sand in die Augen streuen will, muß den Massen klarmachen, daß die Sozialisierung nur durch schwere und mühevolle Arbeit zu erreichen ist, deren Früchte erst nach Jahr und Tag den Massen fühlbar werden. Leider ist in weiten Kreisen unseres Volkes wenig Aufklärung über das Wesen des Sozialismus vorhanden. Leute, die sich früher nie um den Sozialismus gekümmert haben, verlangen stürmisch, daß der Sozialismus in kurzer Frist Hilfe aus der schweren Not bringen soll, in der sich unser Volk befindet. Oft genug schon habe wir darauf hingewiesen, welch kindlicher Glaube es ist, bei der Sozialisierung komme es bloß darauf an, den

Kapitalisten das Kapital zu nehmen und dann wäre die Lage der Massen gebessert. Nein, der Sozialismus kann den Massen des Volkes nur dann einen Nutzen bringen, wenn unsere Wirtschaft zweckmäßiger organisiert und damit unsere Arbeit ertragreicher gemacht wird. Deswegen ist ein planmäßiger Umbau unserer Volkswirtschaft notwendig, und dieser kann sich nicht von heute auf morgen vollziehen.

Selbstverständlich muß der Staat für die Leute, deren Arbeitskräfte infolge des Umbaus unserer Volkswirtschaft an der Stelle, wo sie bisher verwendet wurden, überflüssig werden, in ausreichender Weise sorgen. Sie dürfen unter keinen Umständen der Not ausgeliefert werden, und es muß versucht werden, an anderen Stellen im Wirtschaftsleben ihre Arbeitskraft auszunutzen. Man braucht die Probleme, die bei der Durchführung des Sozialismus zu lösen sind, nur anzudeuten, und jeder muß sofort verstehen, welche Fülle von Schwierigkeiten dabei entstehen muss. Wir haben die feste Überzeugung, daß es bei entschiedenem Willen zum Sozialismus gelingen wird, all dieser Schwierigkeiten Herr zu werden. Aber es wäre unglaublich töricht, wenn wir den Massen eine baldige Besserung ihrer Lage durch den Sozialismus und damit mehr versprechen würden, als wir nachher halten können.

Umso notwendiger wäre es, daß die Proletarier einig zusammenstehen, um das große Werk der Sozialisierung zu fördern. Es liegt eine tiefe Tragik darin, daß gerade jetzt, wo es gilt, mit der aufbauenden Arbeit für den Sozialismus zu beginnen, die Arbeiterklasse gespalten ist. Die Schuld daran tragen die Leute, die die Not und die begreifliche Erbitterung des Volkes dazu benutzen, um die Massen gegen die altbewährte sozialistische Partei und gegen die Regierungen, die aus der Revolution hervorgegangen sind, immer wieder aufzuputschen; die so tun, als ob die jetzige Regierung Schuld an unserem Elend trüge, aber auch kein Mittel zu sagen wissen, wie die Not gesteuert werden kann; die die Nahrungsmittelnot benutzen, um die Arbeiter in immer neue Streiks zu hetzen, obgleich sie wissen, daß gerade dadurch unsere Ernährungsnot noch größer wird, und die, wo sie können, zum rücksichtslosen Terror greifen, um dem deutschen Volke ihren Willen aufzuzwingen. Die Herren von der Unabhängigen Partei und die vom Haufe Spartakus, deren Treiben unserem Wirtschaftsleben immer neue schwere Schäden zufügt, zerstören die Grundlage, auf der wir die sozialistische Neuordnung aufbauen könnten. So sind auch diese Leute ein schweres Hemmnis für den sozialistischen Fortschritt.

Unser Genosse Fräßdorf hat gestern bei seiner Schlußrede im Landtag gesagt, daß es das Volk nun satt habe, sich von einer Minderheit terrorisieren zu lassen. Er kann dabei der großen Masse der sächsischen Bevölkerung sicher sein. Nicht aus einem wüsten Chaos, das das Treiben der unabhängig-spartakistischen Streikhetzer uns nur zu leicht bringt, kann der Sozialismus hervorgehen. Der Weg, den diese Leute dem Volk weisen wollen, führt durch ein Meer von Not und Elend, und Not und Elend hat das deutsche Volk in den vergangenen Jahren sicher genug erlitten. Im Interesse unseres Volks, im Interesse des Sozialismus ist es notwendig, daß mit konsequenter Energie gegen alle die vorgegangen wird, die unser Wirtschaftsleben nicht zur Ruhe kommen lassen und so den bitternotwendigen Wiederaufbau immer wieder stören wollen.« Die sich angesprochen fühlenden Genossen der USPD waren empört, doch wurde ohne ihre Widerrede die Sitzung beendet. Das hatte Folgen.

12. April: Der Protest der Kriegsversehrten formierte sich zwischen Schloss, Gemäldegalerie, Semperoper und Elbe, auf dem Theaterplatz, »Dresdens schönstem Platz«. Die Kritik der versammelten Massen an der Regierung war heftig, die Angst vor Verelendung enorm. Viele der erschienenen Veteranen trugen ihre Waffen offen, andre unterm Rock. Die Stimmung war aufgeheizt und explosiv, denn per Gerücht und Reichsdekret hatte sich vor zwei Tagen eine Meldung in Windeseile verbreitet: Die Berliner Regierung plane für einen besseren Saldo bei den maroden Staatsfinanzen, den Kriegsbeschädigten statt einer Erhöhung der Bezüge nur noch Friedenslöhnung auszuzahlen. Behördlicherseits ersah man darin großes Sparpotential, und die Maßnahme konnte gut begründet werden: Der Krieg war beendet, die Soldaten nicht mehr an der Front.

Doch für die Versehrten und Kriegsheimkehrer samt ihren Familien würde der um ein Drittel gekürzte Wehrsold nicht mehr zum Überleben reichen: Hunger, Obdachlosigkeit, Verwahrlosung, Elend wie auf Zille-Bildern. »Der Hunger wirkte grauenvoll. Hunderte Menschen starben täglich im Deutschen Reich, und überall fanden Tuberkulose und Rachitis zahlreiche Opfer vor allem unter den nur unzureichend ernährten Kindern, die größtenteils für ihr Alter zu klein waren. Nur die wenigsten von ihnen erhielten eine heilende Behandlung mit modernen UV-Strahlen. Im Zuge der Inflation erreichte die katastrophale Ernährungssituation ihren Höhepunkt. Die Preise für Nahrungsmittel stiegen täglich ins Unermeßliche. Ein Stück Butter avancierte zu einem kostbaren Wertobjekt. Fett, Milch, Eier, Fleisch und Gemüse waren vom Speiseplan der meisten Familien verschwunden.« Das wollten weder Kriegsbeschädigte noch ihre Frauen hinnehmen. Also Samstag Protestkundgebung auf dem Theaterplatz! Reden wurden unter Jubel gehalten. Man musste etwas dagegen tun! In Folge formierte sich ein Demonstrationszug, um die Forderungen dem verantwortlichen Minister Gustav Neuring persönlich vorzutragen. Das Kriegsministerium im Blockhaus war nicht weit, in Sichtweite am Neustädter Ufer. Auf, auf zum Kampf! Man war entschlossen.

Zittert, Tyrannen und Ihr Niederträchtigen
Schande aller Parteien,
Zittert! Eure verruchten Pläne
Werden Euch endlich heimgezahlt!
Jeder ist Soldat, um Euch zu bekämpfen,
Wenn sie fallen, unsere jungen Helden,
Zeugt die Erde neue,
Die bereit sind, gegen Euch zu kämpfen

Breaking News! Breaking News! Breaking News! »Amtlich wird aus Dresden gemeldet: Heute vormittag versammelten sich die Verwundeten der Dresdner Lazarette, um gegen die Verfügung des Kriegsministers Neuring zu protestieren, daß in Zukunft nur noch Friedenslöhnung an die Verwundeten ausbezahlt werden solle. Es handelte sich um einige hundert Mann Kriegsverletzter und Lazarettangestellte, zu denen sich bald allerhand spartakistische Elemente gesellten, die die Demonstranten aufzuhetzen versuchten. Eine Abordnung von 6 Mann begab sich in das Gebäude, um mit dem Minister für Militärwesen Neuring Rücksprache zu nehmen. Die Verhandlungen dauerten recht lange. Der Minister lehnte es ab, mit dem einen Sprecher der Demonstranten, dem Kommunisten Max Frenzel vom Regiment 117, zu unterhandeln. Dieser kam herunter und teilte es den Versammelten mit, worauf ein großer Tumult entstand.

Darauf nahm die Menge, von den kommunistischen Rednern aufgereizt, eine drohende Haltung an und stürmte den Eingang des Gebäudes. Die Türen zum Kriegsministerium wurden aufgebrochen, die Sicherheitswachen entwaffnet, die Gewehre zerschlagen und die rotweißen Binden wurden ihnen abgerissen. Nach den Personen, die sich am Fenster zeigten, wurden Steine geworfen und geschossen. Ferner wurden von den Demonstranten die Telegraphendrähte durchschnitten. Hierbei sollen von dem Gebäude aus Handgranaten geworfen worden sein, bei dem einen Verwundeten, der ein Bein verloren hatte, soll auch das andere abgerissen worden sein, und auch einige andere seien verletzt worden.

Plötzlich wurde auch vom Platze aus auf das Ministerium das Feuer aus Maschinengewehren eröffnet. Sicherheitswache schritt ein und machte von der Waffe Gebrauch. Inzwischen hatten sich die Demonstranten noch verstärkt. Die Wache war überwältigt und entwaffnet. Die herbeigerufenen Regierungstruppen erklärten, nicht eingreifen zu wollen, und haben die Waffen abgegeben und sind wieder abmarschiert. Die aufgeregte Menge hält den Platz vor dem Kriegsministerium besetzt. An verschiedenen Stellen sind Maschinengewehre aufgestellt und nehmen das Ministerium unter Feuer.« Die Nachrichtenlage war unübersichtlich. Minütlich änderte sich die Lage.

Ein Augenzeuge: »Heute Sonnabend vormittag bewegte sich ein aus 500–600 Kriegsverletzten bestehender Demonstrationszug vor das Ministerium für Militärwesen und entsandte Abgeordnete zum Minister Neuring, die dem Minister eine Reihe von Forderungen bezüglich der Löhnung der Lazarettinsassen unterbreiteten. Die Verhandlungen zogen sich ziemlich lange hin. Währenddessen versuchte ein anderer Trupp Demonstranten, in das Ministerialgebäude einzudringen und wuchtete unter Zuhilfenahme von Leitern die Tür des Haupteinganges aus. Darauf drangen noch weitere Demonstranten zum Ministerium vor, in dem zur Zeit noch verhandelt wurde. Gegenwärtig haben sich die Demonstranten, die noch auf dem Platze vor dem Ministerium ausharren, etwas beruhigt.

Weiter wird gemeldet: Die Unruhen am Ministerium für Militärwesen haben in den ersten Nachmittagsstunden einen sehr bedrohlichen Charakter angenommen und zu schweren Feuerkämpfen geführt. Die Menge ging mit Gewehrfeuer und Handgranaten gegen das Ministerialgebäude vor. Worauf aus demselben mit Maschinengewehrfeuer geantwortet wurde. Die Feuerkämpfe dauerten in der vierten Nachmittagsstunde noch an.

Als die zum Entsatz des Kriegsministeriums bestimmten Sicherheitstruppen anrückten, wurden sie von der meuternden Menge entwaffnet und verprügelt. Die Menge bemächtigte sich der von den Truppen mitgeführten Maschinengewehre und richtete aus diesen ein scharfes Feuer auf das Kriegsministerium. Daraufhin stürmte die Menge das Gebäude, riß den Kriegsminister Neuring auf die Straße und stürzte ihn von der Augustusbrücke in die hochangeschwollene Elbe hinab. Als Neuring schwimmend das Ufer zu erreichen suchte, wurde er durch Gewehrschüsse von der Brücke aus getötet und ging in den Fluten unter. Es hat noch mehrere Tote und Verwundete gegeben. Das Feuergefecht dauerte in der fünften Stunde noch an. Es wird ein Sturm auf das Schloß befürchtet, wo sich gegenwärtig die Geschäftsstelle des Arbeiter- und Soldatenrates befindet.«

Ein anderer berichtete: »Trugen die heutigen Ereignisse bis mittags zwei Uhr noch den Charakter einer etwas ausgearteten Massenkundgebung, die ihren Abschluß gefunden zu haben schien, so erreichten sie in den späten Nachmittagsstunden in schweren Feuergefecht und Lynchjustiz ihren Höhepunkt. Schon bei der Bekanntgabe des Verhandlungsergebnisses zeigte sich die tiefe Empörung gegen Minister Neuring, die noch gesteigert wurde, als vom Albertplatz her der Anmarsch einer Abteilung Schützen mit Maschinengewehren gemeldet wurde. Die erregte Masse stürmte ihr entgegen, und sie war, ohne daß die Soldaten Widerstand geleistet hätten, entwaffnet. Im Triumph wurden drei Maschinengewehre nebst dazugehörigen Munitionskästen nach dem Neustädter Markt gebracht und dort hinter einer Anschlagsäule und am Denkmal August des Starken (Goldener Reiter) aufgestellt. Eine Anzahl von Demonstranten suchte ihrer Erregung durch Zerschlagen der erbeuteten Gewehre und Versenkung der Stücke in die Schleuse Ausdruck zu geben, während von anderen Gewehre und Seitengewehre wahllos an die Massen verteilt wurden. Nun wurde es ernst.

Der von den Berliner Revolutionstagen her bekannte Ruf: ›Die Straßen frei!‹ ertönte, und jagte die überall in kleinen und größeren Gruppen beieinanderstehenden Menschen auseinander. Dann hörte man das Tacken der Maschinengewehre, die die Fensterreihe der vorderen Front des Ministeriums bestrichen. Abbröckelnder Sandstein und klirrendes Springen der letzten noch ganzen Fensterscheiben waren die Folge. Dann erscholl der Ruf: ›Sicherheitstruppen im Anmarsch!‹ Am Albertplatz konnte man das Blinken aufgepflanzter Seitengewehre wahrnehmen. Nun schlossen auch die wenigen noch offen gebliebenen Geschäfte. Während am Neustädter Markt die Maschinengewehre in Richtung nach dem Albertplatz in Stellung gebracht wurden, rückten die Regierungstruppen näher und näher. Es handelte sich ungefähr um ein Bataillon Grenzschutztruppen, mit Stahlhelmen und Maschinengewehren ausgerüstet. Aber schon stockte ihre Vorwärtsbewegung, denn eine Abteilung Demonstranten war ihnen entgegengezogen und hatte Waffenabgabe gefordert. In wenigen Minuten sah man sie die ersten schweren Maschinengewehre mit Munitionskästen nach dem Neustädter Markte tragen.

Also auch diese Truppen hatten versagt und lieferten den Demonstranten ihre Waffen aus. Der Führer der Truppen, der sich widersetzte, wurde tätlich angegriffen. Ein kleiner Teil hatte sich unter Führung eines Oberleutnants durch die Ritterstraße nach der Kasernenstraße zurückgezogen. Nach wenigen Schüssen war aber auch diese kleine Schar überwältigt. Inzwischen waren die erbeuteten Maschinengewehre in Stellung gebracht worden. Gegen ½ 4 setzte von neuem prasselndes Maschinengewehrfeuer auf das Ministerium ein. Ungefähr eine viertel Stunde wütete es fast ununterbrochen. Plötzlich eine Feuerpause! Eine Abteilung stürmte, drang in das Gebäude ein, zerstörte die Telephonleitungen, warf die Akten auf die Straße und durchsuchte sämtliche Räume nach dem Kriegsminister Neuring, der auch schließlich im dritten Stockwerke angetroffen wurde. Die Demonstranten entließen sämtliche noch in den Räumen anwesende Beamten, nahmen dagegen den Kriegsminister in ihre Mitte und führten ihn vor das Gebäude. Hier versuchte Neuring vergeblich, vor der aufgeregten Menschenmenge zu sprechen. Er wurde sofort niedergeschrien. Nach lebhaften Auseinandersetzungen, wobei der Kriegsminister mehrfach in der verschiedenartigsten Weise mißhandelt wurde, drängten ihn die Demonstranten die Friedrich-August-Brücke entlang. Dort wurde der Kriegsminister schließlich vier Uhr nachmittags vom dritten Neustädter Brückenpfeiler aus auf das starke

Sandsteingeländer gehoben und in die hochgehende Flut gestoßen.

Wie der Mitarbeiter des *Dresdner Anzeigers*, der Augenzeuge all dieser Vorgänge war, berichtet, klammerte sich Minister Neuring krampfhaft an die starke Sandsteinbrüstung, konnte sich aber nicht halten und stürzte vor den Augen vieler Tausender erregter Zuschauer in den Strom. Obgleich der Minister erheblich mißhandelt worden war, vermochte er sich noch schwimmend im Strom zu halten. Sofort wurde aus zahlreichen Gewehren ein lebhaftes Feuer auf den mit dem Tode ringenden Kriegsminister eröffnet, bis er etwa 400 Meter unterhalb der Brücke, anscheinend von einer Gewehrkugel getroffen, in den Fluten versank. Der Leichnam ist vom Strom fortgetrieben worden. Dieser Vorgang machte auf die äußerst erregte Menschenmenge einen tiefen Eindruck.

Abends in der sechsten Stunde stockte noch aller Verkehr über die Brücke, die für jeden Verkehr gesperrt wurde. Die zerschossenen Drähte der elektrischen Straßenbahn hängen am Neustädter Markt auf das Pflaster herab. Hin und wieder fallen noch Gewehrschüsse in der weiteren Umgebung des Neustädter Marktes. Über Verluste ist noch nichts bekannt. Doch sah man in der fünften Stunde die Leiche eines Zivilisten wegtragen. Auch der Sekretär des Ministers, Albert, soll getötet sein.« Die Staatsmacht war nicht Herr der Lage: Anarchie, Gewalt und Tote.

Auch mit zeitlichem Abstand blieb der Ablauf des Geschehens unklar, war weder für die Presse noch für poli-

Die Augustusbrücke und das Blockhaus, Sommer 1904

zeiliche Ermittler »über die Vorgänge, die der Ablehnung der Deputation durch Neuring folgten, ein klares Bild zu zeichnen. Nach Behauptungen der Demonstranten sollen von einem Feldwebel Handgranaten geschleudert worden sein, nach anderen Behauptungen wären aber die kommunistischen Hetzer daran Schuld und hätten provoziert. Es hat aber erstere Darstellung mehr Wahrscheinlichkeit. Nachdem die Handgranaten explodiert waren, flüchteten die Demonstranten; dann aber sammelten sie sich voll Wut und stürzten nun in das Ministerium und in die unmittelbar daneben befindliche Hauptwache. Die Mannschaften wurden in einem Nu entwaffnet und das Gebäude demoliert. Vorbeimarschierende Sicherheitstruppen, die die Wache ablösen sollten, wurden entwaffnet und ihre Gewehre in die Elbe geworfen. Die Straßenbahnen wurden angehalten. Ein Kommunist kletterte auf das Dach eines solchen Wagens und hielt hier eine Ansprache, worin er zur Ausrufung der Räterepublik aufforderte. Es wurde dann ein begeistert aufgenommenes Hoch auf den Bolschewismus und Kommunismus ausgebracht. Inzwischen war eine neue Abordnung beim Kriegsminister erschienen, und er hatte dieser den größten Teil der Forderungen bewilligt.

Die nächsten Vorgänge sind wiederum noch nicht ganz einwandfrei festgestellt. Tatsache ist, daß der Minister nun entweder freiwillig oder gezwungen unter die Menge trat, wahrscheinlich aber gezwungen; denn sie verlangte eine schriftliche Bestätigung der gemachten Zusagen. Der Minister versuchte zu sprechen, wurde aber niedergeschrien und von einigen wütenden Spartakisten in die Mitte genommen und mit Gummiknüppeln und Gewehrkolben auf den Kopf geschlagen. Er blutete bereits kräftig am Kopf. Plötzlich erscholl der Ruf: ›Ins Wasser mit dem Hund!‹

Dann nahmen ein paar dieser Gesellen ihn und warfen ihn über die Brücke in die Elbe. Der Minister versuchte zu schwimmen und gelangte auch ein Stück weit. Nun aber wurde von den wahnwitzig gewordenen Menschen auf ihn geschossen. Es sollen gegen 200 Schüsse auf ihn abgegeben worden sein. Ein Kopfschuß traf den Unglücklichen, und er sank dann sofort unter. Darauf griff Militär ein, und es entwickelte sich ein lebhaftes Feuergefecht. Auch ein Offizier und soweit sich feststellen ließ, zwei bis drei Personen wurden erschossen und viele verwundet. Die Leiche ist bisher, soweit bekannt, noch nicht gefunden worden.

Nach diesem traurigen Ausgang setzte nun wiederum eine wilde Schießerei ums Ministerium ein. Den ganzen Nachmittag über hörte das Maschinengewehrfeuer nicht mehr auf. Unser Dresdner Vertreter versuchte, über die Friedrich-August-Brücke in das Ministerium zu gelangen; allein von beiden Seiten wurde gefeuert. Auch die beiden Minister Uhlig und Heldt erschienen vor dem Ständehaus (Parlamentsgebäude, Brühlsche Terrasse), sahen sich die Sache an und verschwanden. Zahlreiche Verletzte wurden teils von anderen Personen teils auf Wagen, die ganz blutig waren, ins Schloß gebracht. Es sollen auch verschiedene Tote zu verzeichnen sein. Zuverlässige Zahlen sind darüber bei der Aufregung und bei der Unübersichtlichkeit der Vorgänge nicht zu erfahren. Der Straßenbahnverkehr über die Augustusbrücke ist vollständig eingestellt worden. Auch andere Wagen können nicht verkehren, denn die Aufständischen schießen beim Näherkommen jedes Wagens.

Das Kriegsministerium ist sehr stark demoliert. Die ganze Fassade hat stark gelitten. Das Haus ist augenblicklich in den Händen der Spartakiden. Die Erregung ist ungeheuer, und vereinzelte Schüsse sind immer noch zu hören. Es ist dies zweifellos der Versuch der Spartakiden, die Macht in Dresden in die Hände zu bekommen. Das

Schloß ist besetzt von Wachmannschaften. Auch die Schloßterrasse ist bereits abgesperrt. Zum Teil sind auch die Straßenbahndrähte heruntergerissen, sie hängen auf die Straße hinab. In der Stadt ist natürlich die Erregung über die Vorkommnisse und über das traurige Ende des Ministers ungeheuer. Man fürchtet weitere Ereignisse.« Chaos.

Und fast Häme: »Wie ein Blitz aus heiterem Himmel schlug die Nachricht von der Ermordung Neurings, eines der am meisten gehaßten Mitglieder der gegenwärtigen Regierung ein. Und es nimmt uns wunder, daß die Regierung nicht auf solche Vorgänge, die nach Hetz- und Wühlarbeit der letzten Zeit zu erwarten sein konnten, vorbereitet war.« Denn allem Anschein nach kommt »die-

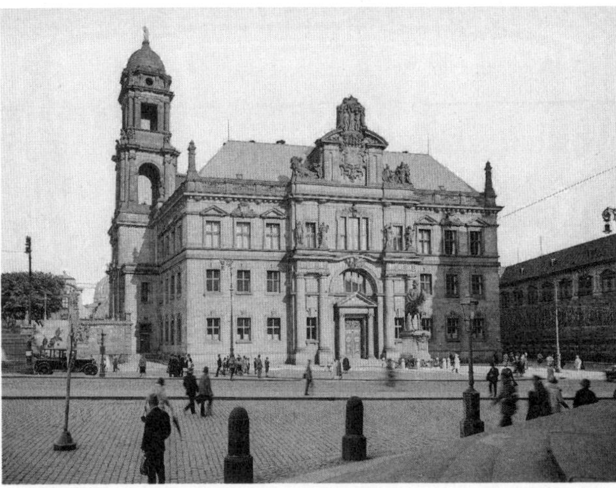

Das Ständehaus 1928. Heute befindet sich darin das Oberlandesgericht Dresden und das Landesamt für Denkmalpflege Sachsens.

se neue Scheußlichkeit für sie völlig überraschend, und man fragt sich, wie dergleichen vorkommen kann, wenn die Regierung wirklich die Stadt, wie man nach ihren eigenen Versicherungen glauben mußte, in der Hand hat.

Daß gerade der Minister Neuring einem Anschlag zum Opfer fallen mußte, ist natürlich kein Zufall, denn er war wohl bei den Radikalen der bestgehaßte Mann der sächsischen Regierung. Insofern handelt es sich offensichtlich um mehr als eine plötzliche Aufwallung Kriegsbeschädigter, nämlich um einen politischen Putsch. Und wir wiederholen, von der Möglichkeit eines solchen hätte die Regierung unseres Erachtens Kenntnis haben und demzufolge rechtzeitig ihre Maßnahmen treffen müssen. Wir hoffen, daß es ihr gelingen wird, Wiederholungen vorzubeugen und Herrin der Lage zu bleiben, umso mehr ist zu beklagen, daß erst ein Minister sein Leben verlieren mußte.

Neuring, der es durch seine Energie bisher in Sachsen verstanden hatte, das Schlimmste zu verhüten, ging trotz der Gefahr, die ihm persönlich drohte, ruhig und unbekümmert seinen Weg: leider zu unbekümmert. So wurde er zum Märtyrer seiner Überzeugung von der Vernunft und dem guten Willen des Volkes: fiel, weil er an die wilde Entschlossenheit des verbrecherischen Wahnsinns nicht glauben wollte.

Wenn es noch eines Beweises bedurft hätte, wie berechtigt der ernste Appell des Präsidenten Fräßdorf an die Energie der Regierung beim Schlusse der Volkskammer war, so ist er durch die abscheuliche Mordtat in furchtbarer Weise erbracht worden. Der sächsischen Regierung erwächst aus diesem Opfertode eines der befähigsten

Männer aus ihren Reihen eine schwere Verantwortung. Sie hat schon sehr viel Zeit verloren: In der Volkskammer wurde ihr bereits am Dienstag zugerufen, daß die zwölfte Stunde da sei. Lange, und wie die Dresdner Ereignisse leider beweisen, zu lange hat sie gezögert: Will sie Sachsen, will sie das sächsische Volk jetzt noch vor dem Schlimmsten retten, so darf sie nicht mehr schwanken. Eisners Ermordung in München gab den Anstoß zur dritten Revolution Bayerns: Möchte Neurings Tod dem sächsischen Volke die Augen öffnen und statt eines neuen Blutbades, neuer Verwirrung, ihm endlich die Gesundung bringen.«

Sachsens Regierung reagierte sofort und drastisch: Sie verhängte den »Belagerungszustand: Wegen der stetig wachsenden Gefahr für die öffentliche Ruhe, Ordnung und Sicherheit. Das Vereins- und Versammlungsrecht und die Preßfreiheit wird bis auf weiteres aufgehoben. Alle weiteren Maßnahmen bleiben vorbehalten.« So wurde das Standrecht proklamiert, das den Zustand bezeichnete, »bei dem die von Behörden des öffentlichen Rechts ausgeübte Gerichtsbarkeit im öffentlichen Recht auf den höchsten Militärbefehlshaber übergeht, dem ein Kriegsgericht zur Seite steht«.

Neben dieser »Kundgabe vorstehender Bekanntmachung ließ die Regierung gestern abend auf den Straßen Dresdens nachstehenden Aufruf in Form eines Flugblatts verteilen:

An die Einwohnerschaft Dresdens!

Am 12. April nachmittags haben sich Hunderte von kriegsverletzten Soldaten vor dem Kriegsministerium versammelt. Anlaß gab die vom Reiche angeordnete Herabsetzung der Löhnung der Unteroffiziere und Mannschaften auf den Friedenssatz, die aber für Sachsen zunächst keine Anwendung findet. Die sächsische Regierung wird sich unverzüglich an die Reichsleitung wegen Aufhebung dieser Verfügung wenden. Ein verbreitetes, aber nachgewiesener Maßen falsches Gerücht, daß Minister Neuring Auftrag zum Werfen von Handgranaten gegeben, gab Anlaß zu starker Beschießung und Stürmung des Kriegsministeriums. Kriegsminister Neuring ist auf bestialische Weise ermordet worden. Eine solche Handlungsweise fordert die Regierung zu den schärfsten Maßnahmen heraus. Der Belagerungszustand wird proklamiert. Wir ersuchen die gesamte Einwohnerschaft zur Ruhe und Besonnenheit. Die Regierung trifft unverzüglich Maßnahmen zur Wiederherstellung von Ruhe und Ordnung. Einwohner Dresdens, verschärft nicht das Elend der Gegenwart. Not und Entbehrung haben wir alle so lange ertragen. Durch Unbesonnenheit wird Eure Leidenszeit verlängert.« Für das Gesamtministerium zeichnete Karl Otto Uhlig, Minister des Innern. Jener Herr, den Zeugen gesehen hatten, als er angesichts der Katastrophe gegangen war.

Alsbald folgte die Bekanntmachung, dass nicht nur über Dresden, sondern über den gesamten Freistaat Sachsen der Belagerungszustand erklärt werde. »Zugleich werden Bestimmungen der Gesetze über Gerichtsstand, Verhaftung, Haussuchung, Briefgeheimnis, Presse, Vereins- und Versammlungsrecht bis auf weiteres außer Kraft gesetzt. Die Anordnung und Ausführung aller die Wiederherstellung und Aufrechterhaltung der öffentlichen Ruhe, Ordnung und Sicherheit bezweckenden und darauf Bezug habenden Maßregeln wird ausschließend und unbedingt in das Ermessen des militärischen Oberbefehlshabers gestellt, dem die Ausübung der Kommandogewalt übertragen worden ist. Jedermann hat den Anordnungen des Oberbefehlshabers bei Vermeidung der angedrohten Strafen unbedingt Folge zu leisten.« Der militärische Oberbefehlshaber erließ folgende Bekanntmachung:

»1. Die Zivilbehörden bleiben in Tätigkeit, haben aber meinen Anordnungen und Aufträgen Folge zu leisten.
2. Für die Zeit des Belagerungszustandes proklamiere ich das Standrecht. Dem standrechtlichen Verfahren unterliegen folgende von Zivilpersonen begangenen Verbrechen und Vergehen: Hochverrat, Landesverrat, Mord, Totschlag, Widerstand gegen die Staatsgewalt, Aufruhr, Auflauf, Brandstiftung, Verursachung einer Überschwemmung, Zerstörung von Eisenbahnen, Telegraphen- und Telephonleitungen, Befreiung von Gefangenen, Meuterei, Plünderung, Raub, Landfriedensbruch, Erpressung, Verleitung der Soldaten zur Untreue und die von mir besonders mit Strafen bedrohten Verfehlungen.
3. Haussuchungen und Verhaftungen können von den dazu berechtigten Behörden und Beamten jeder Zeit vorgenommen werden.
4. Die Polizeistunde festzusetzen, bleibt bis auf weiteres den örtlichen Behörden überlassen. Sie darf aber nicht über zehn Uhr abends hinausgehen.
5. Der Verkauf von Waffen, Munition, Pulver und ande-

ren Sprengmitteln ist verboten. Wer beim unberechtigten Tragen von Waffen betroffen wird, ist zu entwaffnen.

6. Das Erscheinen neuer Zeitungen unterliegt meiner Genehmigung. Es ist verboten, in Zeitungen und Flugschriften zu Gewalttaten oder zu Streiks aufzufordern, die das Wirtschaftsleben und die Ernährung des deutschen Volkes oder die schnelle Herbeiführung des Friedens gefährden können.
7. Alle Versammlungen unter freiem Himmel sind verboten, alle öffentlichen Versammlungen in geschlossenen Räumen bedürfen meiner Genehmigung.
8. Öffentliche Aufzüge sowie Ansammlungen und Zusammenrottungen auf öffentlichen Straßen und Plätzen sind verboten.
9. Der Verkehr auf öffentlichen Straßen und Plätzen ist im Interesse der persönlichen Sicherheit der Bevölkerung auf das unbedingt notwendige Maß zu beschränken.
10. Die Befolgung vorstehender Anordnungen wird nötigenfalls mit Waffengewalt erzwungen.
11. Anwendung der bewaffneten Macht zur Unterdrückung etwa vorkommender Aufruhrversuche erfolgt nach meinen Befehlen.
12. Die Truppen stehen während des Kriegszustandes unter den Kriegsgesetzen.«

Resümee, soweit bestätigt: »Bei den Unruhen am Sonnabend sind zwei Personen getötet und zehn verletzt worden. Die Leiche des Ministers Neuring konnte bis jetzt noch nicht gefunden werden. Die von der Reichsleitung zur Aufrechterhaltung der Ordnung entsandten Truppen sind eingetroffen und in der Umgebung von Dresden untergebracht worden. Die Polizeistunde für den Stadtbezirk ist für alle öffentlichen Lokale und Tanzstätten von zehn auf acht Uhr abends ausgedehnt worden. In Dresden herrscht jetzt vollkommene Ruhe.«

Und doch schien die Ruhe trügerisch: »Allmählich beginnt die allgemeine tiefe Erregung, die die Schreckenstaten einer entmenschten Menge in der ganzen Bevölkerung hervorgerufen haben, einer dumpfen, bangen Erwartung Platz zu machen. Mit Besorgnis sieht man den nächsten Stunden entgegen. Noch spürt man nichts vom Belagerungszustand.

Die Anhänger des Roten Soldatenbundes, die seit Sonnabend nachmittag das Kriegsministerium besetzt hatten, sind Sonntag früh vier Uhr unter Mitnahme der Waffen abgezogen. Im Laufe des Sonntags aber fanden sich viele von ihnen wieder unter der dem Kriegsministerium in einer sich immer wieder ansammelnden Menge ein, sie bekannten sich ohne Scheu und Scham als Teilnehmer an den Vorgängen vom Tage vorher, stießen Verwünschungen gegen die anderen Minister aus, ›die auch noch drankommen müssten‹, ziehen in Banden umher, entwaffnen die Gendarmen und nehmen auch sonst nicht die geringste Notiz von der Verhängung des Belagerungszustandes. Die anständigen Elemente der Dresdner Einwohnerschaft aber sind in banger Sorge, weil auch noch nicht das geringste von den Maßnahmen zu spüren ist, die die Regierung zur Wiederherstellung von Ruhe und

Ordnung getroffen hat. Das hat zunächst seinen Grund in dem Versagen der Sicherheitstruppen, die ihrer Entwaffnung gar keinen Widerstand entgegensetzten.

Daß es den Aufrührern gelang, auch die später anrückende Grenzschutzabteilung zu entwaffnen, war darauf zurückzuführen, daß man ihnen genau nach Berliner Muster Krüppel und mit weißen Tüchern schwenkende Leute entgegenschickte, die angeblich verhandeln wollten und so der plötzlich nachdrängenden Masse der Angreifer Gelegenheit zur Überrumpelung der Truppe boten. Jedenfalls bewies der ganze Aufruhr unleugbar Berliner Schule und es handelt sich nicht mehr um die Durchsetzung der übrigens vom Minister Neuring bewilligten Forderungen der Sanitätsmannschaften und Lazarettinsassen, sondern um einen planmäßig herbeigeführten kommunistisch-spartakistischen Putsch, der jeden Augenblick neu aufleben kann.«

Ministerpräsident Georg Gradnauer hat Frau Neuring folgendes Beileidsschreiben zugesandt: »Liebe Frau Neuring! Wir alle sind in tiefster Seele erschüttert angesichts der entsetzlichen Untat, deren Opfer unser lieber Kamerad Gustav Neuring geworden ist. Wir verlieren in ihm einen Mitkämpfer und Freund, der die trefflichsten Eigenschaften in sich vereinigt hat. Er hat sich schon früher als Gewerkschaftsführer und während der letzten Monate, da die Not unseres Volkes immer höher stieg, als Minister für Militärwesen durch rastlose Aufopferung im Dienste der Allgemeinheit große Verdienste erworben. Unser Dank bleibt ihm gewiß. Sein Andenken werden wir stets bewahren. Im Namen des Gesamtministeriums des Freistaates Sachsen spreche ich Ihnen und Ihren Kindern unser tiefstes Beileid zu dem furchtbar schweren Verlust aus, der Sie betroffen hat.«

Auch »der Präsident der Sächsischen Volkskammer Julius Fräßdorf hat Frau Neuring namens der Volkskammer das tiefe Mitgefühl ausgedrückt. Es heißt in dem Schreiben: ›Ihr braver Mann, der diesen Ehrentitel in vollem Umfange verdient, fiel in Wahrung der Volksinteressen einem bestialischen, vorbereiteten Verbrechen zum Opfer, das seine Sühne finden wird.‹«

Weitere »Beileidskundgebungen zur Ermordung Neurings erließen noch namens des Dresdner Stadtverordnetenkollegiums der Vorsteher Genosse Emil Nitzsche sowie Generalmajor Rohde im Ministerium für Militärwesen. Im ersten Schreiben wird hervorgehoben, daß Neuring ›ein Opfer von irrgeleiteten Menschen wurde, denen er seither, wie ich aus eigener Beobachtung weiß, sein von sozialem Geiste erfülltes tatkräftiges Handeln in unbegrenztem Wohlwollen zum größten Teil gewidmet hat‹. Generalmajor Rohde sagt gleichzeitig im Namen seiner Kameraden und Kollegen in seinem Briefe an Frau Neuring u. a.: ›Wir schätzen Ihren Gatten als einen zielbewußten, aufrechten Mann, von eiserner Energie und unermüdlicher Arbeitskraft. Sein ganzes Streben war auf das Wohl des Volkes gerichtet, seine Tatkraft der Herbeiführung geordneter Zustände gewidmet. Und viel war ihm bereits gelungen …‹«

Und »wie aus Berlin gemeldet wird, widmete bei Beginn der letzten Vollsitzung des Staatenausschusses der

Vorsitzende Schiffer dem ermordeten Minister Neuring einen warmen Nachruf.«

Die Betroffenheit war tief auf allen Seiten. Die Schreiben an Ministerpräsident und Witwe waren zahlreich. Und doch konnte man nicht jedem Beileiszeugnis trauen.

Noch in den Abendstunden des 12. April standen vorm Blockhaus Demonstranten, war das Gebäude von Spartakisten besetzt. Am Morgen danach jedoch meldete man »die Räumung des Kriegsministeriums. Gestern abend acht Uhr begab sich eine Deputation der Demonstranten zum Kultusminister Buck, der die Erfüllung ihrer Forderungen in vollem Umfange zusagte, das heißt: Beibehaltung der alten Löhne, gleiche Verpflegung wie die Sicherheitstruppen und auch in nächster Zeit gleiches Gehalt wie die Sicherheitstruppen. Darauf erklärte die Deputation, daß sie nun keinen Anlaß mehr habe, das Kriegsministerium besetzt zu halten. Kurz nach sechs Uhr verließen die Demonstranten das Kriegsministerium und das Generalkommando des 12. Armeekorps. Man hat das Ministerium von den Aufständischen geräumt, es ist von den Regierungstruppen besetzt worden.

Auf dem Neustädter Markt wächst die Menge von Stunde zu Stunde; darunter sind viele Neugierige, die sich das schwerbeschädigte Kriegsministerium ansehen. Eine Wache ist dort noch nicht wieder aufgezogen. Soweit sich bisher mit Sicherheit feststellen läßt, sind fünf Personen getötet oder schwer verletzt worden. Der Sekretär des ermordeten Kriegsministers, Herr Albert, ist nicht getötet, sondern befindet sich in Sicherheit.«

Über das Opfer, die Person Gustav Neurings, »verzeichnen wir folgendes: Er wurde am 14. September 1879 als Sohn eines unteren Bahnbeamten in Harburg a. E. geboren, besuchte dort die Volksschule und war später als Werftarbeiter beschäftigt. In der Gewerkschaftsbewegung war Neuring als Beamter im Fabrikarbeiterverband tätig. Im Jahre 1915 war er Unteroffizier in der Maschinengewehr-Kompagnie 108 in Dresden, wurde zum Vorsitzenden des Soldatenrates und später zum Mitglied des Landesrates gewählt. Dem Stadtverordnetenkollegium Dresden gehörte Neuring als Mitglied an. Die Ernennung zum Minister für das Militärwesen erfolgte am 20. Februar d. J. Er war auch Abgeordneter in der Volkskammer und Bundesbevollmächtigter.«

Man würdigte Gustav Neurings Arbeit. »Der so grausam ermordete Minister für Militärwesen hat Anspruch darauf, daß man seiner Tätigkeit in den drei Monaten rückblickend und ehrend gedenkt. Als er am 20. Januar Minister wurde, hatte er als Vorsitzender der Exekutive des Arbeiter- und Soldatenrates Groß-Dresdens bereits respektable Arbeit im Dienste der Revolution hinter sich. Sein Arbeitseifer, seine kolossale Energie und seine schnelle Entschlußfähigkeit hatten der Sache, die er vertrat – und er vertrat sie stets mit seinem ganzen Ich – bereits große Dienste geleistet. Im Blockhause stand er ganz plötzlich vor völlig neuen Aufgaben. Hatte er bisher geholfen, den Militarismus zu zertrümmern, so mußte er nunmehr, da Spartakistenwahnsinn uns noch zu keinem Frieden im Innern kommen ließ, anstelle des alten Systems ein neues aufbauen, neu in der Art und neu in den Aufgaben. Mit einem freudigen Eifer ging Neuring an diese Arbeit. Seine Abteilungschefs erkannten schon in den ersten Tagen, daß sie es mit einem Manne zu tun hatten, bei dem sich Sachkenntnis und Initiative in glücklichster Weise vereinigten. Sie alle lernten ihn schätzen und einige machten aus ihrer Verehrung des Charakters und lauteren Wesens Neurings nirgends ein Hehl. Sie erkannten dankbar an, daß er mit denselben Eifer, den er in der Vertretung der Soldaten an den Tag legte, sich ebenso gegen die Ungerechtigkeiten gegen sie ins Zeug legte, wie er sich gegen die ungerechte Behandlung der Offiziere auflehnte. Er kam gleich von Anfang an, dem gegebenen Versprechen gemäß, den Wünschen der Soldaten nach möglichster Beseitigung aller überflüssigen Offiziere aufs weitestgehende entgegen, aber er erklärte auch von vornherein, daß er die von gewisser Seite geschürte allgemeine Hetze gegen den gesamten Stand der Offiziere nie und nimmer mitmache. Wo den Soldaten unrecht geschah, griff er mit starker Hand ein, aber er war auch mitleidlos da, wo sich Offiziere oder Beamte den Anforderungen der Zeit oder den Notwendigkeiten des Augenblicks entgegenwarfen.

Zweifellos war die Arbeit Neurings weit umfangreicher und nervenpeitschender als die irgendeines andern Amts. Sein tägliches Pensum war in den zwölf bis manchmal fünfzehn Arbeitsstunden, die er freiwillig dafür einsetzte, kaum zu bewältigen. Während sein unabhängiger Vorgänger (d. i. Hermann Fleißner, USPD) gleich im Anfang seiner Tätigkeit verfügt hatte, daß nach sechs Uhr abends kein Licht mehr im Ministerium gebrannt werden dürfe, saß Neuring bis acht und neun Uhr oder später mit seinen Dezernenten bei der Arbeit, die ebenfalls freiwillig diese Mehrarbeit leisteten, weil sie die Notwendigkeit erkannten und das Beispiel ihres Chefs auf sie wirkte.

Leider wurde Neuring in der Erfüllung seiner Aufgabe und bei der Verwirklichung seiner Pläne fortwährend, täglich und stündlich in der unglaublichsten Weise gestört und an der Arbeit verhindert. Vieles wäre viel besser geworden, manches wäre viel schneller gegangen, wenn nicht die Zahl der unverantwortlichen Hineinregierer gar so groß gewesen wäre. Die Soldatenräte, die zuerst stürmisch die restlose Beseitigung des alten Heeres von ihm verlangt und seine Zusage erhalten hatten, warfen sich ihm in dem Augenblicke, als Neuring daran ging, sein Wort ehrlich zu halten, hindernd und bremsend in den Weg. Er war ihnen bis an die äußerste Grenze des Möglichen entgegengekommen, aber er war nicht bereit, sich dem Willen Unverantwortlicher zu beugen. Viele, viele Stunden und zusammengezählt viele Wochen sind auf diese Weise der Arbeit Neurings geraubt worden. Dazu kamen die zahlreichen Besucher, die sich in persönlichen Angelegenheiten, mit ihren kleinen oder großen persönlichen Schmerzen an den Minister wandten. Legion ist ihre Zahl.«

Neuring hatte mit dem Reichministerium in Berlin verhandelt und Kompromisse erreicht. Doch auch die stießen kaum auf Anerkennung. Vielmehr kamen persönliche Verunglimpfungen in Umlauf, dass der Minister Bordelle besucht, gar ein eigenes betrieben habe. »Nachts aber war Neuring stets zu Hause; es war das die einzige Zeit, wo er daran erinnert wurde, daß er verheiratet und Vater war. Es gibt keinen Menschen, der mit Recht das Gegenteil behaupten könnte. Der Schmutz dieser Verleumdungen reicht an Neurings ehrbaren Charakter nicht heran. Sein Ehrenschild ist blank, wie nur eines blank sein kann.«

Der Polizei oblag es, die Leiche des Ministers zu bergen: »Eilt! Auf telephonische Mitteilung der Toten- und Vermißtenzentrale hin, ist über den am 12.4.19 gegen 3.45 N ermordeten Kriegsminister Friedrich Gustav Neuring, am 14.9.79 in Harburg an der Elbe geb., bisher wohnhaft gewesen Wettinplatz 10 IV, vom 7. Bezirk zur Rekognoszierung der eventuell aufschwämmenden Leiche Anzeige erstattet worden. Neuring ist von der Friedrich-August-Brücke aus von der Volksmenge in die Elbe gestoßen und hierauf ist nach ihm geschossen worden. Er ist in den Fluten verschwunden und noch nicht wieder gefunden worden. Eine Personenbeschreibung und ein Bild Neurings folgen der Anzeige bei.

Paul Pilz, Unterwachtmeister 502.

Familienname:	Neuring
Vorname:	Friedrich Gustav
Stand oder Gewerbe:	Kriegsminister
Alter, Geburtstag, -jahr und -ort:	14.9.79 in Harburg an der Elbe
Letzter Aufenthaltsort:	Dresden
Größe:	1,70 m
Gestalt:	kräftig
Haarfarbe und -tracht:	dunkelblond, hochgekämmt

Stirn:	hoch
Augen:	blau
Augenbrauen:	dunkelblond
Nase (insbesondere ausgebogener oder eingebogener Rücken):	gewöhnlich
Ohren:	gewöhnlich
Bart:	dunkelbraun Schnur- und Kinnbart
Zähne:	defekt, vier Stück falsch
Gesichtsbildung:	schmal
Gesichtsfarbe:	gesund
Sprache:	hiesige
Besondere Kennzeichen:	trug große, runde Hornbrille und ist auf dem linken Arm tätowiert

Bekleidung: dunkelblauer, karierter Jackettanzug, schwarze Schnürschuhe, graue Strümpfe, weißes Normalunter- und Oberhemd und Unterhose gez. ›G.N.‹, Umlegekragen mit dunkelbrauner Krawatte.«

Schiffer und Anwohner hielten die Augen offen, die Elbufer wurden regelmäßig nach der Leiche des Ministers abgesucht.

Neurings Posten sollte neu besetzt werden: »Wie unserem Dresdner Mitarbeiter aus dem Ministerium mitgeteilt wird, steht die Ernennung des Schneiders Bruno Kirchhof (geb. 20. Mai 1875 in Dresden) zum Kriegsminister unmittelbar bevor. Er war zuletzt Verbandbevollmächtigter der Schneider in Dresden, Vorsitzender des Gewerkschaftskartells und seit der Revolution Beigeordneter des Arbeiter- und Soldaten-Rats beim Generalkommando 12. Er ist Mitglied der sächsischen Volkskammer und des Landesvorstandes der Sozialdemokratischen Partei Sachsens. Auch dem Dresdner Stadtverordnetenkollegium gehört er an.«

Dresden am Tage nach der Schreckenstat. Versuche, das Geschehen zu rekonstruieren. Der Verhandlungsführer der Deputation der Kriegsbeschädigten im Ministerium »hat der Regierung aus freiem Antriebe eine Darstellung des Sachverhalts gegeben, aus der mit unbedingter Klarheit hervorgeht, daß Neuring das schuldlose Opfer einer fanatischen Stimmung geworden ist, die durch verbrecherische Elemente bei einem Teil der Demonstranten erzeugt und geschürt worden ist. Die getöteten und verletzten Personen sind vielfach, wie wir weiter erfahren, Unbeteiligte. In der Poliklinik auf dem Kaiser-Wilhelm-Platz (Palaisplatz) wurden 9 Personen behandelt, darunter ein Schlosser Michalski mit einem gefährlichen Kopfschuß. Durch einen Kopfschuß wurde ein über 50 Jahre alter Kaufmann Kirchner aus Dresden getötet. Auch zu den Ärzten und Kliniken in der Nähe der Neustadt wurden Verletzte gebracht. Die Sanitätswache auf der Wallstraße verzeichnete 6 Fälle. Unter den Verletzten befindet sich auch ein 16-jähriger Schlosserlehrling Pyrrhus aus Radeberg. Ebenfalls Schußwunden in beide Unterschenkel hatte ein 16-jähriger Seminarist Dittrich. Eine aus Hamburg gebürtige Sängerin Menschel erlitt einen Nervenzusammenbruch. Abends in der siebenten Stunde ist noch vereinzelt geschossen worden, wobei auf dem Altmarkt ein Kanonier Wilhelm Fink durch einen Schulterschuß schwer verletzt wurde. Besonderes Interesse verdient ein Vorgang vom Sonnabend abend: Auf der dritten Sicherheitspolizeiwache erschienen plötzlich Demonstranten mit vorgehaltenen Gewehren, Karabinern, Revolvern und Handgranaten. Unter Androhung ›Alles sitzen bleiben, wer aufsteht wird niedergeschossen!‹ durchsuchten die Eindringlinge die ganze Polizeiwache nach Waffen. Auch von der Leipziger Straße und aus der Friedrichstadt werden ähnliche Vorgänge berichtet.«

Ansonsten war »das heutige Straßenbild noch belebt, doch hat sich bei der Bevölkerung die gestrige Bestürzung gelegt, dazu hat nicht wenig der seit gestern abend niedergehende starke Bindfadenregen beigetragen, der das Revolutionsfeuer so ziemlich ausgelöscht hat. Was gestern nur Vermutung war, stellte sich heute als Gewißheit heraus: daß der Kommunistenführer Frenzel die verhängnisvolle Rolle spielte, und daß überhaupt die Kommunisten die Gelegenheit für ihre Bestrebungen ausnutzen wollten. Nicht ausgeschlossen erscheint es, daß die Kommunisten auch die Kriegsbeschädigten und alle Lazarettinsassen zu den Demonstrationen auf die Beine gebracht haben. Sie haben während der Verhandlungen, die der Kriegsminister mit der Deputation führte, die Kriegsbeschädigten und sonst Versammelten derart gegen den Kriegsminister aufzureizen verstanden, daß diese sich bei dessen Anblick zu der schweren Tat haben hinreißen lassen. Die greuliche Tat hat die Mehrheit der

Gemüter soweit ernüchtert, daß die anständigen Elemente sich zurückgezogen haben. Die Aufrührer sind jedoch zu wenige, als daß sie mit Aussicht auf Erfolg die Aktion zu Ende führen können. Wesentlich haben auch die Verhängung des Belagerungszustandes und des Standrechts über Sachsen dazu beigetragen.

In der Neustadt ging es immerhin noch recht lebhaft zu, da Ströme von Neugierigen hier den Tatort überfluteten. Sonst aber standen nur Gruppen und Grüppchen auf den Straßen, die sich die Erregung von gestern herunterzureden versuchten.

Der vorläufige Nachfolger Neurings, Herr Bruno Kirchhof, ist ein jüngerer Herr, der aber einen energischen Eindruck macht, so daß man wohl seinen Worten glauben darf, daß er die Wiederholung so häßlicher Vorgänge werde zu verhüten wissen.

Die Frage, warum es nicht gelungen sei, den ermordeten Kriegsminister in der Zeit von ein bis drei Uhr zu retten, wurde von Personen, die mit im Kriegsministerium waren, dahin beantwortet, daß ein sehr starkes Feuer von drei Seiten auf das Kriegsministerium eröffnet wurde, so daß es nicht möglich war, das Freie zu gewinnen. Die in das Gebäude Eingeschlossenen mußten sich in den Zimmern glatt auf den Bauch legen, um sich gegen die Kugeln zu schützen. Ein höherer Militär, der gleichfalls im Kriegsministerium anwesend war, versichert unter Eid, daß der ermordete Kriegsminister nicht den Befehl gegeben habe, Handgranaten zu werfen, sondern daß es nur die unbesonnene Tat eines jungen Soldaten war. Im übrigen sind die Handgranaten erst dann geworfen worden, als von den Demonstranten Türen und Fensterscheiben eingeworfen wurden. Die Sicherheitstruppen sind übrigens nur dadurch zur Abgabe der Waffen veranlaßt worden, daß ihnen nach Berliner Muster die Einbeinigen und Einarmgen entgegengeschickt wurden und ihnen vorgehalten wurde, daß sie auf die Kriegsbeschädigten gehetzt würden. Darauf haben die Soldaten sich geweigert, vorzugehen, und haben sich willenlos entwaffnen lassen. Die abgenommenen Waffen und Maschinengewehre wurden sofort auf das Kriegsministerium gerichtet und richteten dort unglaubliche Verwüstungen an.

Heute vormittag äußerte sich Ministerpräsident Dr. Gradnauer Pressevertretern gegenüber über die Vorfälle. Er bedauerte unendlich den gräßlichen Mord an Kriegsminister Neuring, der ein offener, rechtlicher Mensch mit großer Energie gewesen sei, der vor allem gegen den Spartakismus gekämpft habe und eine tüchtige, gut disziplinierte Volkswehr mitzuschaffen bemüht gewesen sei, damit Ruhe und Ordnung in das Vaterland wieder einzögen. Nach den Angaben des Ministerpräsidenten sind bisher vier Personen verhaftet worden, die mit in dem Verdachte stehen, an dem Mord beteiligt gewesen zu sein oder wenigstens eine bedeutende Rolle dabei gespielt zu haben.

Heute morgen haben kommunistische Versammlungen stattgefunden, in denen weiter gehetzt werden sollte. Sie seien aber überraschender Weise ruhig verlaufen. Von der Menge wurden einige Polizeimannschaften entwaffnet. Der Minister versicherte, daß alles getan werde, um durch Zuzug regierungstreuer Truppen von außen und von Reichstruppen zu verhindern, daß sich solche Vorfälle wiederholen könnten. Bezeichnend ist, daß in dem Keller eines Bordells vier Maschinengewehre mit Munition sowie Gewehre und Munition gefunden wurden, für die Besitzbescheinigungen durch Spartakisten ausgestellt waren. Der Minister hofft, daß durch die Verhängung des Belagerungszustandes und die Verkündung des Standrechts ein Teil der Bevölkerung beruhigt, der andere Teil eingeschüchtert werde.

Gleichzeitig konnte der Ministerpräsident noch mitteilen, daß die Arbeitswilligkeit im Zwickauer Revier zu steigen beginne. Heute habe ein geheime Abstimmung 90 Prozent gegen und nur 10 Prozent für die Beibehaltung des Streiks ergeben. Durch weiteren Zuzug regierungstreuer Truppen werde für den Schutz der Arbeitswilligen sowie für Ruhe und Ordnung im Streikgebiet gesorgt. In den ergriffenen Maßnahmen bemerkte der Minister, daß das Maß durch diese Tat nunmehr voll sei. Mit allem Nachdruck werde jetzt solchen Bestrebungen vorgebeugt werden. Die Übeltäter würden die ganze Strenge des Gesetzes fühlen. Für die ergangenen Maßregeln sei durch dieses Verbrechen die moralische Rechtfertigung gegeben.«

Während man regierungsseitig die öffentliche Ordnung wiederherzustellen bemüht war, entbrannten die politischen Diskussionen um Kenntnis, Schuld und Fehlentscheidungen der Verantwortlichen. Man stritt heftig und erbittert.

Für die politisch Linken waren die Gründe für den Gewaltausbruch nachvollziehbar: »Die Hetzrede in der

Volkskammer des Präsidenten Julius Fräßdorf (am Freitag, den 11. April) hat bereits am Sonnabend eine Antwort erhalten. Die Gewaltandrohungen des rechtssozialistischen Führers gegen das revolutionäre Proletariat ist von einer in sinnlose Erregung versetzten Menge mit der Lynchjustiz an dem Kriegsminister Neuring beantwortet worden. Aus den amtlichen Darstellungen der Vorgänge vom Sonnabend in Dresden ergibt sich etwa folgendes Bild: Vor dem Kriegsministerium erschienen Demonstranten von Kriegsverletzten, um mit Neuring wegen einer geplanten Herabsetzung ihrer Löhnung zu verhandeln. Während diese Verhandlung im Gange war, soll ein junger Soldat von der Wache eine oder zwei Handgranaten, die nur Übungszwecken dienten und daher ungefährlich gewesen sein sollen, geworfen haben. Die vor dem Hause versammelte Menge schien daraus zu schließen, daß Neuring mit ihnen nicht verhandeln, sondern daß er nach Art seines Reichskollegen Noske die Forderungen der Demonstranten mit der Anwendung von brutaler Gewalt beantworten wolle. Zu derselben Zeit erschien eine Abteilung der Regierungstruppen, ob zur Sicherung des Kriegsministers oder nur zufällig erfährt man nicht; die Mannschaften wurden von den Demonstranten entwaffnet, die Waffen richtete man gegen das Gebäude und eröffnete gegen dieses das Feuer. Dann wurde der Minister und andere Beamte des Ministeriums herausgeholt und schließlich endete das Trauerspiel mit der Tötung Neurings. Einige Zusammenstöße zwischen Demonstranten und Regierungstruppen in den Straßen folgten in den nächsten Stunden.

Wir brauchen nicht besonders auszuführen, daß wir die Tötung Neurings aufs schärfste verurteilen. Er mag mit seinen Handlungen noch so sehr sich gegen die Interessen der Arbeiterklasse vergangen, sich noch so sehr bemüht haben, sein großes Vorbild Noske im kleineren sächsischen Rahmen nachzuahmen, so beseitigt sein gewaltsamer Tod doch nicht das System, führt die Hinwegschaffung dieser einen Person doch nicht eine Umkehr der rechtssozialistischen Partei und ihrer Führer auf ihrem verderblichen Wege herbei. Im Gegenteil, dieser sinnlose Gewaltakt ist nur geeignet, die Stellung der Rechtssozialisten für den Augenblick zu verstärken, den Gegensatz zwischen ihnen und dem arbeitenden Volke zu verschärfen.

Aber haben die Rechtssozialisten, die jetzt in Neuring einen Märtyrer beklagen, die am Sonnabend ihr erstes Opfer für die Revolution brachten, Grund dazu, sich über diese Mordtat zu entrüsten? Sind es nicht ihre Vertreter in der Regierung, die jede oppositionelle Handlung mit Gewaltakten beantworten, ist es nicht ihr Noske, der seine Garden wie die Wilden in ganz Deutschland hausen läßt, sehen wir nicht alle Tage, wie die Weißen Banden der Regierung die Streikbewegungen der Arbeite im Ruhrrevier, in Düsseldorf, in Magdeburg, in Danzig in Blutbädern zu ersäufen trachten? Sind die sächsischen Rechtssozialisten, ist insbesondere die scheinsozialistische Regierung Sachsen ganz ohne Schuld daran, daß es am Sonnabend zu diesem Akt der Gewalt in Dresden gekommen ist? Auch sie hat angekündigt, daß die Bewegung der Bergarbeiter im Lugau-Oelsnitzer und Zwickauer Revier mit Waffengewalt niederschlagen werden. Und jetzt übertrumpft sie noch die Gewaltpolitik der Reichsregierung dadurch, daß sie den Belagerungszustand nicht nur über Dresden, sondern gleich in Pauschale über ganz Sachsen verhängt.

Die Mörder von Rosa Luxemburg und Karl Liebknecht sind noch auf freiem Fuße. Die Metzeleien an Tausenden von revolutionären Arbeitern sind noch ungesühnt. Aber die Ermordung eines Ministers reicht der sächsischen Regierung schon hin, um den Grund für die Verhängung einer militärischen Diktatur über das ganze Land zu rechtfertigen. Fast scheint es, als wenn für die sächsische Regierung der Minister Neuring zur rechten Zeit getötet worden ist, als wenn sie nur auf das Signal gewartet hätte, um die Diktatur über das Land zu errichten. Das Stichwort hat ihr am Freitag Herr Fräßdorf gegeben. Ihm schien die Haltung der Regierung noch nicht reaktionär genug zu sein, er forderte sie auf, energischer gegen die Opposition vorzugehen. Nachdem er behauptet hatte, daß auch die Unabhängige Sozialdemokratie bekenne, wer die Macht habe, der habe auch das Recht, rief er seinen Gesinnungsgenossen in der Regierung zu. ›Nun also hat die Regierung die Macht, sie hat aber auch das Recht und die Pflicht, alle, auch die schärfsten, Mittel anzuwenden, das Volk vor Verbrechern zu schützen. Nötigenfalls nimmt sie sich das Recht zu usurpieren. Die Kammer wird geschlossen hinter ihr stehen. Die Regierung braucht nur den Belagerungszustand zu verhängen, dann hat sie alle Rechte. Reich und Bundesstaaten müssen unverzüglich Zustände schaffen, die gegen *diese Verbrecher* eine Handhabe bieten. Wenn in die Betriebe eingedrungen wird, wird sich dort wohl auch etwas finden, damit man die Leute wieder hinaustreiben kann.‹

Die sächsische Regierung scheint diese Scharfmacherei, die in der Schlußsitzung der Volkskammer durch ihre eilige Schließung nicht mehr zurückgewiesen werden konnte, befolgen zu wollen. Sie soll sich aber nicht täuschen, sie wird mit dem Belagerungszustand, der in seinen Einzelheiten noch über das hinausgeht, was der alte Militarismus dem Volke zu bieten gewagt hat, nicht Ruhe und Ordnung herstellen, sondern das Gegenteil erreichen. Die sächsische Regierung begnügt sich nicht damit, die militärische Diktatur über Sachsen zu verhängen, sie breitet auch eine Pogromstimmung gegen Spartakus und womöglich auch gegen die unabhängigen Sozialdemokraten vor.

In einer neueren Darstellung der Vorkommnisse vom Sonnabend läßt sie behaupten, daß die Kundgebung der Kriegsverletzten von ›spartakistischen Agitatoren‹ in verbrecherischer Weise für ihre Pläne ausgenutzt worden sei. Außerdem dementiert sie sich selbst dadurch, daß sie jetzt sagt, wer die ersten Handgranaten geworfen habe, sei noch nicht einwandfrei festgestellt. Schließlich läßt sie offiziös verbreiten, daß in das Gebäude des Generalkommandos drei Mitglieder des Roten Soldatenbundes eingedrungen seien, die einen unverkennbar jüdischen Eindruck gemacht hätten. Einer von ihnen habe die deutsche Sprache nur ganz mangelhaft beherrscht, das sei ein Beweis dafür, daß der ganze Vorgang unter dem Einfluß russischer Agenten gestanden habe. Wie schlecht muß doch die Sache der Regierung stehen, wenn sie mit solchen albernen Geschichten die Stimmung zu heben versucht!

Unaufhaltsam eilt das deutsche Wirtschaftsleben seinem Zusammenbruch zu. Unfähigkeit und Brutalität verbinden sich im Reiche wie in Sachsen um dieses Schicksal zu vollenden. Fast ein halbes Jahr ist seit den politischen Umwälzungen in Deutschland vergangen: Die Rechtssozialisten schienen den Gipfel ihrer Erfolge erklommen zu haben, sie hatten alles, was sie nur in ihren kühnsten Träumen erblickt hatten: einen rechtssozialistischen Reichspräsidenten, einen rechtssozialistischen Ministerpräsidenten, rechtssozialistische Minister in allen Einzelstaaten. Hatten sie nicht die Macht in den Händen? Aber was taten sie bisher, um den Sozialismus zu verwirklichen? Nicht das mindeste! Sie verbargen sich hinter der täuschenden Firma der bürgerlichen Demokratie und verhalfen so der Bourgeoisie wieder zu ihren alten Machtstellungen, sie schufen den neuen Militarismus, die Grundlage für alle konterrevolutionären Bestrebungen. Dagegen empören sich die Massen. Deswegen wird die Flucht der Arbeiter aus den Reihen der Rechtssozialisten immer stärker; das Proletariat verlangt die Verwirklichung des Sozialismus, und es wird nicht eher Ruhe gegeben, bis es dieses Ziel erreicht hat.«

Die Gegenseite hatte die anderen Argumente und unterlegte sie mit ihrer Interpretation der Fakten. »Bis Mittag verhielten sich die Demonstranten ruhig, bis sich der bekannte Dresdner Kommunist Frenzel unter sie mischte. Ihm gelang es bald, die Demonstranten aufzureizen, so daß sie dann gegen die Sicherheitswachen vorgingen und die Mannschaften der Sicherheitswehr entwaffneten.« Es wurde zur Gewissheit, »daß bei den traurigen Vorfällen die Spartakiden die Hand im Spiele haben. Zweifellos haben sie an dem Zustandekommen der Demonstration mitgewirkt. Sie waren geschickt im Zuge verteilt, wo sie mit allen Mitteln hetzten. Der Kommunist Frenzel, dem es gelang, in die Deputation heineinzukommen, die zum Minister geschickt wurde, war in Dresden Vertreter Rühles, der anderweitig ›beschäftigt‹ ist. Seine Worte, mit denen er die Ablehnung seiner Person durch den Minister mitteilte, waren die Losung zu dem Vorgehen auf das Ministerialgebäude, dem dann die bestialischen Vorgänge folgten. Noch in der neunten Stunde standen überall am Zirkus Sarrasani, auf dem Schloßplatz und Altmarkt aufgeregte Gruppen umher. Hetzer gingen von Gruppe zu Gruppe, die mit den sinnlosesten Argumenten und Behauptungen die Leidenschaften noch weiter aufzustacheln versuchten. Die Augustusbrücke und der Neustädter Markt sind von den Kriegsverletzten und Spartakiden, fast durchweg jugendlichen Soldaten aller Waffengattungen und Zivilisten, abgesperrt. Die Aufständischen halten das Kriegsministerium und das Generalkommando des 12. Armeekorps besetzt, von wo aus sie Waffen an die Bevölkerung austeilen. Ein Teil der Dresdner Garnison, Jäger und Grenadiere, scheint unzuverlässig zu sein und mit den Aufständischen gemeinsame Sache zu machen. Ein anderer Teil gilt als regierungstreu.«

Dann das Geschehen: »In einigen Stadtteilen kleben kleine Zettel an Mauern und Telephonstangen, in denen ›erklärt‹ wird, daß Spartakus nichts mit der Demonstration der Kriegsbeschädigten zu tun gehabt habe. Unterzeichnet sind diese Zettel so anonym als möglich: ›Die Kriegsbeschädigten‹. Das ist eine Firma, die es nicht gibt. Die kann man schließlich unter jede ›Erklärung‹ setzen. Die Kriegsbeschädigten haben Namen, haben Formationen, die sie nicht verschweigen würden, wenn sie diese ›Erklärung‹ veranlaßt hätten. Die Kriegsbeschädigten dienen auch in diesem Falle wieder nur als Aushängeschild für Zwecke, mit denen sie nichts zu tun haben. Spartakus bedient sich ihrer, mißbraucht sie. Dieser ›Erklärung‹ gegenüber sei nochmals festgestellt: Der Barbier Frenzel, um nur einen Namen zu nennen, ist kein Kriegsbeschädigter, aber er ist Spartakist. Damit mögen sich die Spartakisten untereinander abfinden, aber es ist eine Tatsache, die nicht aus der Welt zu schaffen ist: einer der ihren hetzte an jenem Sonnabend die Demonstranten in die blinde Wut, die den scheußlichen Mord gebar. Einer der ihren ist der eigentliche Urheber dieser Tat. Einer der ihren betrieb diesen Mißbrauch der Kriegsbeschädigten. Und dieser Zettel mißbraucht die Kriegsbeschädigten zum zweiten Male. Der Mißbrauch wird Methode.«

Verbale Schlachten auf Straßen, im Parlament und in den Medien, in Sachsen, im deutschen Reich. Spontan konnte es zum Gewaltausbruch in Dresden nicht gekommen sein. Der war geplant worden, meinten die rechten Kreise, und argumentierten: »Die spartakistische Erziehung zeigt ihre Früchte auch in Sachsen. Die Taktik der Kommunisten sucht sich durchzusetzen und als erstes Opfer haben sich die Führer der Dresdner Bewegung den Kriegsminister Neuring ausersehen. Denn das ist doch die Wahrheit: Sprechen wir sie aus! Die Demonstration in Dresden kam nicht von ungefähr, und der Verlauf war auch nicht planlos. Wer hinter diesen Verwundeten stand, wer sie benutzte, wußte ganz genau, was er wollte. Entspräche diese Behauptung nicht der Wahrheit, so müßten wir lesen, daß kommunistische Führer die erregten Massen zügelten, daß sie sie vor Gewalttätigkeiten und insbesondere vor dem Mordversuch gegen einen Wehrlosen abzuhalten versuchten. Keine der Dresdner Darstellungen weiß von einem solchen Versuch zu berichten. Getreu nach den Vorbildern des bolschewistischen Rußland ging's. Lenin sagte, der Kampf der bolschewistischen Sozialisten gegen einen Sozialisten der anderen Richtung muß mit viel größerer Schärfe geführt werden als der gegen einen Bürgerlichen. Der Bolschewismus haßt jeden Sozialisten, der nicht mit ihm geht und sucht, ihn unschädlich zu machen. In München will man den noch immer todkranken Minister Auer aus der Klinik holen. In Dresden ermordet man den Kriegsminister Neuring. Der, der die Schüsse damals auf Auer und Osel im Bayrischen Landtag abgegeben hatte, wurde nicht verfemt. So will es die bolschewistische Klassenmoral. Else Eisner, Kurt Eisners Frau, hat an Siegfried Jacobson (Begründer der Zeitschrift *Weltbühne*) einen Brief gerichtet, in dem sie sagte, ihrem Manne hätten die großen Helfer gefehlt, die edlen Menschen. Das ist die große Tragik der Revolution, daß Menschen, die Recht und Sittlichkeit als überwundene Anschauungen der Bourgeoisie verachten, sich zu Führern heute aufwerfen. Der Opfertod des Proletariats versöhnt sie nicht.

Das im allgemeinen! Im besonderen: Es muß gestern früh im Dresdner Kriegsministerium nervös hergegangen sein, und dadurch ist den Machern der Demonstration Gelegenheit gegeben worden, ihre unlauteren Absichten durchzudrücken. Wir meinen, was man geben zu können glaubt, das soll man bewilligen und sich nicht erst abpressen lassen. Begibt man sich auf diese Bahn, so hat man bald keinen festen Boden mehr unter den Füßen. Aber immerhin: Gegenüber Leuten, wie sie Neuring entgegentraten, ist schwer aufzukommen, auch mit Bereitschaft zur Verhandlung. Noch schwerer, wenn unglücklicher Weise Handgranaten zufällig losgehen. Das mußte man auch im Dresdner Ministerium doch wissen. Und es ist einfach unverständlich, wie Neuring vom Spätvormittag bis Frühabend ohne jede Unterstützung seiner Ministerkollegen gelassen werden konnte. Morgens waren die Demonstrationen, abends wurde Neuring erschossen. Was hat denn die Regierung in der Zwischenzeit getan, um den Minister außer Gefahr zu bringen? Hatte man, wie berichtet, später mit Truppen die Situation zu beherrschen verstanden, dann mußte das doch schon einige Stunden früher auch möglich sein. Die Regierung hat doch gerade diese Woche in der Volkskammer erklärt, daß sie gegen alle Putsche Sicherung geschaffen habe! Ein energisches Auftreten gestern früh würde wohl den paar hundert Spartakisten wenn auch nicht imponiert, so doch gezeigt haben, daß sie im Nachteil sind. Mehr läßt sich im Augenblick zu den Vorgängen nicht sagen. Daß man die Räterepublik zu errichten sucht, hat man aus den Demonstrationen bereits gehört. Hoffen wir, die

Regierung hat genügend Machtmittel, um diesen Versuch zu vereiteln.«

Minütlich laufen weitere Neuigkeiten zur »Mordtat in Dresden« ein, ohne dass sie den Ablauf der Ereignisse klarer machen könnten: »Zu der Ermordung des Ministers Neuring ist noch folgendes zu berichten: Es kann keinem Zweifel unterliegen, daß die Kriegsbeschädigten und Lazarettinsassen von den Spartakisten mißbraucht worden sind für ihre parteipolitischen Zwecke. Es befanden sich unter den Demonstranten auffallend viele spartakistische Zivilisten, die doch schließlich mit Soldaten und Soldateninteressen nicht das allergeringste zu tun hatten. Schon seit einigen Tagen wurde heftig von dieser Seite unter den unzufriedenen Unteroffizieren und Soldaten gewühlt, weil man sah, daß hier ein günstiger Boden vorhanden war, um sowohl gegen die Grenzschutztruppen, die bei den in Dresden gebliebenen Truppenwegen ihrer höheren Bezahlung unbeliebt sind, als auch gegen den Minister Neuring, den man als einzigen tatkräftigen Mann in der Regierung bei den Spartakisten natürlich haßte, ärger als den Gottseibeiuns zu hetzen.

Diese Saat ist denn auch im vollsten Umfange und überraschend schnell aufgegangen. Daß es sich nur gegen den Minister als solchen wendet, geht auch daraus hervor, daß die Demonstranten, bevor sie ihre schreckliche Tat ausübten, alle übrigen im Kriegsministerium anwesenden Beamten und Angestellten freiließen und sie aufforderten, die Gebäude zu verlassen. Dann hatte man den Minister voll in der Gewalt, und nun konnte die Rache, die man ihm geschworen hatte, genommen werden.

Die Ermordung Neurings kann zu einem Wendepunkt der politischen Geschichte Sachsens werden. Darüber darf man sich keinen Augenblick täuschen, auch wenn es keinem Zweifel unterliegen kann, daß in Dresden kein Nährboden für Spartakus ist und wenn auch vollständig sicher ist, daß hier nur eine kleine spartakistische Insel in einer durchaus bürgerlich friedlich gesinnten Stadt entstanden ist. Die Spartakisten selber rechnen wohl auch weniger auf ihre eigene Kraft als auf die Schwäche der Regierung und diese allerdings hat sich heute einmal im bengalischen Lichte gezeigt. Ihr fehlt vollständig jede Energie, jedes Gefühl ihrer politischen Macht und der damit verbundenen Verantwortung. Dafür war eine Szene charakteristisch, die wir selbst beobachten konnten von den Fenstern des Ständehauses aus. Über den Theaterplatz kamen die beiden Minister Uhlig (Inneres) und Heldt (Soziales) offenbar aus dem Ministerium, beide mit ihren Aktentaschen. Sie blieben zwei oder drei Minuten stehen. Der eine sah sich nach rechts um, nach Neustadt zu, der andere links, nach Altstadt zu. Sie konnten sich offenbar keinen Vers draus machen, was eigentlich vorging. Dann faßte der eine an die Krempe seines Hutes, der andere tat ein gleiches, Held marschierte rechts und Uhlig links und damit war offenbar ihre Regierungstätigkeit für den heutigen Sonnabend zu Ende.

Daß sich die Regierung an einem solchen Tage zusammentagen muß, daß die Minister nicht eher ihr Amt verlassen dürfen, als bis Ruhe und Ordnung wiederhergestellt sind, dafür scheinen diese Minister schlechterdings kein Empfinden. Wenn Sachsen solchen Leuten weiterhin anvertraut bleibt, kann es wahrlich nicht wundernehmen, wenn auch wir in den Abgrund geraten, ja man muß sich wundern, wenn dies noch nicht geschieht.

Ein unglücklicher Zufall wollte es, daß Dr. Gradnauer nicht in Dresden anwesend war. Aber sein Vertreter ist ja der Herr Minister des Innern, Uhlig, der doch wohl die Pflicht gehabt hätte, nicht nur als Vertreter Gradnauers, sondern auch als Herr über die Polizeiorgane diejenigen Maßnahmen anzuordnen, die in diesem Augenblick geboten waren. Er hätte sofort das Ministerium absperren und zurückerobern lassen müssen. Nichts von alldem ist geschehen. Noch um die Mitternachtsstunde waren die Aufrührer im Besitze des Ministeriums. Die Truppen aber haben sich zum größten Teile als völlig unzuverlässig erwiesen.

Wer kann hier noch helfen? Man glaubt, es gibt eben nur einen einzigen Mann, der die Lage klar durchschaut hat, und das sei Präsident Fräßdorf. Er hat am Freitag einen Kampfruf gegen das Verbrechertum der Spartakisten erlassen. Er hat sich nicht über die wahre Natur dieser Leute getäuscht. Er hat auch angekündigt, er werde, wenn eine Minderheit versuchen würde, eine Diktatur zu errichten, das ganze Volk, Arbeiter, Bürger und Bauern zum Widerstand und zum Kampf gegen solches Verbrechertum auffordern. Schneller als er doch wohl selbst geahnt hat, ist dieser Augenblick gekommen, und wenn Fräßdorfs Worte, so sagt man hier, nicht eben nur Worte gewesen sind, sondern die Bekundung der festen Absicht, unser Vaterland zu retten vor den Propheten und Verbrechern einer fanatisierten Minderheit, dann erinnert man sich, daß Fräßdorf zu handeln versprach. Als Kammerpräsident hatte er wohl so nicht zu sprechen. Die Unabhängigen Sozialdemokraten haben ihm den Kampf angesagt. Seine gestrige Rede und den folgenden raschen Abschluß der Sitzung einen Schurkenstreich genannt. So hört man heute in Dresden viele sprechen, die bisher aller Diktatur Feind gewesen sind. Auch das ein Symptom der Stunde.«

Die sich als gemäßigt (gegenüber den Spartakisten) empfindende USPD sah sich ob des Verdachts, sie heiße den Mord am Kriegsminister Neuring für verständlich und ein Resultat der gemachten Politik, zur Stellungnahme gezwungen: »Der Präsident der Volkskammer Fräßdorf deliriert verängstigt vom Bolschewismus, er mißbraucht seine Stellung und die Geschäftsordnung der Volkskammer, um die Regierung und die Bourgeoisie gegen den Sozialismus aufzumutzen; er ging so weit, die Regierung aufzufordern, sich die Gewalt zu usurpieren und durch Gewalt und Belagerungszustand die widerstrebende Arbeiterklasse niederzuhalten. Die Früchte dieser Provokation sind die Vorgänge in Dresden, die Ermordung des Ministers für Militärwesen, Neuring, des Urhebers des Januarblutbades in Dresden. Wir verabscheuen den Mord und die Gewalt. In dem auf dem Berliner Parteitag beschlossenen Aktionsprogramm der Unabhängigen Partei heißt es: Sie verwirft planlose Gewaltaktionen. Ihr Ziel ist nicht die Vernichtung von Personen, sondern die Beseitigung des kapitalistischen Systems.

Deshalb verwerfen wir den Mord, ob er an Liebknecht,

Luxemburg, Eisner, Auer, Neuring verübt wird. Wir bestreiten aber der Regierung das Recht, aus einem lokalen Vorgang die Verhängung des Belagerungszustandes und des Standrechts in Sachsen herzuleiten. Den Arbeitern soll die politische Macht entrungen werden. Die Sicherheitstruppen werden aufgelöst und durch Grenzschutztruppen ersetzt. Unter dem Vorgehen des Grenzschutzes wird das Bürgertum bewaffnet. Die Universität Leipzig ist geschlossen worden, damit die Studenten, die Söhne der Bourgeoisie, der Grenzschutztruppe Leipzig einverleibt werden. Den Streikenden in Oelsnitz und Zwickau schickt man Truppen, statt ihre Forderungen zu erfüllen. Jetzt sollen sogar Noske-Truppen nach Sachsen kommen. Das Bürgertum fiebert in Wahnvorstellungen von bevorstehenden Streiks, ihre Wortführer malen den Bolschewismus an die Wand, um die um ihren Besitz besorgten Spießbürger zu schrecken. Die Bourgeoisie organisiert sich zur Gegenwehr gegen die Arbeiter und die sächsische Regierung hat sie, wie der letzte Streik in Leipzig bewies, mit einem Gegenstreik unterstützt.

Wir fordern das werktätige Volk Sachsens auf, gegen den Grenzschutz, gegen die Bewaffnung des Bürgertums, gegen die Bildung Weißer Garden, gegen die Verwendung von Truppen gegen streikende Arbeiter, gegen den Belagerungszustand und die Entsendung von Noskegarden Protest einzulegen und jede Gelegenheit zu benutzen, diesen Protest zum Ausdruck zu bringen.

Laßt Euch nicht einschüchtern! Eure Stärke ist Eure Arbeitskraft, über die Ihr selbst verfügen könnt. Ruhig Blut bewahren und sich nicht provozieren lassen! Mächtiger als Handgranaten und Maschinengewehre ist der siegreiche Gedanke des Sozialismus.«

Auch von Regierungsseite stellte man nun offiziell die Dinge klar: »In einer am Sonntag nachmittag im Ministerium des Innern abgehaltenen außerordentlichen Pressekonferenz, an der u. a. auch der Ministerpräsident Dr. Gradnauer, Minister des Innern Uhlig und der neue Oberbefehlshaber Kirchhof teilnahmen, gab der Minister Uhlig folgende Darstellung der Vorgänge, denen die zahlreich anwesenden Augenzeugen ganz zutreffend zustimmten: Es erweist sich immer klarer, daß die Vorgänge in Dresden nur dadurch auf ihren Höhepunkt getrieben worden sind, daß die Kundgebung der Kriegsverletzten von skrupellosen spartakistischen Agitatoren in geradezu verbrecherischer Weise für ihre Pläne ausgenutzt worden ist. Die Kriegsbeschädigten hatten zunächst nur die Absicht, ihre Beschwerden und Forderungen dem Kriegsminister zu unterbreiten. Die Forderungen waren auch in der Form außerordentlich zugespitzt.

Minister Neuring hatte in den Verhandlungen mit zwei Abordnungen bereits sein volles sachliches Einverständnis mit den ihm unterbreiteten Forderungen erklärt. Er saß mit der einen Abordnung in seinem Arbeitszimmer im Kriegsministerium, mit der Durcharbeitung der Einzelheiten beschäftigt, als im Haus, die Donnerschläge zweier von einer noch nicht festgestellten Person in den Lichtschacht des Hauses geworfenen Handgranaten ertönten. Kriegsminister Neuring, selbst aufs höchste bestürzt, unterbrach die Besprechung, um zunächst erst klarzustellen, was vorgefallen sei.

Es ist begreiflich, daß die beiden Entladungen bei der harrenden Menge den Glauben erweckten, gegen ihre Abordnung werde im Inneren des Hauses gewalttätig vorgegangen. Dieses Mißverständnis wäre aber sehr bald geklärt worden, wenn nicht die Stimmung der Leute draußen mit den unglaublichen Mitteln der Lüge und Verhetzung bis zu einem Grade erhitzt worden wäre, deren es nur noch des leisesten Anstoßens bedurfte, um in hoher Flamme aufzuschlagen. Fest steht unter allen Umständen, daß weder Neuring noch eine andere verantwortliche Person einen Befehl zum Werfen von Handgranaten gegeben hatte. Fest steht ferner, daß durch die beiden Handgranaten niemand verletzt worden ist.

Als im Innern die Handgranatenschläge verhallt waren, richteten zwei auf den (Neu-)Marktplatz gerichtete Maschinengewehre, die vorher einer ankommenden Sicherheitsabteilung abgenommen worden waren, auf das Haus des Kriegsministers ein starkes Feuer, durch das das Gebäude sehr schwer mitgenommen wurde. Nach längerem Feuern drängte eine fanatisierte Menge in das Haus und in die Arbeitsräume des Ministers. Die Versicherungen des Ministers, daß er die Forderungen der Kriegsbeschädigten billige, gingen in wüstem Toben unter. Soweit man einzelne Worte heraushören konnte, waren sie nur geeignet, den Erfolg der inzwischen unter den Leuten vollführten verleumderischen und provokatorischen Hetze zu beweisen. Die ehrlichen Absichten des Kriegsministers Neuring wurden ins Gegenteil verkehrt. So nahm das Verhalten der Leute immer bedrohlichere Gestalt an. Neuring war entschlossen, zu den Leuten auf der Straße zu reden und sie zu überzeugen, daß ihr Verhalten grundlos sei. Er ist nicht dazu gekommen. Auf der Treppe erfaßte ihn ein Wirbel drängender, stoßender und zerrender Leute, von furchtbaren Mißhandlungen fast betäubt, versuchte er noch mal am Haupteingange, das Wort an die Menge zu richten.

Da ertönte der Ruf: ›In die Elbe mit ihm!‹ Nun wurde er nach der Höhe der Brücke geschleppt. Einmal schien noch der Einfluß besonnener Männer zu siegen, die Bewegung nahm wieder die Richtung nach dem Marktplatze zu. Bald aber kehrte sie sich um, Neuring wurde wieder nach der Brücke zu gebracht und auf einen Pfeiler gestellt. Ein Zivilist, der die Leute bat, die Forderungen der Kriegsbeschädigten nicht mit Mord zu besudeln, wurde mit dem gleichen Schicksal bedroht. Auf Neuring wurden geladenen Gewehre gerichtet. Ruchlose Hände kamen ihnen zuvor und stürzten Neuring in den Strom. Trotz seiner Betäubung griff er tapfer aus und schwamm einige hundert Meter weit stromab, verfolgt vom Feuern der Gewehre. Wiederholt untertauchend, entzog er sich mehrmals der Gefahr, bis eine Kugel ihn erreichte, als sein Kopf gerade wieder aus dem Wasser auftauchte. Er versank und kam nicht wieder zum Vorschein. Die als fühlende Menschen den Vorgang miterlebten, sagten: ›Neuring starb als Held!‹

Es war bemerkenswert, daß unter den Kriegsverletzten eine ganze Reihe von Leuten, hauptsächlich in Zivilkleidung, waren, die mit der Sache nicht das mindeste zu tun hatten, die aber die Zeit der Unterredung weidlich benutzten, um in der angedeuteten Weise die Stimmung aufzuputschen und für das Verbrechen reif zu machen. Bekannte spartakistische Agitatoren traten auf und bereiteten – das bezeichnendste von allem – auf den bevorstehenden Sturz der Regierung und Ausrufung der Räterepublik vor. Die Spartakisten suchten sich durch allerhand Gewaltakte Waffen zu verschaffen und versammelten sich am Sonntag vormittag wieder auf dem Neustädter Markt, offenbar in der Absicht, die Kriegsbeschädigten, die zu dieser Zeit nochmals eine Versammlung am gleichen Platze verabredet hatten, zu benutzen, um ihre Pläne zu verfolgen. Sie gedachten, die Kriegsbeschädigten als Deckung gegen die von der Regierung zur Aufrechterhaltung der Ordnung herangezogenen Kräfte zu mißbrauchen. Diese Absicht ist ihnen nicht gelungen. Die Kriegsbeschädigten gingen, angewidert von den Vorgängen am Sonnabend, auseinander, nachdem sie den Bericht ihrer Vertreter über ihre Unterhandlungen mit der Regierung entgegengenommen hatten. Es blieb nur ein stark reduzierter Haufe Spartakisten auf dem Platze, der sich vergeblich bemühte, sich Geltung zu verschaffen. Für Sonntag nachmittag veranstalteten sie eine Versammlung auf dem Theaterplatze, wobei sie auf Zuzug von auswärts hofften. Aber auch hier haschten sie umsonst nach Erfolg. Der Vorgang am Sonnabend konnte ja doch nur abstoßend wirken.

Die weiter oben erwähnten Unterhandlungen mit der Regierung wurden von einer Abordnung der das Kriegsministerium besetzt haltenden Demonstranten herbeigeführt, die sich am Abend im Gesamtministerium meldete und dort ihre Forderungen vorlegte. In Verhandlungen, die sich infolge wiederholter Rückfragen der Deputierten bei ihren Auftraggebern bis gegen Morgen hinzogen, wurde das Einverständnis, das bereits Neuring erklärt hatte, von der Regierung bekräftigt. Danach werden die Löhnung und die sonstigen Gebührnisse in alter Höhe weiter gewährt. Die Regierung wird sich bei der Reichsleitung dafür einsetzen, daß eine Erhöhung der Löhnung und eine Verbesserung der Verpflegung eintritt, eventuell bis zur Gleichstellung mit den Grenzschutztruppen. Die Einzelheiten wurden der weiteren Regelung vorbehalten. Die Teilnehmer an der Demonstration und an der Besetzung des Kriegsministeriums sollen nicht strafrechtlich verfolgt werden, soweit nicht gemeine Verbrechen vorliegen. – Das Kriegsministerium, das die Demonstranten besetzt hielten, wurde von ihnen geräumt und von den Sicherheitstruppen besetzt«, so hieß es im Bulletin der amtierenden Regierung.

Es folgte der Kommentar: »Endlich! Die furchtbare Ermordung des sächsischen Militärministers Neuring hat endlich das Ministerium in Sachsen und hoffentlich nicht nur dieses, sondern auch das preußische und die Reichsregierung zu der Überzeugung gebracht, daß es auf dem bisherigen Wege nicht mehr weitergehen kann. Immer weiter wichen die Regierungen vor dem Drucke der ›Unabhängigen‹, die sich heute von den Spartakisten kaum mehr unterscheiden, zurück. Sie stimmten einer Verankerung des Rätesystems zu, das nur zu gut geeignet ist, als Sitz neuer Unruhen zu dienen und die Industrie nicht zur Ruhe kommen zu lassen, sie wichen vor den Sozialisierungsbestrebungen zurück, um die radikalen Genossen zu befriedigen. Und dies alles gegen Wunsch und Willen des bürgerlichen Teiles unserer Bevölkerung, die schließlich auch noch da ist und das Recht haben sollte mitzusprechen.

Den uralten Erfahrungssatz, daß die radikalste Richtung stets sich durchsetzt, haben die Mehrheitssozialisten des Ministeriums nun selbst am eigenen Leibe erfahren müssen. Heute sind es nicht die Bürger, gegen die sich die Wut der Spartakisten richtet, sondern der gemäßigte Teil der Sozialdemokratie, die ›abtrünnigen Genossen‹, die das Standrecht über Sachsen verhängt haben, weil sie einsehen, daß sie auf eine schiefe Bahn geraten, wenn sie weiter in den Spuren der ›Unabhängigen‹ gehen wollen.

Die Bestimmungen des verkündeten Standrechts sind so scharf, wie kein Generalkommando während des Krieges sie zu verhängen gewagt hätte. Jede Aufforderung zu Streiks, Erpressung, Meuterei, die Einberufung aller Versammlungen unter freiem Himmel werden standrechtlich bestraft, die Polizeistunde darf nicht über zehn Uhr hinausgehen u. a. m.

Es wird nun darauf ankommen, ob der neue Oberbefehlshaber, Herr Bruno Kirchhof, in der Lage sein wird, seine Maßnahmen, die er im Interesse der Sicherheit und Ordnung getroffen hat, durchzuführen. Wie gemeldet wird, sollen regierungstreue Truppen und Reichstruppen auf dem Anmarsche sein, um Ausschreitungen jeder Art zu verhindern.

Hoffentlich besitzt Herr Kirchhof die starke Hand, nach der sich der ordnungsliebende Teil der sächsischen Bevölkerung seit langer Zeit gesehnt hat.«

Eine der ersten Amtshandlungen Kirchhofs war ein Treffen mit Max Heldt und den Verantwortlichen aus dessen Ministerium für Wohlfahrt und Arbeit. »Zwischen den Ministerien finden zur Zeit Besprechungen statt über eine einheitliche, die verschiedenen Zweige zusammenfassende Neugestaltung der Fürsorge für die Kriegsbeschädigten. Die Verwirklichung der schwebenden Absichten würde sehr viele Unzuträglichkeiten, die aus der derzeitigen Vielgestaltigkeit der vorhandenen Einrichtungen entstehen, beseitigen und in vielfacher Hinsicht dazu beitragen können, die Lage der Kriegsbeschädigten zu verbessern.« Zumindest das war ein Erfolg.

Die Regierung erhielt Beileidsbezeugungen und Unterstützungsschreiben vieler gesellschaftlicher Kräfte. »Die Fraktion der Deutschen Volkspartei richtete anläßlich der Ermordung des Ministers für Militärwesen Neuring folgende Depesche an den Ministerpräsidenten Dr. Gradnauer: Herr Ministerpräsident. Die Fraktion der Deutschen Volkspartei teilt die allgemeine und tiefe Entrüstung über das an Herrn Neuring fluchwürdig verübte Verbrechen im vollen Maße. Sie spricht der sächsischen Regierung das aufrichtige Beileid für den großen Verlust aus, den sie durch den Tod eines so tüchtigen, pflichttreuen und tatkräftigen Mitarbeiters erlitten hat.« Unterzeichnet: Bernhard Blüher, Parteivorsitzender in Sachsen und Dresdens Oberbürgermeister.

Und »beim Gesamtministerium ist folgendes Schreiben vom Landesverband der aktiven Unteroffiziere eingegangen: ›Sämtliche aktiven Unteroffiziere des Freistaats Sachsen drücken der Regierung ihr herzliches Beileid zu diesem schweren Verlust aus, der sie durch das Hinscheiden des Ministers Neuring getroffen hat. Sie verabscheuen diese an dem Minister verübten ruchlosen Mord und geloben gleichzeitig, mit ganzer Kraft sich für die Regierung zur Aufrechterhaltung der Ordnung und zur Niederkämpfung des blutdürstigen Bolschewismus einsetzen zu wollen. Dittmer, erster Vorsitzender.‹«

Die Polizei hatte ihre Ermittlungsarbeit aufgenommen und meldete kaum 24 Stunden später: »Verhaftung der mutmaßlichen Mörder. Im Laufe des Sonntag nachmittag wurden vier an dem Aufruhr hervorragend beteiligte Personen verhaftet, bei denen begründeter Verdacht besteht, daß sie es waren, die den Minister in die Elbe stürzten bzw. auf den Schwimmenden Gewehrschüsse abgaben, bis er in den Fluten versank.« Die Leiche Gustav Neurings war trotz intensiver Suche in der Elbe und am Ufer bislang nicht gefunden worden. Die Strömungsgeschwindigkeit des Flusses beträgt durchschnittlich 4 km/h.

Derweil spekulierte auch die Presse, sie veröffentlichte stets wildere Verschwörungstheorien: »Die Dresdner Unruhen von Berlin aus vorbereitet? Wir haben schon darauf hingewiesen, daß die Unruhen vom Sonnabend in vielen ihrer Äußerungen unverkennbar Berliner Schule verrieten. Jetzt wird aus vielen der Dresdner Lazarette bekannt, daß sich dort schon seit einer Woche unter den Kriegsverletzten ein Geist bemerkbar gemacht hat, der auf planmäßig betriebene spartakistische Verhetzung hinwies. Nun bringt die *Dresdner Volkszeitung* aufsehenerregende Enthüllungen über einen offenbaren Zusammenhang zwischen den Dresdner Vorgängen und neuerlichen spartakistischen Umtrieben in Berlin. Die *Dresdner Volkszeitung* teilt in einem Telegramm aus Berlin mit, daß dort am 9. April die Behörden die sichere Mitteilung erhalten haben, daß die Spartakisten einen großen Putsch planten, und zwar sollte die Sache in Berlin so gemacht werden: Eine Schar von Kriegsbeschädigten und Kriegshinterbliebenen sollte unauffällig zur Reichskanzlei gebracht werden, um dort Forderungen zur Erhöhung ihrer Bezüge vorzubringen. Dann sollte ein Tumult inszeniert werden, der die Bewachungsmannschaften der Reichskanzlei zur Abwehr gezwungen hätte. Sobald der erste Schuß gefallen war, sollte die Arbeiterschaft von ganz Berlin mit dem Rufe alarmiert werden, die mehrheitssozialistische Regierung lasse auf Kriegskrüppel und Kriegswitwen schießen. Damit habe die Regierung das Maß ihrer Sünden erfüllt und sei reif zum Sturz geworden.

So dachte Spartakus am 9. April in Berlin zur Herrschaft zu kommen. Aber der Plan wurde verraten und seine Ausführung konnte durch rechtzeitig unternommene Gegenmaßnahmen verhindert werden. Was in Berlin unterdrückt wurde, das ist drei Tage später in Dresden zur Ausführung gelangt. Jetzt weiß man, so sagt die *Dresdner Volkszeitung,* wo die Schurken sind. Spartakus hat sich durch seine Plumpheit selber entlarvt. Was in Berlin geplant, was in Dresden ausgeführt wurde, das trägt deutlich die Züge eines geisteskranken Verbrechertums. An anderer Stelle wendet sich die *Dresdner Volkszeitung* mit bemerkenswerter Schärfe gegen die Unabhängigen.

Sie schreibt u. a.: ›Es ist nicht nur das hysterische Treiben der Bolschewisten, was hier unmittelbar Schuld hat. Mitschuldig ist auch die wüste, verlogene Agitation, die die Unabhängigen seit Monaten in ihren Blättern und Versammlungen gegen die Sozialdemokratie und die sozialdemokratischen Volksbeauftragten treiben. Die scheußlichen Bluttaten vom Sonnabend sind das Ergebnis dieses Treibens.‹«

Tage später hatte sich die Lage äußerlich gewandelt: »Das Straßenbild trägt seit Dienstag eine neue Note. Obwohl die zum Schutze herangezogenen sächsischen und preußischen Truppen nicht direkt in der Stadt, sondern in der nächsten Umgebung einquartiert sind, mehren sich doch zusehends die Träger militärischer Uniformen, die auch wirklich einen gut militärischen Eindruck machen. Im gleichen Verhältnis verringern sich die in Bruchstücken militärischer Kleidung auftretenden Bassermannschen (verdächtige, fragwürdige) Gestalten, wie sie namentlich am Sonnabend und Sonntag in Erscheinung traten. Das Verbrechergesindel vom Sonnabend hat sich feige verkrochen nachdem es die Maschinengewehre bezeichnender Weise in den Kellern von Bordellen versteckt hatte.

Heute kann man die Frage, ob für Dresden noch eine Gefahr besteht, fast verneinen, vorausgesetzt, daß sich die Regierung der Machtmittel, die ihr zur Verfügung stehen, rechtzeitig und entschieden bedient. In Dresden ist kein Boden für Spartakus, und wenn am Sonnabend tüchtig zugegriffen worden wäre, hätte die verhältnismäßig kleine Horde von spartakistischen Verbrechern nicht solches Unheil anrichten können. Heute ist ganz klar, daß sich das noch ziemlich voll von Militär steckende Dresden von Hyänen der Revolution tagelang in Angst und Schrecken halten ließ, die sich wieder in ihre schmutzigen Schlupfwinkel zurückgezogen, als sie sahen, daß sie keinen Zulauf mehr fanden.

Es ist einfach eine faustdicke Lüge, wenn es von seiten der Unabhängigen jetzt so darzustellen versucht wird, als habe die zur richtigen Einschätzung der Gefahr mahnende Schlußansprache des Landtagspräsidenten Fräßdorf den Anlaß zur Demonstration gegeben. Schreiber dieses hat sich stundenlang unter den Demonstranten befunden und auch nicht das geringste einer Bezugnahme auf die Fräßdorfsche Rede gehört. Aber nach allem, was jetzt aus den Dresdner Lazaretten bekannt wird, geht aufs deutlichste hervor, daß verbrecherische Elemente die nicht unberechtigte Erregung der kriegsverletzten Lazarettinsassen für sich einzufangen und ihren schändlichen Zwecken dienstbar zu machen verstanden.

Wie stark die Spartakisten mit ausgesprochenen Verbrechern durchsetzt sind, wie eng ihre Beziehungen zum Zuhältertum und ähnlichen Existenzen sind, das hat sich, wie überall im Lande, wo es zu spartakistischen Gewalttaten kam, so auch in Dresden, wieder gezeigt. Es ist durch Zeugen festgestellt, daß man dem Kriegsminister Neuring, ehe man ihn in die Elbe stieß, erst seine Brieftasche stahl. Die von den Verbrechern fortgeführten Maschinengewehre fand man in Bordellen versteckt. Solcher Janhagel (Pöbel) hat in Dresden noch niemals dauernd Gefolgschaft gefunden. Wenn man ihn jetzt ausrottet, wenn man jetzt rücksichtslos zugreift und die hinter Schloß und Riegel setzt, die sich als Kommunisten oder Spartakisten eines politischen Umhängsels bedienen, aber mit diesem Janhagel gemeinsame Sache haben, dann ist für Dresden die Gefahr beseitigt. Denn die Dresdner Arbeiterschaft rückt in ihrer Gesamtheit von diesen Elementen ab und sie hat auch in ihrer überwältigenden Mehrheit dem Generalstreikapostel Rühle schon wiederholt deutlich die Gefolgschaft versagt.

Die Vorgänge am Sonnabend haben den Dresdner Führern der Unabhängigen bewiesen, daß auch die Welle über sie hinweggehen kann. Wenn es aber wahr ist, was sie immer behauptet, daß ihnen die Massen folgen, dann hätten sie am Sonnabend auf dem Neustädter Markt gehört, dann wäre es ihre verdammte Pflicht gewesen, die Demonstranten zu beruhigen. Sie werden sich aber nicht im unklaren darüber sein, daß es ihnen nicht viel besser als dem unglücklichen Neuring ergangen wäre. Diese Erkenntnis wird hoffentlich die Dresdner Unabhängiger abhalten, gegen den Belagerungszustand Einspruch zu erheben. Dann würden die zum Schutze Dresdens herbeigezogenen Truppen nichts weiteres zu tun haben, als eine Verbrecher-Razzia abzuhalten. Sollte ihnen aber infolge der Unbelehrbarkeit der politischen Radikalen eine härtere Aufgabe gestellt werden, sollte es zu neuem Blutvergießen kommen müssen, dann fällt alle Verantwortung und Schuld auf die Unbelehrbaren.«

Und trotz Belagerungszustand, trotz Verbot traten die Arbeiter der Siemens-Glaswerke in Dresden in den Ausstand. In andere Tarifverhandlungen kam Bewegung:

»Im Dresdner Baugewerbe ist es zu einer Lohnbewegung gekommen, die durch die Entscheidung des Arbeitsministers Heldt vorläufig friedlich beendet wurde. Die Arbeiter hatte bisher 47 ½ Stunden wöchentliche Arbeitszeit und erhielten 1,53 Mark die Stunde. Sie verlangten 46-stündige Arbeitszeit und 3 Mark die Stunde, also fast 100 Prozent Zuschlag. Man einigte sich auf die verlangte Arbeitszeit und auf einen Stundenlohn von 2,20 Mark.«

Die Polizei ermittelte fieberhaft. Für Hinweise für die am Mord Beteiligten setzte die Staatsanwaltschaft zehntausend Mark Belohnung aus. Hunderte Zeugen meldeten sich. Doch bereits drei Tage nach dem Mord sind sich die Mitglieder des MSPD-Leitungsgremiums und die Führer des Gewerkschaftskartells sicher, wo die Schuldigen zu finden waren: »Der monatelange bolschewistisch-kommunistische Verleumdungsfeldzug hat am Sonnabend zu einer Mordtat geführt, die die ganze feige und ehrlose Gesinnung der bolschewistischen Bande erkennen läßt. Die kommunistischen Drahtzieher hatten sich für ihren verbrecherischen Plan der Verwundeten und Kriegsbeschädigten bedient; invalide Soldaten wurden aufgereizt und mit ihren Forderungen zu einem blutigen Putsch mißbraucht. Der berüchtigte Kommunist Frenzel benutzte die Gelegenheit, durch eine seiner üblen Brandreden und durch Verdrehung der Tatsachen die erregte Masse zum Sturm aufs Kriegsministerium, so führten Verdrehung und Verleumdung zur bestialischen Hinschlachtung unseres Genossen, Kriegsminister Neuring. Laßt euch von einer Minderheit nicht vergewaltigen! Setzt der bolschewistischen Gewalt eure Gewalt entgegen! Unterstützt die Regierung in der Aufrechterhaltung der Ruhe und Ordnung!«

Die Lage schien geklärt und sollte sich weiter beruhigen. Und doch kam es zu Zwischenfällen: »Am vergangenen Sonntag ereignete sich in Zeithain eine entsetzliche Bluttat, die nicht minder verwerflich ist als die am Tage vorher in Dresden. Sonnabend den 12. April waren die in Zeithain liegenden Matrosen in Alarmbereitschaft gesetzt worden. Man hatte ihnen erzählt, daß die Spartakisten das Lage zu besetzen gedächten. Lager- und Straßenposten waren daher verstärkt worden. In den Vormittagsstunden wollte ein Zivilpferdepfleger der Nachrichtenabteilung Nr. 19 drei junge Soldaten, die vom Fußartilleristenregiment Nr. 19 entlassen worden waren, zum Bahnhof fahren. Das Geschirr passierte anstandslos den Haupteingang, die drei Insassen legitimierten sich und konnten passieren. Plötzlich kam ein Trupp Matrosen hinter dem Geschirr hergelaufen und gab Schüsse ab. Von den Artilleristen wurde ein 18-Jähriger durch 2 Lungenschüsse getötet. Ein 20-Jähriger erlitt so schwere Verletzungen, daß er am Nachmittage verstarb. Der letzte 22 Jahre alte wurde von 6 Schüssen getroffen, kam aber mit dem Leben davon. Der Kutscher blieb unverletzt. Die Pferde wurden so schwer verletzt, daß sie stürzten. Nach Angabe soll die Ursache der Schießerei die gewesen sein, daß Pakete über den Zaun des Lagers herausgereicht worden waren. Die Pakete enthielten aber nach Feststellung nur alte Wäsche und eine Schlafdecke, die Eigentum eines der Artilleristen waren. Nach der Mordtat sollen die

Matrosen die drei Insassen des Wagens auf die Straße geworfen und sich angeschickt haben, ihrer Wege zu gehen. Nur auf Zureden von Zivilisten konnten sie schließlich bewogen werden, die erschossenen bzw. verletzten Kameraden ins Lazarett zu bringen. Das Kriegsministerium wird nicht umhin können, sofort Aufklärung über diesen dunklen Vorfall zu geben.«

Breaking News am 21. April 1919: Ein Toter ist ans Ufer getrieben – Gustav Neuring. Eine Falschmeldung, denn »der zur Rekognoszierung der Leiche des ermordeten Ministers Neuring am Sonnabend nach der angeblichen Fundstelle gefahrene Sekretär, Herr Albert, ist unverrichteter Dinge zurückgekehrt, da in Klöden (Landkreis Wittenberg) in letzter Zeit überhaupt keine Leiche angeschwemmt worden ist. Die Leiche Neurings ist noch nicht gefunden. Die Meldung von ihrer Auffindung in Klöden war dadurch entstanden, daß ein Fährhalter aus Pretzsch an der Elbe auf der Fähre den törichten Scherz machte zu erzählen, die Leiche sei gefunden, und Leipziger Hamsterer, die dabei standen, dies sofort nach Leipzig telephonierten.«

Auch andere Absurditäten standen in der Zeitung: »Eine Meldung aus Dresden bejagt uns: In den letzten Tagen haben sich die Verdachtsmomente dafür gehäuft, daß der ermordete Kriegsminister Neuring einem von langer Hand vorbereiteten Verbrechen zum Opfer gefallen ist. Schon am 3. April habe Neuring im Dresdner Rathaus zu verschiedenen Vertretern geäußert, daß er einen Brief bekommen habe, in dem ihm angedroht wurde, daß er in die Elbe geworfen würde. Er habe damals zu dem heutigen Oberbefehlshaber Kirchhof geäußert, daß er sich nicht nur für seine Nachfolge, auch für sein Schicksal bereit halten solle. Kirchhof bestätigt, daß Neuring ihm gegenüber diese Äußerungen getan habe. Weiter ist jetzt einwandfrei festgestellt, daß schon drei Stunden vor der Bluttat die Menge aufgefordert worden ist, Neuring in die Elbe zu werfen.«

Und immer wieder meldete man Erfolge: »In der Friedrichstadt fand kürzlich ein Schankwirt, als er morgens seine Schankräume öffnete, in der Küche einen völlig betrunkenen Soldaten schlafend vor. Der Wirt stellte fest, daß der Soldat einen raffinierten Einbruch in der Gastwirtschaft verübt hatte, wobei ihm ein Geldbetrag und verschiedene Gegenstände in die Hände gefallen waren. Nach getaner Arbeit trank er je eine halbe Flasche Rum und Kognak aus und schlief dann ein. Auf der Wache des 4. Sicherheitspolizeibezirks entpuppte sich der Einbrecher als der 1898 in Dresden geborene Kurt Rautzsch von der 1. Kompagnie des 12. bayrischen Infanterie-Regiments Neu-Ulm (›Prinz Arnulf‹). Die Polizeibeamten erkannten in ihm einen der Spartakiden, die am 12. April mit einem Automobil vor der Friedrichstädter Sicherheitswache vorfuhren und mit vorgehaltener Waffe die Polizeibeamten nach Waffen durchsuchen und diese beschlagnahmen wollten. Anfänglich leugnete der Einbrecher, legte aber dann ein Geständnis ab. Im weiteren Verhör erklärte Rautzsch, daß er an der Demonstration vor dem Kriegsministerium teilgenommen habe, und daß er insbesondere die 4 Hauptbeteiligten, die den Kriegsminister von der Brücke in die Elbe geworfen habe, genau kenne. Ob diese Angaben richtig sind, dürften die weiteren Ermittlungen der Staatsanwaltschaft ergeben.« Im Falle Neuring verhaftete die Dresdner Polizei mehr als 70 Personen. Ihnen die Tatbeteiligung auch nachzuweisen fiel schwer.

Am 8. Mai 1919 konnte die Leiche des Kriegsministers Neuring endlich aus der Elbe geborgen werden. Die Polizei berichtete: »Gestern, Donnerstag nachmittag, gegen halb fünf Uhr wurde am Kötitzer Fährhaus (Überfahrt Kötitz – Gauernitz) ein Leichnam angeschwemmt, der einwandfrei als der des ermordeten Kriegsministers Neuring festgestellt wurde. Der Schädel des Leichnams war vollständig zertrümmert, das Gehirn zutage getreten. Ob diese Verletzungen von Schüssen oder von Schlägen der Dampfschrauben herrühren, ließ sich nicht feststellen. Der Leichnam wurde in Gegenwart des Gemeindevorstandes und des Gendarmen aufgenommen und nach der Leichenhalle Coswig überführt. Nachdem die Identität der Leiche festgestellt worden war, holten wir sofort den Staatsanwalt Dr. Stelzner und den Gerichtsarzt Dr. Oppe aus ihren Wohnungen und fuhren mit diesen Herren nach Kötitz an die gemeldete Stelle. Inzwischen war durch uns ein Lastauto sowie ein Sarg bestellt worden, welcher sofort mit 8 Mann Wachmannschaft per Lastauto nach Kötitz gebracht wurde. Gegen neun Uhr wurde an der Auffindungsstelle die Amtshandlung durch den Herrn Staatsanwalt und der Befund der Leiche durch den Herrn Gerichtsarzt festgestellt bez. vorgenommen.

Um drei viertel elf Uhr wurde die Leiche eingesargt und per Lastauto über Cossebaude nach der Sezierstation im Landgericht Münchner-Platz gebracht, wo wir gegen ein Uhr nachts angelangten und die Leiche daselbst übergaben.«

Die Sektion bestätigte alle bisherigen Vermutungen: Tod durch Kopfschuss. Gustav Neurings Leiche wurde staatsanwaltlich freigegeben. »Die Einäscherung des früheren Kriegsministers Neuring findet morgen, Sonntag nachmittag (11. Mai 1919), in der städtischen Feuerhalle im Anschluß an die Trauerfeier statt. Mittags zwölf Uhr wird die Leiche im Blockhaus (Ministerium für Militärwesen) aufgebahrt. Um zwei Uhr erfolgt der Abmarsch des Zuges unter Vorantritt der Ehrenkompagnie Schulze-Pirna über die Brücke nach Tolkewitz. Um vier Uhr beginnt die Trauerfeier in der Sprechhalle des Krematoriums.«

Der Korrespondent: »Der Leichenzug bewegte sich unter Vorantritt von berittenen Schutzleuten und der Kapelle der Schützen durch die Straßen nach dem Krematorium in Tolkewitz. In der Halle des Krematoriums sprach nach der Ankunft der Leiche Dr. Waldemar Staegemann (Kammersänger) außerordentlich wirkungsvoll einen Prolog, worauf Ministerpräsident Dr. Gradnauer in kurzen Zügen das Leben und Wirken des ermordeten Kriegsministers schilderte und seine Verdienste würdigte. Er gab der Hoffnung Ausdruck, daß sein Tod nicht umsonst gewesen sei, sondern mit dazu beitragen möge, dem deutschen Vaterlande ein neues, ruhiges Leben zu verschaffen. Im Auftrage der sächsischen Regierung und des Landes sprach er dem Ermordeten nochmals seinen Dank aus. Für die Volkskammer sprach Präsident Fräßdorf, der den toten Kriegsminister einen ganzen Mann nannte, der keine Furcht gekannt habe. Geachtet und geliebt sei er von vielen worden, gehaßt nur von denen, die die Revolution schändeten. Ihm verdanke es die Volkskammer, daß sie ruhig habe arbeiten können. Hierauf sprach der neue Minister für Militärwesen Kirchhof im Namen sowohl des alten als auch des im Aufbau befindlichen sächsischen Heeres. Für die Stadt Dresden sprach Stadtverordnetenvorsteher Finanzminister Nitzsche und betonte, daß Dresden es Neuring verdanke, wenn es bisher vom Bolschewismus verschont geblieben sei. Der preußische Geschäftsträger Reinhardt legte im Auftrag der Reichsregierung und des preußischen Landes einen Kranz an dem Sarge nieder. Im Namen der Arbeiterschaft sprach (SPD-)Abg. Karl Sindermann (Vater des späteren DDR-Volkskammerpräsidenten Horst Sindermann) und versprach der Familie, daß die Arbeiterschaft ihr das Leben erleichtern wolle. Nachdem noch einige andere Redner das Wirken Neurings im Dienste der Arbeiter beleuchtet hatten, sprach Dr. Staegemann noch einige wirkungsvolle Schlußworte. Hiermit hatte die Feier ihr Ende erreicht.«

IV. Im Namen des Volkes

Während in Dresden die Leiche des getöteten Kriegsministers Gustav Neuring geborgen und beerdigt wurde, fand in Berlin der Prozess gegen die Militärs statt, die die Arbeiterführer Rosa Luxemburg und Karl Liebknecht ermordet hatten. Am 14. Mai erfolgte das Urteil des Kriegsgerichtes, Ausnahmezustand herrschte im Land noch immer: »Das Ergebnis hat in der Öffentlichkeit gewaltiges Aufsehen hervorgerufen, denn das Urteil weicht in außerordentlich starker Weise von den Anträgen des Vertreters der Anklage ab. Reichsgerichtsrat Jörns hatte beantragt gegen den Kapitänleutnant von Pflugk-Harttung, gegen Oberleutnant von Ritgen, gegen Oberleutnant Stiege und Leutnant Liepmann wegen vollendeten Mordes die Todesstrafe, gegen Oberleutnant Vogel wegen versuchten Mordes 5 ½ Jahre Zuchthaus, Entfernung aus dem Heere und die üblichen Nebenstrafen, gegen Runge wegen versuchten Totschlags und gefährlicher Körperverletzung in zwei Fällen unter Zubilligung mildernder Umstände drei Jahre sechs Monate Gefängnis, ferner gegen Hauptmann Weller wegen Begünstigung drei Monate Gefängnis, gegen Leutnant Schulze und Hauptmann von Pflugk-Harttung Freisprechung.

Der Anklagevertreter hat also die Erschießung Liebknechts als vollendeten Mord bezeichnet. Dazu ist er gekommen, obgleich er die Erzählung der Angeklagten vom Fluchtversuch Liebknechts nicht für schlüssig widerlegt hält. Er hat dargelegt, daß, selbst wenn Liebknecht diesen Fluchtversuch unternommen hätte – was wir nach wie vor für völlig ausgeschlossen halten, weil er dazu einmal nach den schweren Kolbenschlägen auf den Kopf nicht fähig, weil er zweitens dazu viel zu klag war –, die (obengenannten vier) Angeklagten nicht berechtigt waren, auf den Fliehenden zu schießen. Man müsse doch daran denken, daß auf der einen Seite der durch Schläge geschwächte Liebknecht gestanden habe, auf der anderen aber sechs kräftige junge Männer, die auf andre Weise wohl die Flucht hätten verhindern können. Deshalb kam der Kriegsgerichtsrat zu dem Schluß, daß die Angeklagten nicht berechtigt waren, von einer Waffe, und insbesondere von einer Schußwaffe Gebrauch zu machen. Sie wären also im Sinne des § 149 des Mil.-Str.-G.-B. schuldig. Sie hätten sicherlich nicht den Vorsatz gehabt, Liebknecht nur zu verletzen, sondern sie hätten den Vorsatz gehabt, ihn zu töten, und hätten gemeinschaftlich gehandelt.

Der Oberleutnant Vogel hat nach der festen Überzeugung des Anklagevertreters den Schuß auf Rosa Luxemburg abgegeben, und zwar habe er die Tötung nicht nur mit Vorsatz, sondern auch mit voller Überlegung verübt, sich also des Mordes schuldig gemacht. Nach dem Gutachten des Sachverständigen sei jedoch die Feststellung, daß dieser Schuß als eigentliche Todesursache in Frage komme, nicht möglich, da die Kolbenschläge Otto Runges sehr schwerer Art gewesen waren. Er halte daher den Oberleutnant Vogel des versuchten Mordes für schuldig. Die Anklage der Begünstigung gegen den Hauptmann v. Pflugk-Harttung hielt der Anklagevertreter nicht aufrecht, da das Hauptbelastungsmoment gegen ihn, die absichtlich herbeigeführte bzw. vorgetäuschte Panne an dem Auto, in dem Liebknecht transportiert wurde, nicht hinreichend erwiesen sei. Ebenso hielt er eine Teilnahme des Leutnants Schulze oder die Begünstigung der Tat durch ihn nicht schlüssig erwiesen.

Das Gericht ist, wie das Urteil zeigt, zu ganz andern, den Angeklagten weit günstigeren Auffassungen gekommen. Es hat die ersten vier angeklagten Offiziere für berechtigt gehalten, auf den (angeblich) fliehenden Liebknecht zu schießen, und es hat die Tat des Oberleutnants Vogel nicht als Versuch des Mordes, sondern des Totschlags angesehen, so daß dem Herrn Offizier das Zuchthaus erspart blieb. Aus der Begründung des Urteils sei hervorgehoben:

Das Gericht hat bei der Frage nach der Schuld des Kapitänleutnants v. Pflugk-Harttung erwogen, ob eine Verabredung unter den Offizieren zur Tötung des Dr. Karl Liebknecht getroffen worden war. Es lagen Indizien vor, die darauf hindeuten, daß eine solche Verabredung stattgefunden haben könnte. Aber diesen Anzeichen, daß eine stille Verabredung, hervorgerufen durch die allgemeine Erläuterung und die Tatsachen, daß Liebknecht ein Gegner der jetzigen Regierung war, vielleicht auch durch Mienenspiel und Winke erfolgt sein könnte, stehen eine Reihe entlastender Indizien gegenüber. Es ist bewiesen, daß Kapitänleutnant v. Pflugk-Harttung tatsächlich Liebknecht gegen die erbitterte Menge geschützt hat, und daß das Tempo des Autos nur eine nicht übermäßige Geschwindigkeit hatte. Nach dem Gutachten des Sachverständigen hat es sich, was wesentlich entlastend ist, um eine echte und nicht um eine ›gemachte‹ Panne gehandelt, und besonders entlastend ist das Gutachten des medizinischen Sachverständigen. Durch dieses ist die Behauptung, daß Dr. Liebknecht von hinten erschossen worden ist, unterstützt und bewiesen; es ist auch bewiesen, daß Liebknecht noch in der Lage war, einen Fluchtversuch zu machen. Nach alledem ist es nicht ausgeschlossen, daß Liebknecht im Tiergarten tatsächlich einen Fluchtversuch gemacht hat und dabei erschossen worden ist. Bei der Frage, ob die Offiziere berechtigt waren, von der Schußwaffe Gebrauch zu machen, hat das Gericht folgendes berücksichtigt: Es war dunkel, es war im Tiergarten, in dem zu damaliger Zeit ziemlich unsichere Verhältnisse vorlagen, es handelte sich um einen sehr wertvollen politischen Gefangenen und die Bestimmungen über den Waffengebrauch waren damals sehr scharf. Andre Waffen konnten nicht in Anwendung gebracht werden. Das Gericht hat deshalb angenommen, daß der Angeklagte Pflugk-Harttung sich berechtigt glaubte, die Schußwaffe anzuwenden. Dasselbe trifft bei den andern Offizieren zu, welche gesehen hatten, daß Liebknecht flüchtete, obwohl er ausdrücklich verwarnt worden war, und daß ihr Transportführer schoß.

Was den Angeklagten Vogel betrifft, hat das Gericht nicht für erwiesen erachtet, daß er den Schuß auf Frau Luxemburg abgegeben hat. Die Zeugenaussagen sind in dieser Beziehung teils widersprechend, teils schwankend, teils unzutreffend. Aufgrund der Abweichungen dieser Zeugenaussagen hat das Gericht mit Rücksicht auf die ganzen Umstände, der Schnelligkeit, in der sich die Dinge abgespielt haben, und die dunkle Beleuchtung die Überzeugung gewonnen, daß gegen Vogel ein voller Schuldbeweis wegen Mordes oder Totschlags nicht erbracht worden ist. Das Gericht hat auch erwogen, ob Vogel nicht im Einverständnis mit dem unbekannt gebliebenen Marineoffizier gehandelt hat, aber auch hierfür ist kein Schuldbeweis erbracht. Im übrigen hat das Gericht den Angeklagten Vogel im Umfange der im Urteil erwähnten Verfehlungen für schuldig befunden und ihn zu der ausgesprochenen Strafe verurteilt. Mildernd ist für ihn erwogen in subjektiver Beziehung die allgemeine Verbitterung, andrerseits, daß gegen Dr. Liebknecht und Frau Luxemburg tatsächlich an jenem Tage ein Haftbefehl nicht vorlag, daß ein grober Vertrauensbruch begangen ist und die Tat eine große Rohheit darstellt einer mißhandelten und dann erschossenen Frau gegenüber.

Gegen den Angeklagten Weller ist ein Schuldbeweis nicht erbracht worden. Bei Otto Runge hat das Gericht angenommen, daß er nicht unzurechnungsfähig, aber doch ein Mann von starker Minderwertigkeit und großer Reizbarkeit ist. Aus diesem Grunde sind ihm mildernde Umstände zugebilligt worden. Erschwerend ist die Rohheit erwogen, die der Angeklagte Runge bewiesen hat, in dem er zweimal auf eine Frau gewaltsam eingeschlagen und den zweiten Kolbenschlag auf Dr. Liebknecht ausgeführt hat.

Das Urteil kann nur nach einer eingehenden Prüfung der Verhandlung richtig beurteilt werden. Es lautet: Oberleutnant Vogel 2 Jahre 4 Monate Gefängnis wegen versuchten Totschlags, Husar Otto Runge 2 Jahre 4 Monate Gefängnis wegen versuchten Totschlags, Leutnant

Liepmann 6 Wochen verschärften Stubenarrest wegen Erstattung einer dienstlich falschen Meldung. Die übrigen sechs Angeklagten wurden freigesprochen.«

Es dauerte kaum Stunden und die Diskussionen zu dem Urteil liefen heiß. »Die Stimmen mehren sich auch in den rechtssozialistischen Kreisen, die das Urteil im Prozeß der Mörder Liebknechts und Rosa Luxemburgs für völlig falsch und unhaltbar halten. Die Fraktion der SPD der Arbeiterräte in Berlin hat folgende Erklärung abgegeben: ›Die Fraktion der SPD des Vollzugsrats kann sich mit dem Urteil, welches im Prozeß Liebknecht-Luxemburg gefällt worden ist, nicht einverstanden erklären. Dieses Urteil steht in keinem Verhältnis zu der Schwere des Verbrechens, und wir betrachten dieses Urteil als ein Tendenz-Urteil. Wir fordern, daß die Regierung sofort ihr Versprechen einlöst, die Militärgerichtsbarkeit aufzuheben. Die Bestätigung des Urteils ist zu versagen und das Verbrechen an ein ordentliches Zivilgericht zu überweisen.‹ Und der Bezirksvorstand der Sozialdemokratischen Partei Berlins hat in einer Sitzung einstimmig folgenden Antrag angenommen: ›Das Urteil im Liebknecht-Luxemburg-Prozeß kann das Rechtsempfinden weiterer Volkskreise nicht befriedigen. Wenngleich anerkannt wird, daß das Kriegsgericht sich bemüht hat, die Verhandlung objektiv zu führen, muß doch die Zugehörigkeit der Angeklagten und Richter zu derselben Formation Mißtrauen gegen die subjektive Unbestechlichkeit der Richter hervorrufen. Der Bezirksvorstand fordert daher die Regierung auf, dafür zu sorgen, daß das Urteil des Kriegsgerichts nicht bestätigt wird, und schleunigst eine Änderung der bestehenden Gesetze dahin herbeizuführen, daß die Wiederholung des Prozesses vor den zuständigen bürgerlichen Gerichten stattfindet.‹

Die aufpeitschende Wirkung, die das Urteil bei der Arbeiterschaft und bei allen rechtlich normal Empfindenden haben muß, war vorauszusehen. Sie ist auch erst am Anfang. Aufgehalten oder abgeschwächt kann sie nur werden, wenn ein wirkliches Volksgericht aus völlig unabhängigen und unbeeinflußten Männern zusammengesetzt, den Prozeß aufnimmt und durchführt. Die schwächliche Opposition der Rechtssozialisten, nötigt Noske und Co. kaum ein Lächeln ab, geschweige denn, daß sie sie veranlaßt, dem Rechtsempfinden Rechnung zu tragen. Der Gerechtigkeitsbetrieb, wie er in dem Prozeß gegen Otto Runge zutage tritt, gehört ebenso zum Noskeschen Gewaltregiment, wie die Klassenjustiz zum kapitalistischen Staat. Mehr Eindruck auf die Regierung als die schwächlichen Proteste der Rechtssozialisten werden die Arbeiter in den Betrieben machen, worüber folgende Meldungen vorliegen: ›Die Belegschaft der Firma Niebe, Weißensee, erhebt schärfsten Protest gegen das Schandurteil im Liebknecht-Luxemburg-Prozeß. Sie verlangt die Aburteilung vor einem Revolutionstribunal. Als Zeichen des Protestes legten die Arbeiter und Beamten die Arbeit auf einen Tag nieder. Gleichzeitig fordern sie die Freilassung aller politischen Gefangenen.‹«

Bei diesem Protest blieb es nicht allein, eine Welle der Unzufriedenheit überzog Deutschland. Man hoffte, dass sich die Lage im Land beruhige, Gras wachse, wie über all die Wunden des Krieges und Nachkrieges und politischer

Schlachten. Max Barthels im Anschluss an den Bericht veröffentlichtes Gedicht formuliert Sehnsucht, die angesichts der Realität wohl Sehnsucht blieb.

Über des Schlachtfelds brandige Narbe
Hast du, o heiliges Grün, dich gnädig gedeckt
Und deine flehende wehende Garbe
Hoch in den strahlenden Frühling gereckt.

Morgenwind, blas!
Sonne, erglühe!
Seliges Gras!
Purpurne Frühe!

Deiner Wiesen funkelnd Erwachen
Ist das Erwachen der lenzhaften Welt.
Allen Verratenen, Trostlosen und Schwachen
Perlender Tau in die Seele fällt.
Gras, das in die Qual und Beschwerde
Der Menschheit ein gläubiges Lächeln schenkt –
Ihr Brüder! Hoch über den Gräbern der Erde
Die grünen Fahnen der Hoffnung geschwenkt!

Purpurne Frühe!
Gras über dem Zorn!
Sonne, erglühe!
Aus Gras wird Korn!

Banger Erwartung sah man in Dresden dem Prozess gegen die mutmaßlichen Mörder Gustav Neurings entgegen. Von der übergroßen Anzahl der Verhafteten wurden letztlich elf Personen angeklagt. Zehn erfahrene prominente Anwälte, darunter Karl Liebknechts älterer Bruder und Kompagnon Dr. Theodor Liebknecht übernahmen die Verteidigung der Aufrührer. Angesichts der Beweislage und sich widersprechender Zeugenaussagen war vorhersehbar, dass auch dieser Prozess für Diskussionen sorgen und letztlich wenig zur Befriedung der politischen Auseinandersetzungen beitragen würde. Zu befürchten war, er würde ein Spektakel werden. Und genauso kam es. Publikums- und Medieninteresse waren enorm. Die Diskussionen über Verhandlung und deren Verlauf und das danach gesprochne Urteil wurden in Familien, Kneipen und Parteigremien geführt.

Von den einst siebzig Verhafteten saßen endlich elf auf der Anklagebank. Die benannten Aufrührer der Proteste wie Max Frenzel oder Alting saßen nicht unter ihnen. Andere von den Tatverdächtigen waren als Spitzel im Auftrag der Regierung tätig, sie wurden nicht vor das Gericht gestellt. »Das edle Handwerk der Spitzel hat kaum zu irgendeiner Zeit des alten Regimes in solcher Blüte gestanden, wie jetzt unter der Regierung der neuen deutschen Republik. Das hat eben wieder die Verhandlung über die Polizei in der sächsischen Volkskammer gezeigt. Neben den Spitzeln, die für die Regierung tätig sind, gibt es aber noch ganze Scharen, die für direkt gegenrevolutionäre Organisationen arbeiten.« Misstrauen herrschte auf allen Seiten. Unter besonderer Beobachtung stand der Prozess ohnehin, nicht nur die lokale Presse berichtete zeitnah, sehr ausführlich und in Sonderausgaben.

»Am Montag (den 21. Juli 1919) begann vor dem Schwurgericht in Dresden die Hauptverhandlung gegen

1. den am 6. April 1866 in Rittergut Tiefensee geborenen Kaufmann Gustaf Günther Fritze,
2. den am 17. März 1897 in Dresden geborenen Maschinenschlosser und Humoristen Heinrich Karl Krebs,
3. den am 23. September 1895 in Dessau geborenen Schlosser Otto Allner,
4. den am 29. Dezember 1985 in Nieder Görisseiffen geborenen Schlosser Gustav Bruno Ernst Thamm,
5. den am 5. April 1898 in Spremberg geborenen Hochbautechniker Willi Otto Schreiber,
6. den am 6. Januar 1881 in Dresden geborenen Bierverleger Otto Rudolf Merkel,
7. den am 26. Januar 1893 in Chemnitz geborenen Seemann Rudolf Georg Bartzsch,
8. den am 11. Dezember 1892 in Meißen geborenen Bäcker Friedrich Max Becker,
9. den am 10. Mai in Dresden geborenen Bäcker Georg Max Gottlöber,
10. den am 25. März 1885 in Dresden geborenen Tischler Friedrich Wilhelm Heynemann,
11. den am 13. Juni 1890 in Dresden geborenen Dekorationsmaler Max Emil Pietzsch.

Die Angeklagten werden beschuldigt, bei den bekannten Vorgängen in Dresden am 12. April d. J. den Kriegsminister Neuring mißhandelt und ermordet zu haben. Die Staatsanwaltschaft geht davon aus, daß die Tötung Neurings mit Überlegung ausgeführt worden sei. Der Plan zu seiner Ermordung hätte schon seit längerer Zeit bestanden.« Die Ankläger sahen die Tat als eine Verabredung zum Mord, als politisch motiviert und damit staatsgefährdend. Auch dieser Prozess wurde von vornherein politisch instrumentalisiert.

Zunächst vergegenwärtigte sich das Gericht Zustandekommen und Ausgangssituation der im Lynchmord endenden Krawalle: »Die Frage, wie es zu diesen Ereignissen gekommen ist, hat bis jetzt nicht völlig geklärt werden können. Es ergibt sich aus zahlreichen Äußerungen, daß eine große Wut gegen Neuring in das Volk, insbesondere unter die Soldaten getragen wurde.« Es hatte schon Wochen vor der Tat Schimpfreden und Drohungen gegen den Kriegsminister unter den Soldaten und militärischen Hilfsarbeitern gegeben. »Bereits im November 1918 waren Bestrebungen des Sanitätspersonals auf wirtschaftliche Besserstellung im Gange. Von der allgemeinen Demobilisation war das Sanitätspersonal naturgemäß ausgeschlossen worden, da noch zahlreiche Verwundete zu pflegen waren. Das Bestreben des Sanitätspersonals einschließlich der Militärkrankenwärter ging nun dahin, vor allem in der Löhnung den Sicherheitstruppen gleichgestellt zu werden. Gegen Ende März fand im Reservelazarett I (Marienallee 13) in Dresden eine Versammlung statt, in der eine Resolution festgelegt und dem Ministerium für Militärwesen durch Beauftragte überbracht wurde. Da die Regelung der Gebührnisse Sache des Reichs ist, wurden die Antragsteller beschieden, daß erst die Entscheidung aus Berlin abgewartet werden müsse. Es kam aber keine Entscheidung, was auch um deswillen eine große Erbitterung hervorrief, weil mit dem Aufhören der Soldatenräte am 31. März 1919 die Sache nach Ansicht der Beteiligten erst recht ins Stocken kommen würde. Die Erregung nahm nun außerordentlich zu, als statt der erhofften Bewilligung der Forderungen am 10. April das Armee-Verordnungs-Blatt Nr. 32 vom 8. April 1919 erschien, wonach vom 11. April an nur noch die Friedensgebührnisse gezahlt werden sollten, während die Sicherheitstruppen die hohe Zulage erhielten. Anstelle der erstrebten Aufbesserung der Tageszulage von 3 auf 5 M. trat also eine Herabsetzung auf 2 M. ein. Nach der Zusatzverordnung des Kriegsministeriums sollten damit alle Anträge, auch des Lazarettpersonals, erledigt sein. Man nahm in den Kreisen der Beteiligten an, daß damit ihre Ansprüche auf Entlassungsgeld, -anzug und Existenzurlaub abgelehnt seien. Dazu kam, daß die Kriegsunterstützungen für die Familienangehörigen nun auch in Wegfall kommen.

Es fanden nun in allen Lazaretten erregte Versammlungen statt, teilweise wurde Arbeitseinstellung beschlossen und angeblich auch an einigen Stellen durchgeführt. Die Bewegung griff auch auf die Lazarettinsassen und Rumpfverbände über. Am 11. April fand nun eine große Versammlung des Sanitätspersonals der Dresdner und zahlreicher auswärtiger Lazarette im Reservelazarett I in Dresden statt. Diese nahm eine Resolution an, wonach am 12. April die Arbeit niedergelegt werden sollte, wenn die Forderungen nicht angenommen werden würden. Man war anscheinend der irrigen Annahme, daß das sächsische Ministerium die Annahme der Forderungen erklären könne. Diese Resolution sollte vom Aktionsausschuß des Sanitätspersonals dem Ministerium überreicht werden. Auch die Lazarettinsassen hatten Versammlungen abgehalten, in denen es offenbar noch erregter zugegangen war. Das Sanitätspersonal schloß sich nun dem Plan der Lazarettinsassen an, und die Versammlung fand am 12. April vormittags auf dem Theaterplatz in Dresden statt. Zu der Versammlung fanden sich auch Angehörige des Rumpfverbandes 177 unter Führung von Frenzel-Alting ein, obwohl dies ursprünglich nicht vorgesehen war. Es sprachen zunächst die Redner der drei Gruppen, u. a. Frenzel für die Rumpfverbände. Dann wurde die Resolution angenommen, die in acht Punkten die Forderungen des Sanitätspersonals und der Lazarettinsassen enthielt. Zur Wahrnehmung der Interessen wurde ein Aktionsausschuß von sieben Angehörigen des Sanitätspersonals gebildet.

Die Resolution sollte nun dem Minister Neuring überbracht werden. Zu diesem Behufe waren von dem Sanitätspersonal und den Verwundeten je sechs Mann gewählt worden. Als Vertreter der Rumpfverbände wollten Frenzel und Alting auftreten, die beide von dem Rumpfverband Infanterie-Regiment 177 gewählt waren. Frenzel hätte längst entlassen sein müssen; er war nur beim Militär geblieben, um sein Gewerbe als Bataillonsbarbier zu betreiben, das ihm außer Löhnung und Verpflegung guten Verdienst und außerdem beste Gelegenheit zu Agitation in kleinem Kreise bot. Er war daher auch, obwohl zu Unrecht noch Soldat, von dem Rumpfverband 177 gewählt worden. Nachdem sich der Zug geordnet hatte, setzte er sich unter Vorantritt der Kriegsverstümmelten in Bewegung und zog über die Friedrich-August-Brücke nach dem Blockhause. Es wurden auf der Neustädter Wache die Kriegsbeschädigten gleich auf den eingezäunten Waffenplatz hereingelassen und ihnen dort Bänke zum Ausruhen hingestellt. Da den Verletzten sofort andere Soldaten nachdrängten, geriet die Wache auf diese Weise schon unauffällig in die Hände der Demonstranten, und die Entwaffnung der Wachmannschaften machte dann später keine Schwierigkeiten.

Während die Demonstranten, deren Zahl sich etwa auf 2500 Mann belaufen haben dürfte, auf dem Neustädter Markt rings um das Blockhaus standen, begaben sich die abgeordneten Deputationen hinauf in das Ministerium. Der Minister erklärte durch seinen Sekretär (Albert) daß er zum Empfange der Deputationen bereit sei, wolle sie aber einzeln nacheinander empfangen. Zunächst wurde die Deputation des Sanitätspersonals vorgelassen. Über einige Punkte einigte man sich rasch. Hinsichtlich der Geldforderungen dagegen glaubte die Abordnung ›Fiasko‹ gemacht zu haben, weil der Minister erklärt hatte, daß er insoweit erst nach Berlin berichten müsse. Die Abordnung wollte sich damit nicht zufriedengeben, und so zog sich die Verhandlung in die Länge. Das wurde einem Teil der Demonstranten zu lange, und so erschien plötzlich der Angeklagte Fritze.«

Nach Meinung des Staatsanwaltes soll »Fritze mit der Pistole in der Hand schnellste Erfüllung der Bedingungen verlangt haben. Er soll durch seine aufreizende Anwesenheit (!) die Täter zu ihrem Tun angestachelt und ermutigt haben. Krebs soll auf den Minister eingeschlagen haben. Allner soll sich an der Tötung des Ministers beteiligt haben. Thamm wird zum Vorwurf gemacht, u. a. auch ›Holt ihn runter, den Hund! Nieder mit ihm! In die Elbe, in die Elbe!‹ gerufen zu haben. Schreiber soll drei Schuß auf den im Wasser treibenden Neuring abgegeben haben. Merkel soll zusammen mit andern den Minister nach der Brücke geschleppt und ihn über das Geländer gehoben haben. Bartzsch soll auf das Blockhaus geschossen, den Minister aus dem Blockhause geholt, ihn nach der Brücke geschleppt, auf ihn eingeschlagen und ihn in den Fluß geworfen haben. Auch Gottlöber, Pietzsch, Heynemann und Becker werden als Hauptbeschuldigte angesehen. Die Anklage wirft Pietzsch vor, den Minister mit auf die Brücke geschleppt und dabei ein Gewehr über der Achsel getragen zu haben. Auf dem Wege zur Absturzstelle habe er auch mit einem Seitengewehrgriff oder Pistolenkolben auf den Minister losgeschlagen. An dem Pfeiler angelangt, habe Pietzsch den Minister gemeinsam mit dem Bartzsch und einigen andern (Gottlöber, Merkel usw.) über das Brückengeländer gehoben, ihm dabei einen scharfen Gegenstand auf den Kopf geschlagen, ihn ins Wasser gestoßen und auf ihn noch einige Schüsse abgegeben haben.« Eindeutig nachgewiesen war der Ablauf der Ereignisse, die zum Tode des Ministers geführt hatten, keineswegs, Widersprüche sind Protokollen und Zeugenaussagen immanent. Sie vermittelten einzig ein Bild des absoluten Chaos. Die Nachfragen der Richter waren zahlreich und wurden nicht immer zur Zufriedenheit beantwortet. Manchmal überraschten die Aussagen der Angeklagten.

»Bei der Vernehmung gibt Allner die Erklärung ab, daß er bei der Ermordung Neurings nicht beteiligt gewesen sei. Ein Geständnis, nachdem er den Minister mit auf der Brücke geschleppt haben soll, will er nur abgelegt haben, um milder wegzukommen. Bartzsch, der an der Revolution in Kiel teilgenommen hat, ist wohl bei der Demonstration dabei gewesen, bekundet aber, an der Ermordung Neurings sich nicht beteiligt zu haben. Becker erklärt, überhaupt nicht am Tatort gewesen zu sein. Albert Fritzsche, der Unteroffizier war, habe den Auftrag gehabt, den Demonstrationszug zu leiten. Er habe den Minister zu schützen versucht, und sei selbst mißhandelt worden. Gottlöber gibt an, ebenfalls nicht dabei gewesen zu sein. Heynemann erklärt, Mitglied der Kommunistischen Partei zu sein. Seine Partei sei an den Vorgängen nicht beteiligt gewesen. Er habe keine Rufe gegen den Minister ausgestoßen. Krebs will ebenfalls nicht an der Ermordung Neurings teilgenommen haben. Auch die anderen Angeklagten geben dahingehende Erklärungen ab. Dem Angeklagten Schreiber ist im Kriege das rechte Bein amputiert worden. Thamm ist eines der Opfer der Vorgänge am 10. Januar vor dem Dresdner Volkshause, wo ihm eine Handgranate das rechte Bein abriß.

Medizinalrat Dr. Oppe bekundet, daß er die Leiche Neurings besichtigt hat. Der Schädel sei an der rechten Seite zertrümmert gewesen. Auf der Höhe des Scheitels sei ein Loch gewesen, das ein Schuß hervorgerufen habe.

Als erster Zeuge wird der 19 Jahre alte Münch vernommen, der Mitglied des Ausschusses des roten Soldatenbundes war, und darlegt, daß in einer Kommunistenversammlung (?) der Plan gefaßt worden sei, Neuring festzunehmen und in einen Keller zu schaffen. Referendar Kluge will am 12. April von einem Gewerkschaftssekretär gehört haben, daß diesem erst acht Tage vor dem Mord zwei Kommunisten gesagt hätten, in zwei Wochen werde Neuring nicht mehr leben. Dieser Gewerkschaftssekretär soll vernommen werden. Verteidiger Rechtsanwalt Dr. Liebknecht beantragt, Rühle wie die Gebrüder Lewinsohn, denen freies Geleit gewährt werden soll, als Zeugen zu laden. Sie sollen über die Haltung der kommunistischen Partei zu den Vorgängen am 12. April vernommen werden. Zeuge Wolf sagt aus, er hätte zu der Deputation gehört, die mit Neuring verhandelt hätte. Fritze hätte Beschleunigung der Verhandlungen gefordert. Die Wache vor dem Blockhaus hätte sich ohne Widerstand entwaffnen lassen. Kunstmaler Bammes war auf der Brücke, als Neuring in die Elbe geworfen wurde. Er will in dem Angeklagten Becker einen derjenigen erkennen, der sich noch nach der Ermordung des Ministers auf der Brücke befunden habe. Zeuge Albert ist Sekretär Neurings gewesen. Fritze sei bei den Verhandlungen der ersten Kommission des Sanitätspersonals mit dem Kriegsminister in das Zimmer gekommen und hätte den Soldaten erregt zugerufen, sie sollten sich nicht wieder einwickeln lassen. Der Zeuge gibt dann eine eingehende Schilderung von den Vorgängen im Blockhause. Dieses sei gestürmt worden. Fritze hätte verlangt, Neuring solle auf die Straße gehen und zu der Menge sprechen. Als Albert Fritze gesagt habe, daß für das Leben Neurings garantiert werden müßte, habe der Angeklagte erklärt, er werde dem Minister nichts tun, was aber die Menge machen werde, könne er nicht wissen. Albert und Neuring wären dann die Treppe heruntergestoßen worden; dabei sei Fritze beteiligt gewesen. Draußen sei es Neuring nicht gelungen, zu den Massen zu sprechen. Es sei gerufen worden: ›In die Elbe! In die Elbe mit dem Hund!‹ Man habe auf den Minister eingeschlagen; auch habe man ihm die Brieftasche entwendet. Fritzsche habe, als Neuring unten (auf der Straße) angekommen wäre, mit dem Taschentuch der Menge gewinkt. Er nehme an, daß dadurch die Massen auf den Minister aufmerksam gemacht werden sollten.

Dienstag vormittag wird die Vernehmung der Zeugen fortgesetzt. Rechtsanwalt Wilhelm gibt an, am 12. April mittags gegen zwei Uhr vom Sekretär Albert telephonisch angerufen und vom Ernst der Lage unterrichtet worden zu sein. Er eilte sofort ins Kriegsministerium und fand dort eine erregte Menge Zivilisten und Soldaten um das Gebäude versammelt. Auf seine Frage nach dem Führer antwortete man ihm, ›Wir haben keinen Führer!‹ Er begehrte Einlaß ins Ministerialgebäude, klopfte aber vergebens. Inzwischen steigerte sich die Erregung der Massen, das Schießen setzte erneut rasend ein. Um zu retten, was möglich sei, schloß sich Wilhelm der ins Gebäude drängenden Menge an. Neuring versuchte vergebens, den Eindringenden den Rechtsstandpunkt klarzumachen. In einem Zimmer kam es endlich zur Aussprache. Man machte Neuring den Vorschlag, er solle doch – es sei der einzige Ausweg – unten zur Menge zu reden. Neuring ging hinunter. ›Ich will alle Forderungen bewilligen!‹ rief er vergebens. Wilhelm rief: ›Begeht keinen Mord!‹ Einer schrie dagegen, ›Halt den Mund, sonst fliegst du mit hinunter!‹ Dann riß man Neuring fort. Den Augenblick des Hinabstoßens sah der Zeuge nicht.

Vorsitzender: ›Erkennen Sie unter den Angeklagten einen der am Mord Beteiligten?‹

Zeuge: ›Nein!‹

Der Zeuge fährt fort: ›Ich habe persönlich die Empfindung, daß der tödliche Schuß von der Brücke aus fiel.‹

Vorsitzender: ›Haben Sie den Angeklagten Fritze im Blockhaus gesehen?‹

Zeuge: ›Ich entsinne mich, daß er neben mir versuchte, ins Blockhaus zu kommen.‹

Vorsitzender: ›Stimmt es, daß Fritze die Menge nicht aufgeregt hat?‹

Zeuge: ›Ich weiß es nicht.‹

Vorsitzender: ›Trug Fritze Waffen?‹

Zeuge: ›Ich habe keine gesehen.‹

Vorsitzender: ›Versuchte Fritze, den Minister hervorzurufen?‹

Zeuge: ›Einige deuten es auf diese Weise, ich nicht. Oben im Zimmer wurde dem Minister von einigen Leuten gesagt, wenn er hinunterginge, könnte keiner seine Sicherheit garantieren. Dennoch ging er hinunter.‹

Vorsitzender: ›Getrieben oder freiwillig?‹

Zeuge: ›Er handelte spontan aus sich selbst. Ich hatte das Gefühl, daß er der Suggestion der Massen unterlag.‹

Der Zeuge Mohr kam mittags gegen zwei Uhr zum Tatort. Er hörte einzelne Leute sagen, wenn Frenzel die Sache in Händen hat, der läßt sich nicht veralbern. Neben ihm stand ein elegant gekleideter Herr, der sich mit Matrosen und Soldaten unterhielt und sich Notizen machte. Der elegante Herr machte, als Neuring reden wollte, eine Bewegung, als wollte er sagen, daß fehlte noch. Fortlaufend bekam er Nachrichten zugetragen. ›Ich hatte den Eindruck‹, sagte der Zeuge, ›als sei er der Leiter der ganzen Sache. Diesen Herren habe ich später im Zoo wiedergesehen.‹ Der Zeuge wird Pietzsch gegenübergestellt. Er erkennt den Angeklagten nicht wieder, als einen, der Neuring geschlagen hat. Es wird überhaupt keiner der Angeklagten von ihm erkannt.

Zeuge Schriftsteller Withake gen. Zorvey kam kurz nach drei Uhr an den Obergraben. Er schildert, wie die Menge schrie: ›Holt den Hund runter. In die Elbe!‹ Als Neuring dann erschien, habe man ihn niedergeschlagen und fortgestoßen. Ein Soldat rief laut: ›Kameraden, unsere Forderungen sind erfüllt!‹ Darauf rief die Menge: ›Es ist zu spät.‹ Ehe Neuring ins Wasser gestürzt wurde, ertönte das Kommando: ›Alle hier die Treppe herunter!‹

Vorsitzender: ›Dann wäre ja alles eine abgekartete Sache gewesen?‹

Zeuge: ›Ja, denn das Kommando kam, als man Neuring noch auf der Brücke vor sich her stieß.‹

Vorsitzender: ›Haben Sie auf der Brücke einen Infanteristen mit Gewehr im Anschlag gesehen?‹

Zeuge: ›Ja, er stand neben mir.‹

Die Verteidigung fragt: ›Wurde Neuring kampflos der Menge überlassen oder fand er Beschützer?‹

Zeuge: ›Ich habe nichts derartiges gesehen, es wäre wohl auch jeder, der das versuchte, niedergeschlagen worden.‹

Zeuge Kurt sagt aus: ›Sekretär Albert rief: *Die Forderungen sind ja alle bewilligt.* Trotzdem schlug man mit Stöcken und Fäusten auf Neuring ein. Die Leute waren wie wilde Tiere. Dann wurde Neuring fortgeschleppt und ins Wasser gestürzt. Woher der tödliche Schuß kam, weiß ich nicht.‹

Sekretär Albert bittet ums Wort: ›Vom Fenster des Ministeriums aus sahen wir einen Mann an zwei Krücken unglaublich rasch sich bewegen. Es wurde oben gesagt: *Der nennt sich Kriegsverletzter und läuft wie ein Gesunder.*‹

Zeuge Assessor Emmig nennt die Menge vor dem Ministerialgebäude entmenscht. Allner wird ihm gegenübergestellt.

Vorsitzender: ›Ist das der Mann, auf dessen Veranlassung Sie geschlagen wurden?‹

Zeuge: ›Ich kann es nicht bestimmt sagen.‹ (Allner lächelt.)

Vorsitzender ermahnt ihn ernst: ›Es ist durchaus nichts Lächerliches an dieser Sache.‹

Zeuge Polizeiwachtmeister Schramm sagt aus: ›Bartzsch hat des öfteren von der Brücke aus auf Neuring geschossen. Ich erkenne ihn genau. Ich erkenne auch Pietzsch bestimmt als den wieder, der den Minister gepackt hatte, einmal am Arm und einmal am Kopf.‹

Vorsitzender: ›Sie haben früher ausgesagt, Pietzsch sei der Haupträdelsführer gewesen.‹

Zeuge: ›Das halte ich aufrecht.‹ Der Zeuge bleibt überhaupt bei seiner Aussage. ›Bartzsch schoß wie tolle gegen das Blockhaus. Thamm war einer der Hauptschreier. Allner, Gottlöber erkenne ich nicht mit Bestimmtheit wieder.‹ Als der Zeuge auch Thamm vom 12. April wiedererkennen will, kommt dieser auf Krücken vor. Der Zeuge belegt auf Anfrage mit Einzelheiten seine Angaben.

Ein Zwischenfall. Der Angeklagte Thamm springt plötzlich auf und schreit: ›Raus! Raus!‹ Diener halten ihn zurück. Ein Weinkrampf schüttelt ihn. Dr. Oppe ordnet an, ihn hinauszuführen. Die Sitzung wird unterbrochen. Nach etwa zehn Minuten wird weiterverhandelt. Das Verhalten des Angeklagten veranlaßt den Vorsitzenden zu scharfen Worten: ›Ich ersuche Sie ernsthaft, Ihr Verhalten zu ändern. Der eine will hier frühstücken, der andere seine Braut empfangen und der dritte Witzblätter lesen. Wenn es nicht anders wird, ist meine Geduld zu Ende. Seien Sie sich des Ernstes der Situation durchaus bewußt.‹ Dr. Oppe bittet in Thamms Interesse, sich bald über dessen Geisteszustand äußern zu dürfen. Dr. Liebknecht fragt den Zeugen Withake nochmals, ob Thamm auf der Brücke habe mitlaufen können.

Zeuge Withake: ›Auf der freien Fahrbahn in der Mitte war es möglich.‹

Zeuge Nitzsche, früher Grenzsoldat, sagt mit Bestimmtheit von Allner aus: ›Er ging vor mir auf der Straße her und sagte, *da gibt es immer noch Leute, die Neuring bedauern. Ich habe ihn selbst von der Brücke gestoßen. Dabei ist der Kolben mit in die Elbe gefallen.*‹ Der Zeuge will diese Aussage beschwören.

Allner bestreitet alles; er weiß von nichts.

Zeuge Schreiner: ›Mit Bestimmtheit kann ich sagen, daß Allner den Minister geschleppt hat. Ebenso erkenne ich Gottlöber wieder, der auch beteiligt war.‹ Allner bestreitet seine Schuld; vor sechs Uhr abends sei er nicht am Tatort gewesen.

Am Dienstag nachmittag sagt Zeuge Leutnant Klug v. Ribba aus, daß der Angeklagte Fritze, einen Revolver in der Hand und sehr erregt, auf den Minister eingedrungen sei mit den Worten: ›Sie, Neuring, sollen sich wegen der unerhörten Vorgänge verantworten!‹ Rechtsanwalt Dr. Glaser erklärt, daß es ihm angelegen sei, dem Zeugen Scheibner den Vorwurf der Annahme zu machen. Zeuge Techniker Bönsch will die Angeklagten Bartzsch und Gottlöber bestimmt wiedererkennen. Sie sollen nach dem Blockhause geschossen haben. Maschinenmeister Lange aus Leipzig bekundet, Fritze habe die Menge zurückgehalten und den Minister geschützt, wobei er selbst mißhandelt worden sei. Heynemann habe gerufen: ›Laßt ihn schwimmen!‹ Gegen die Art der Zeugenvernehmung durch den Vorsitzenden protestieren die Verteidiger Rechtsanwalt Liebknecht und Rechtsanwalt Glaser.

Verlesen werden auf Gerichtsbeschluß die Aussagen des Zeugen Lange aus der Voruntersuchung, wo er die Angeklagten Pietzsch, Heynemann, Allner, Bartzsch, Schreiber, Becker und Gottlöber mehr oder weniger belastet hat. Lange will die Aussagen aufrecht erhalten, muß aber doch, nachdem ihm die Verteidiger Widersprüche vorgehalten haben, einige Aussagen zurücknehmen. Lehrer Meyer läßt sich über den Angeklagten Krebs aus, der schon in der Jugend eine krankhafte Phantasie gehabt habe. Kaufmann Fretzsch belastet die Angeklagten Gottlöber und Bartzsch; Allner hätte erklärt, mit dabei gewesen zu sein, worauf er dessen Verhaftung veranlaßt habe.

Als Verteidiger Dr. Glaser an den Zeugen einige Fragen richtet, kommt es zwischen ihm und dem Vorsitzenden zu einem Zusammenstoß, wobei der Vorsitzende erklärt, die Verteidigung macht von ihrem Recht der Ausfragung einen so weitgehenden Gebrauch, daß das Gericht sich wirklich einmal die Frage werde vorlegen müsse, ob hier nicht eine Einschränkung einzutreten habe. Rechtsanwalt Dr. Glaser entgegnet, die Verteidiger hätten das Gefühl, daß eine gewisse Animosität gegen die Verteidigung herrsche.

Zeuge Artist Schuppan sah den Angeklagten Allner gegen zwei Uhr auf der Brücke. Der Polizeibeamte Rudolf erkennt den Angeklagten Bartzsch als einen der Beteiligten wieder.

Am Mittwochvormittag betont der Angeklagte Schreiber auf die Frage nach der Widerrufung seines Geständnisses, daß er es in der Erregung getan habe. Allner kann seine Behauptung, sein Geständnis sei ihm abgepresst worden, nicht aufrechterhalten. Die Vereidigung des Zeugen Musch wird ausgesetzt. Er gibt nach einer längeren Einleitung an, Gottlöber habe Neuring mit dem dritten von ihm abgegebenen Schuß getötet. Pietzsch sei derjenige gewesen, der den an der Brücke hängenden Neuring auf die Finger schlug, so daß er ins Wasser stürzte. Pietzsch erwidert darauf, Musch habe sich selbst an den Vorgängen beteiligt. Der Zeuge wird von den Verteidigern auf einige Widersprüche aufmerksam gemacht. Er habe Anspruch auf die Belohnung erhoben, die für die Zeugen ausgesetzt seien, die wichtige Angaben über die Täter machen können. Der Zeuge ändert seine Angaben über die Vorgänge auf der Brücke während und nach der Ermordung Neurings. Zeuge Schlosser Hahn will Bartzsch, Gottlöber und Pietzsch wiedererkennen. Pietzsch habe auf Neuring eingeschlagen. Pietzsch und Gottlöber haben Neuring auf die Brüstung heben helfen und Pietzsch habe ihm auf die Finger geschlagen. Pietzsch erklärt demgegenüber, Hahn habe sich ihm als Kommunist ausgegeben, sich der Teilnahme an den Berliner Unruhen gerühmt und gesagt, in drei Wochen werde etwas passieren. Das will der Zeuge nicht gesagt haben.

In der Verhandlung am Mittwochnachmittag gibt der Zeuge Stenda an, daß Bartzsch auf das Blockhaus geschossen habe. Den Angeklagten Merkel habe er vor dem Blockhaus agitatorisch tätig gesehen. Zeuge Wehner kennt Becker. Dieser habe auf dem Neustädter Markt ein Maschinengewehr bedient und dabei zu dem Zeugen gesagt, jetzt werde gleich geschossen werden und dann werde Neuring, der Haderlump, heruntergeholt werden.

Zeuge Kaufmann Lischka hat gesehen, daß Fritze bemüht war, Neuring zu schützen. Zeuge Musch hat sich zu Lischka als Kommunist bekannt und gesagt: ›Wenn du ein Kommunist sein willst und einem Offizier hilfst, wo hast du denn da deinen Anstand?‹ Zeuge Schirrmeister Uhlemann sagt, Gottlöber habe von der Elbwiese auf Neuring drei- bis viermal geschossen. Bartzsch war auf der Brücke in der Nähe Neurings. Pietzsch war dicht bei Neuring, hat scheinbar ihn schützen wollen und dabei selbst Hiebe abbekommen. Zeuge Baumeister Schlechter hat den Pietzsch bei Neuring auf der Brücke und Gottlöber von den Elbwiesen heraufkommen sehen. Pietzsch habe auf

Neuring eingeschlagen. Zeuge Lagerarbeiter Busch sagt aus, Schreiber habe zweimal von der Brücke aus geschossen. Der Zeuge hat Maschinengewehrpatronen zu einem Maschinengewehr tragen helfen. Darauf wurde aus dem Maschinengewehr geschossen. Die Zeugen Gießler und Heine erklären, Allner hätte gesagt, er sei dabeigewesen, als Neuring ins Wasser gestürzt worden wäre.

Zu Beginn der Verhandlung am Donnerstag stellt die Verteidigung den Antrag, die Angeklagten Merkel und Fritze aus der Haft zu entlassen. Der Antrag wird der Staatsanwaltschaft zur Prüfung überwiesen. – Von der Verteidigung wird angeregt, einen Schwimmer von der Absturzstelle stromab die Elbe schwimmen zu lassen, während indessen ein Polizeibeamter zur Elbwiese laufen soll, an den Ort, wo Gottlöber den Schuß abgegeben haben soll, damit die belastenden Zeugenaussagen nachgeprüft werden können.

Es wird dann mit der Zeugenvernehmung fortgefahren.

Barbier Lohmann bekundet, daß der Angeklagte Merkel am 13. April zu ihm in die Barbierstube gekommen sei. Bei einem Gespräch über die Ermordung Neurings habe er gesagt, ›Die haben ihn herausgeholt, er hat seine Hiebe weg, er wird genug haben.‹ Er erzählte dann, Neuring wäre mehrmals auf der Brücke hin- und hergezerrt worden; zwei Soldaten und ein Matrose hätten ihn gepackt gehabt und er machte dann die Bemerkung, ›Wir haben ihn feste an der Parade gehabt.‹ Es hätten Rufe ertönt, ›Du Hund mußt in die Elbe, du mußt schwimmen!‹ Ob Merkel selbst gerufen habe, kann der Zeuge nicht angeben. Merkel habe auch noch gesagt, der Minister hätte sich fest angeklammert, ›wir bekamen ihn aber los. Als ich ihn (Merkel) fragte, ob er dabeigewesen, sagte er: *Aber feste!*‹

Vorsitzender: ›Hatten Sie den Eindruck, daß er das alles aus Prahlsucht sagte?‹

Zeuge: ›Nein. Er war voller Wut. Er sagte auch noch: *Nun ist einer von den Bluthunden weg, der Gradnauer (Ministerpräsident) und Konsorten kommen auch noch dran; sie müssen alle schwimmen.*‹

Vorsitzender: ›Es ist wesentlich, ob Sie bestimmt bekunden können, daß der Angeklagte gesagt hat, daß er auch dabeigewesen sei.‹

Zeuge: ›Jawohl. Als er sagte, *wir haben ihn feste an der Parade gehabt*, da fragte ich ihn, ob er dabeigewesen. Da sagte er: *Ja, aber feste!*‹

Angeklagter Merkel: ›Herr Vorsitzender, das ist die größte Lüge, die mir vorgekommen ist. Ich habe nicht gesagt, daß ich beteiligt war, ich habe nur gesagt, ich habe es mir angesehen. Es waren übrigens auch noch andere Leute da, ein Soldat, das weiß ich genau, und die müssen es mit angehört haben, was wir sprachen. Der Mann hat mich nur angezeigt wegen der Belohnung, er besitzt kein Geld.‹

Zeuge: ›Was Herr Merkel sagt, ist vollständig falsch. Er war allein bei mir, der Soldat kam erst hinzu, als das Gespräch beendet war. Es ist möglich, daß der Soldat noch einige Worte mit angehört haben kann.‹ Zeuge nennt diesen Soldaten mit Namen und auf Antrag der Verteidigung soll der Zeuge geladen werden.

Vorsitzender: ›Und wie ist das mit der Belohnung von 10.000 Mark?‹

Zeuge: ›Ich brauche keine Belohnung, ich bin nicht in Not. Ich habe meine Sparkassenbücher mitgebracht, um zu zeigen, daß das nicht wahr ist.‹

Zeuge Rupprecht, Beamter der Militärpolizei gibt an, daß er kurz vor der Ermordung, etwa um 1 Uhr, auf der Brücke war. Es stand ein Maschinengewehr in einer Nische und bei diesem Maschinengewehr stand auch der Angeklagte Pietzsch. Was Pietzsch dabei machte, kann der Zeuge nicht sagen.

Vorsitzender: ›Erkennen Sie Pietzsch wieder?‹

Zeuge: ›Jawohl, ich habe ihn schon früher gekannt.‹

Angeklagter: ›Ich kann gar kein Maschinengewehr bedienen.‹

Vorsitzender: ›Das hat der Zeuge ja auch gar nicht gesagt, sondern nur, daß Sie neben dem Maschinengewehr gestanden haben.‹

Zeuge Wölfel kam von der Arbeit und hörte von der Ermordung. Er begab sich darauf – um zu sehen, was eigentlich los sei – nach dem Blockhaus, in dem die Neunerkommission tagte. Dort war das Sitzungszimmer in eine Waffenkammer umgewandelt. Pietzsch gab auch am nächsten Tage noch die Waffen aus. Pietzsch war auch mit einem Revolver bewaffnet. Pietzsch war auch der einzige, der sich sträubte, daß das Blockhaus geräumt werden sollte. Bei der Räumung des Blockhauses wurden aber Maschinengewehre und zahlreiche Waffen nicht ausgeliefert. Pietzsch hat erzählt, daß er am 12. April 50 Revolver verteilt habe. Pietzsch hat im Blockhause gesagt, ›ich bin im Ministerium gewesen, ich habe mitgeholfen, den Neuring herunterzuholen. Er wurde auf die Brücke geschleppt. Ich habe ihn auch gestoßen und ihm eins mit dem Kolben in den Rücken gegeben. Ich habe ihm auch einige blaue Bohnen nachgesandt; der Lump hat nichts andres verdient.‹

Vorsitzender: ›Dann hätten Sie ihn doch gleich verhaften lassen sollen.‹

Zeuge: ›Wie konnte ich das, wo so viele von seinen Freunden herumstanden. Ich habe später Anzeige gemacht und bin auch bemüht gewesen, als Beamter der Militärpolizei seinen Aufenthalt zu ermitteln.‹

Vors.: ›Hielten Sie die Äußerung für Prahlerei?‹

Zeuge: ›Das kann ich nicht sagen. Pietzsch ist ein sehr erregter Mensch.‹

Angeklagter Pietzsch (mit weinerlicher Stimme und in großer Erregung): ›Herr Vorsitzender, nicht ein Wort ist wahr, so wahr ich hier stehe. Gott ist mein Zeuge. Der Zeuge hat einen Meineid geschworen, das ist so wahr, als Gott mein Zeuge ist. Dieser Mann hat unweigerlich geleugnet.‹ Der Angeklagte beschuldigt dann den Zeugen, daß er selbst in der Neunerkommission den Befehl gegeben habe, einen Schienenstrang der Löbauer Bahn zu sprengen.

Der Zeuge bestreitet das. Er sei zwar in der Neunerkommission gewesen und dort habe man beschlossen, den Zug nicht durchzulassen, der Regierungstruppen heranbringen sollte. Der Beschluß sei aber nicht ausgeführt worden. Er habe gar keine Befugnis gehabt, Befehle zu erteilen. Vorsitzender der Neunerkommission war Kommandant Winkler. Auch die Behauptungen des Angeklagten Allner, daß er (Zeuge) ihm ein Gewehr gegeben, mit dem Auftrag auf Regierungstruppen zu schießen, bezeichnet der Zeuge als unrichtig. Er sei im Gegenteil gegen die Verteidigung des Blockhauses gewesen und habe das als zwecklos bezeichnet. – Auf den Einwand der Verteidigung, wie er als einfacher Arbeiter dazu komme, sich nach dem Blockhaus zu begeben und an der Neunerkommission zu beteiligen, erwidert der Zeuge, daß er im Interesse seiner Partei und der Allgemeinheit gehandelt habe. Der Zeuge Wölfel bekundet weiter über den Zeugen Musch, daß er diesen für geistig minderwertig halte. Musch habe dem Finanzminister Nitzsche erklärt, daß er der Hauptzeuge im Neuring-Prozeß sei. Er wolle dafür sorgen, daß der Prozeß für die Regierung entschieden würde, man müsse ihn aber wieder einstellen. Das wurde abgelehnt. Er hat auch erklärt, daß er das Hauptbeweismaterial zusammentragen könne und daß ihm dafür der Löwenanteil von 7.000 Mk. aus der Belohnung zugesichert sei. Musch habe gesagt, daß Gottlöber von der Brücke aus geschossen habe. Andern gegenüber habe er erklärt, Gottlöber habe von der Elbwiese aus geschossen. Die Minister habe er beschimpft und für unfähig erklärt.

Lehrling Seidel bekundet, daß der Angeklagte Krebs ihm hinterher sagte, er habe mitgewirkt. Krebs sei aber ein Prahler.

Sachverständiger Dr. Oppe äußert sich über die Glaubwürdigkeit des Zeugen Musch. Er hält diesen für einen Querulanten und möchte ihm nicht die volle Glaubwürdigkeit, die man an einen Zeugen stellen soll, zubilligen. Der Angeklagte Thamm ist nach dem Sachverständigen erblich belastet. Wenn er am 12. April in der Erregung eine strafbare Handlung begangen haben sollte, so würde er das nicht im Zustande rechtskräftiger Verantwortlichkeit getan haben. Anders wäre es aber, wenn er nach einem vorgefaßten Plan gehandelt haben sollte.

Zeuge Schuhmacher Tschiharsch erklärt, ein Gefreiter habe ihm am 13. April gesagt, er habe Neuring eins mit dem Kolben gewinkt und ihn in die Elbe geworfen.

Vorsitzender: ›Erkennen Sie diesen Gefreiten unter den Angeklagten wieder?‹

Der Zeuge bezeichnet den Angeklagten Allner mit Bestimmtheit.

Zeuge Hahn bekundet auf Befragen der Verteidigung nochmals, daß er nur sagen könne, der Angeklagte Bartzsch sei mit beim Hineinwerfen des Ministers Neuring in die Elbe beteiligt gewesen. In welcher Weise er dabei tätig war, könne er nicht sagen. Er habe aber gesehen, daß Bartzsch die Hand nach dem Rücken des Ministers ausstreckte.

Von der Verteidigung wird die Anberaumung eines Lokaltermins zu morgen angeregt.

Das Gericht beschließt, den Zeugen Musch aufgrund des ärztlichen Gutachtens unvereidigt zu lassen.

In der Nachmittagssitzung wurde eine Reihe Entlastungszeugen vernommen, die von der Verteidigung gestellt sind.

Der Zeuge Barth bekundet, daß Neuring von einer Menschenmenge zur Brücke geschleppt wurde. Einige Minuten lag er auf dem Pflaster, dann hieß es auf einmal ›anfassen‹. Er wurde auf das Brückengeländer gehoben. Als er sich mit der Hand festklammerte, wurde mit Stöcken drauflos geschlagen. Der Zeuge kann nicht sagen, ob einer der Angeklagten mit dabei war, da ihm keiner von früher her bekannt ist. Eine Reihe von Zeugen gibt an, daß der Angeklagte Gottlöber zu verschiedenen Zeiten an anderen Stellen von ihnen in der fünften Stunde gesehen worden sei. Ein Zeuge sagt aus, Gottlöber habe auf seine Frage zu ihm gesagt, ›ich bin froh, daß ich weg bin‹.

Die Freundin des Angeklagten Heynemann gibt an, daß dieser zu ihr gesagt habe, ›ich habe mit der Sache nichts zu tun gehabt‹. Er habe ihr aber mitgeteilt, daß er es übernommen habe, die Spartakisten im Blockhaus mit Gewehren, Munition und Lebensmitteln zu versorgen. Als die Zeugin das nicht glauben wollte, zeigte er ihr einen Ausweis.

Zeuge Handlungsgehilfe Ockert gibt an, Heynemann habe am Tatort zur Ruhe gemahnt und vor Unüberlegtheiten gewarnt. Er habe geraten, nichts zu unternehmen, bevor nicht die Parteileitung (Kommunistische Partei) Stellung genommen. Ein Zeuge sagt aus, daß der Angeklagte Pietzsch am nächsten Tage erklärt habe, es sei nicht schön, daß es so gekommen sei. Wenn es nach ihm gegangen wäre, hätte man anders gehandelt.

In sehr anschaulicher Weise schildert eine Französin, Fräulein Cornelius, ihre Beobachtungen. Die Zeugin, eine Dame im mittlern Alter, will zunächst, als der Vorsitzende sie nach dem Alter fragt, durchaus nicht deutsch verstehen. Dann aber macht sie ziemlich fließend ihre Angaben. Sie sagt folgendes aus: ›Die Schießerei ging los. Dann brachte man einen Mann mit einer Brille angeschleppt und da hieß es, das ist der Minister. Sie haben ihn mit Krücken geklopft. Ein Soldat schrie: *Schlagt ihn tot!* Man schlug mit Kolben auf seinen Kopf ein; er fiel zu Boden. Man hob ihn aufs Geländer und rief: *Schmeißt ihn in die Elbe!* Dann haben sie ihn in die Elbe geschmissen. Vorher hatte sich der Minister aber an das Geländer gekrampft. Ein Mann schlug ihm mit einem Krückstock auf die Hände. Ein Matrose hatte ein Messer in der Hand und wollte nach ihm stechen. Der Minister wehrte das mit der Hand ab und fiel dabei von der Brücke hinunter.‹ Die Zeugin sagt, daß nachher der Matrose an der Hand blutete. Von der Brücke wurde dreimal auf den Minister geschossen. Das geschah von denselben Soldaten, der den Minister mit dem Gewehrkolben auf den Kopf geschlagen hatte. Eine Frau hat auch mit der Hutnadel auf den Minister losgestochen. Einer unter der Menge hetzte immer die Leute auf, daß sie noch mehr tun sollten und dem Leben andrer Minister auch ein Ende machen müßten. Am nächsten Sonntag sah die Zeugin den Mann wieder in der Menge, wie er die Leute aufputschte.

Auf die Frage des Vorsitzenden, ob dieser Mann sich unter den Angeklagten befinde, sagt die Zeugin: ›Nein, die Leute sind unschuldig.‹ – Sie trat dann an die Zeugenbank, weist auf den Zeugen Musch und sagt: ›Aber dieser hier ist der Schuldige!‹ (Große Erregung.) Die Zeugin bekundet mit Bestimmtheit, daß der Angeklagte Pietzsch nicht einer derjenigen gewesen sei, die nach Bekundung des Musch auf den Minister eingeschlagen hätten.

Nach einigen weiteren Vernehmungen wird die Verhandlung auf Freitag vertagt.

Im Schluß der Abendsitzung am Donnerstag machten noch eine Reihe Zeugen Angaben über die merkwürdige und zweideutige Haltung des Zeugen Musch. Dieser habe in der Neunerkommission sich wutschnaubend gebärdet und sogar verlangt, daß man Hindenburg und Ludendorff um die Ecke bringen müsse. Er habe auch erklärt, daß man den Finanzminister Nitzsche habe erschießen wollen, es sei aber nichts daraus geworden. In der bekannten Kommission habe er einen Artikel vorgelegt, der so scharf war, daß selbst die Kommunisten ihn nicht veröffentlichen konnten. Musch habe auch erklärt, die Stunden der Minister seien gezählt und habe dabei einen Revolver vorgewiesen. Er sagte weiter, es seien alles alte Weiber. Sonst hätte man in Sachsen mit Hilfe der Dresdner die Räterepublik errichten müssen. Die Sache mit Neuring rühmte er sich, selbst geleitet zu haben.

Ein Zeuge meint, daß es mit Musch nicht ganz richtig sei.

Zeuge Musch will sich sehr erregt rechtfertigen. – Der Vorsitzende weist ihn aber zurück und rät ihm, sich ruhig zu verhalten. – Der Staatsanwalt erklärt, daß er auf das Zeugnis dieses Zeugen keinen Wert mehr lege.

In der Sitzung am Freitag früh sollen noch die letzten 6 – 7 Zeugen vernommen werden. Es kommt vorher zu einem aufregenden Zwischenfall. Der früher vernommene Zeuge Mühle tritt vor und macht folgende Aussage: ›Gestern in der Pause trat der Rechtsanwalt Glaser an den Zeugen Hahn heran und ließ sich von ihm vormachen, wie der Vorfall auf der Brücke gewesen ist. Dabei fragte er Hahn, ob denn nun Gottlöber, als er die Hand vorstreckte,

Neuring in die Elbe herunterstoßen wollte oder ihn habe zurückhalten wollen. Als Hahn sagte, daß er das nicht sagen könne, meinte Rechtsanwalt Glaser: *Menschenskind, sagen Sie das doch, damit habe ich den Prozeß gewonnen.*‹

Vorsitzender: ›Die Frage ist, ob er direkt gefragt hat, ob Gottlöber habe stoßen oder zurückziehen wollen.‹

Zeuge Hahn: ›Rechtsanwalt Glaser fragte mich, und da erzählte ich ihm den Vorgang. Da sagte er: *Sie brauchen das doch nur zu sagen, daß er hat Neuring wegreißen wollen und dann ist für mich der Prozeß gewonnen.*‹

Ein andrer Zeuge erklärt, Glaser hätte gesagt, ›hätten Sie das so gesagt, dann wäre der Prozeß gewonnen. Sie haben doch ein Gewissen, also melden Sie sich.‹

Verteidiger Rechtsanwalt Glaser beantragt, ihn als Zeugen zu vernehmen, und überträgt im Sinnverständnis mit dem Angeklagten Gottlöber dessen Verteidigung dem Rechtsanwalt Dr. Th. Liebknecht.

Verteidiger Dr. Liebknecht: ›Die Sache ist doch klar, Herr Hahn hat abweichend von seiner Aussage hier im Saal draußen eine ganz andre Darstellung gegeben, und da hat Rechtsanwalt Glaser, der das hörte, ihm nahegelegt, daß er das auch vor Gericht so darstellen müsse.‹

Rechtsanwalt Glaser legt Wert auf seine Vernehmung und darauf, daß er nicht an den Zeugen von selbst herangetreten sei.

Vorsitzender: ›Ich habe schon früher auf die Unzuträglichkeiten hingewiesen, wenn die Verteidigung mit Belastungszeugen irgendwie in Verbindung tritt. Ich möchte anheimstellen, diesen Vorfall einfach unter den Tisch fallen zu lassen.‹

Rechtsanwalt Liebknecht: ›Rechtsanwalt Glaser legt aber aus sachlichen und persönlichen Gründen Wert darauf, die Sache klarzustellen, schon des Eindrucks auf die Öffentlichkeit und Geschworenen wegen.‹

Das Gericht beschließt, Rechtsanwalt Glaser als Zeugen zu vernehmen. Dieser zieht seine Robe aus und tritt vor den Zeugentisch.

Zeuge Fritz Salo Glaser: ›In der Pause trat gestern der Zeuge Mühle an mich heran und zeigte mir eine Photographie von der Stelle, und da rief ich Hahn, der in der Nähe stand, heran und forderte ihn auf, nun zu zeigen, wo und wie der Vorgang sich abgespielt habe. Da sagte Hahn: *Ob Gottlöber nun Neuring hat stoßen oder zurückziehen wollen, das weiß ich nicht.* Darauf sagte ich: *Donnerwetter, warum haben Sie das nicht in der Verhandlung gesagt? Menschenskind, das ist doch von größter Wichtigkeit, davon hängt das ganze Schicksal des Mannes ab. Sie müssen sich noch einmal melden.* Hahn hat das aber nicht getan, und jetzt ist Mühle mit diesen Angaben hervorgetreten.‹

Vorsitzender: ›Sie haben aber nicht gesagt: Davon hängt es ab, ob ich den Prozeß gewinne?‹

Zeuge Glaser: ›So kindisch bin ich doch nicht. Ich habe doch den Prozeß nicht zu gewinnen.‹

Zeuge Mühle: ›Das andre stimmt alles, wie Rechtsanwalt Glaser es gesagt hat, aber daß er gesagt hat, damit habe ich den Prozeß gewonnen, das halte ich aufrecht.‹

Rechtsanwalt Glaser: ›Mein Gedächtnis ist nicht so scharf, daß ich jedes Wort auf meinen Eid nehmen könnte. Im übrigen haben ja andre Zeugen Gottlöber belastet, daß er von der Wiese aus geschossen haben soll. Es wäre also damit der Prozeß noch nicht für Gottlöber gewonnen, abgesehen davon, daß der Ausdruck geschmacklos ist.‹

Zeuge Hahn und andre Zeugen bleiben dabei, daß Rechtsanwalt Glaser diesen Ausdruck gebraucht hat.

Ein Beisitzer fragt den Zeugen Hahn, ob er selbst gesagt habe, er wisse nicht, ob Gottlöber habe stoßen oder zurückziehen wollen, oder ob Rechtsanwalt Glaser den Zeugen so gefragt habe.

Zeuge Hahn: ›Er fragte mich, hat er nun Neuring hineingestoßen oder zurückziehen wollen, und da sagte ich, *das entzieht sich meiner Kenntnis*. Es ist aber ausgeschlossen, daß ich gesagt habe, *er wollte ihn zurückziehen*.‹

Vorsitzender: ›Haben Sie freiwillig das gesagt?‹

Zeuge Hahn: ›Ich wurde genötigt.‹

Dr. Liebknecht: ›Was heißt genötigt?‹

Hahn: ›Ich kann den Ausdruck nicht so richtig wählen. Er hat mich gefragt. Ich sollte ihm doch Auskunft geben.‹

Rechtsanwalt Liebknecht: ›Es war also keine suggestive Frage, sondern eine rein objektive. Im übrigen beantrage ich, Redakteur Müllerheim zu vernehmen, der bekunden wird, daß er gestern auf der Straßenbahn das Gespräch einiger Zeugen mit anhörte, die sagten, der Rechtsanwalt Glaser redet mit den Zeugen: *Er dreht die Sache herum, wir müssen ihm auf die Finger sehen*.‹

Das Gericht beschließt nach längerer Beratung, den Zeugen Glaser zu vereidigen, da er der wissentlichen Begünstigung des Angeklagten Gottlöber nicht verdächtig erscheine.

Bevor Rechtsanwalt Glaser den Eid ablegt, erklärt er

nochmals, daß er die Äußerung über ›den Prozeß gewinnen‹ für geschmacklos halte, es sei aber immerhin möglich, daß er auch einmal einen geschmacklosen Ausdruck gebraucht haben könnte. Dagegen nehme er bestimmt auf seinen Eid, daß Hahn spontan ungefragt gesagt habe, er wisse nicht, ob Gottlöber habe stoßen oder zurückhalten wollen. Darauf leistet Rechtsanwalt Glaser den Zeugeneid und tritt alsdann wieder in seine Tätigkeit als Verteidiger des Angeklagten Gottlöber ein.

In der zweiten Zeugenvernehmung bekundet ein Zeuge (Neurings Sekretär Albert), daß der Angeklagte Fritze im Kriegsministerium alles getan habe, um Neuring auf die Straße herunterzubekommen. Es mag dann aber sein, daß er, als er sah, welchen schlimmen Lauf die Dinge auf der Straße nahmen, gebremst habe.

Auf die Frage des Vorsitzenden an den Angeklagten Fritze, ob er zugebe, daß er zuerst wohl gehetzt, dann aber gebremst habe, erwidert der Angeklagte: ›Nein, das ist nicht der Fall. Es ist aber möglich, daß mein aufgeregtes Wesen auf Herrn Albert einen solchen Eindruck gemacht hat.‹

Zeuge Albert: ›Das Benehmen Fritzes und sein Eifer machten durchaus einen feindseligen Eindruck.‹

Eine Verwandte des Angeklagten Krebs schilderte diesen als einen sehr großen Prahlhans, der oft hinterher seine eigenen Aufschneidereien glaubte.

Gerichtsarzt Medizinalrat Dr. Oppe äußert sich dann noch über den Geisteszustand der verschiedenen Angeklagten. Der Angeklagte Bartzsch leide an Kopfschmerzen und habe in seiner Zelle einmal einen Erregungsanfall gehabt. Er hält ihn aber für zurechnungsfähig im Sinne des § 51. Der Sachverständige äußert sich dann auch über die Frage der ›Massenpsychose‹. Er ist der Meinung, daß eine solche damals nicht vorhanden war, wohl aber könne man von einer sehr weitgehenden seelischen Erregung der großen Menge sprechen. Krebs sei erheblich belastet und habe verschiedene Zeichen von Hysterie gezeigt: Er soll auch nach Angabe der Ehefrau Selbstmordversuche gemacht haben. Er ist ein phantastischer Lügner, was ebenfalls pathologisch sein kann. Geistesgestört ist er nicht, aber vermindert zurechnungsfähig. Der Angeklagte Schreiber hat 1917 im Felde eine Gehirnerschütterung gehabt, er hat ein Bein verloren und ist fünfmal operiert worden. Vielleicht war er bei seiner Erregung einer Massensuggestion stärker ausgesetzt als andre Personen. Der Angeklagte Pietzsch hat als Soldat einen Schlag gegen den Kopf bekommen und ist dadurch in der Ausübung seines Malerberufs unfähig geworden. Er hat krampfartige Zustände gehabt, und ist ein Mensch von wandelbarem Gemütswesen. Er ist nicht geisteskrank; die Überlegung kann ihm aber in der Erregung genommen gewesen sein.

Der Vorsitzende macht darauf aufmerksam, daß bei den Angeklagten neben der Schuldfrage des Mordes auch die Frage nach der Teilnahme an einem Raufhandel (§ 221, Abs. 2) in Frage kommen könnte.

Auf Antrag der Verteidigung werden die Zeugen Uhlmann und Schramm einander gegenübergestellt, die ganz abweichende Aussagen gemacht haben. Uhlmann hat erklärt, daß Bartzsch kein Gewehr gehabt hat, während Schramm betonte, ›ich habe genau gesehen, daß Bartzsch ein Gewehr hatte‹. Die Zeugen bleiben beide bei ihren gegenteiligen Aussagen. Schließlich äußert sich noch Medizinalrat Dr. Oppe über die Todesursache bei Minister Neuring. Kennzeichen eines Ertrinkungstodes wurden nicht festgestellt. Der Kopf hatte eine Schußverletzung, die den Schädel an der Einschlagstelle und an der Ausschußstelle stark zertrümmert hatte. Das Vorhandensein eines plötzlichen Herzschlags konnte auch nicht festgestellt werden. Wenn eine urplötzliche Lähmung des Herzens eingetreten sein sollte, dann müßte der Kopfschuß blitzartig damit zusammengetroffen sein. Der Sachverständige kommt daher zu dem Schluß, daß der Tod durch den Schuß in den Kopf eingetreten ist. – Auf die Frage der Verteidigung erklärt der Zeuge, daß die Wahrscheinlichkeit eines Todes infolge Herzlähmung und zufälliger Schußverletzung, während der Kopf schon unter Wasser war, in höchstem Maße gering sei.

Ein Antrag des Verteidigers Dr. Glaser, ein Bild des Tumults herzustellen, wird als unerheblich vom Gericht abgelehnt. Festgestellt wird dann noch, daß der Angeklagte Becker 14mal vorbestraft ist, darunter vorwiegend wegen Diebstahl.

Nach einigen weiteren unwesentlichen Zeugenvernehmungen wird die Beweisaufnahme abgeschlossen und die Verhandlung kurz vor vier Uhr nachmittags auf Sonnabend früh neun Uhr vertagt.

Es werden die Schuldfragen vorgelegt werden, und der Staatsanwalt wird sogleich das Wort erhalten. Es ist jedoch zweifelhaft, ob das Urteil noch am Sonnabendabend wird erfolgen können.

Am Sonnabend wurden den Geschworenen nachstehende Schuldfragen vorgelegt: Ist der Angeklagte Krebs schuldig, am 12. April 1919 zu Dresden sich an einem von mehreren gemachten Angriff beteiligt gewesen zu haben, in den er nicht ohne sein Verschulden hineingezogen und durch den der Tod des Ministers für Militärwesen, Neuring, verursacht worden ist. Dieselbe Frage wird bezüglich des Angeklagten Fritze gestellt. Für die übrigen Angeklagten Allner, Bartzsch, Becker, Gottlöber, Heynemann, Merkel, Pietzsch, Schreiber und Thamm lauten die Schuldfragen übereinstimmend: I. Sind sie schuldig, den Minister für Militärwesen Neuring a) vorsätzlich getötet und b) diese Tötung mit Überlegung ausgeführt zu haben? II. Im Falle der Verneinung der Frage Ib: Sind mildernde Umstände vorhanden? III: Im Falle der Verneinung der Frage I: Sind sie schuldig, a) am 12. April 1919 zu Dresden sich an einem von mehreren gemachten Angriff beteiligt zu haben, in den sie nicht ohne ihr Verschulden hineingezogen und durch den der Tod des Ministers Neuring verursacht worden ist, und b) fällt ihnen eine der körperlichen Mißhandlungen oder Gesundheitsbeschädigungen zur Last, denen der Tod des Ministers Neuring zuzuschreiben ist und die dessen Tod nicht einzeln, sondern nur durch ihr Zusammentreffen verursacht zu haben? IV: Im Falle der Bejahung der Frage IIIb: Sind mildernde Umstände vorhanden?

Der Staatsanwalt ging in seinem Plädoyer davon aus, daß die Ermordung Neurings ein kühl durchdachter Plan gewesen sei, der in kühler Ausführung vollendet worden sei. Die Führer, die sich verstanden hätten, dritte Personen für ihre Zwecke dienstbar zu machen, hätten sich nicht ermitteln lassen. Die Anklage gegen Fritze ließ der Staatsanwalt fallen. Er sei bemüht gewesen, den Minister zu schützen. Krebs sei überführt worden, sich an der Zusammenrottung beteiligt zu haben. Die Anklage sei davon ausgegangen, daß alle Angeklagten sich der gemeinschaftlichen Tötung mit Überlegung schuldig gemacht hätten. Nach dem Ergebnis der Beweisaufnahme könne er die Anklage bezüglich des Thamm nicht mehr aufrechterhalten, da er aufgrund des Sachverständigengutachtens für seine Handlungsweise nicht verantwortlich zu machen sei. Allner und Schreiber hätten sich beim Angriff auf den Minister hervorgetan, in der Absicht den Tod Neurings herbeizuführen. Schreiber gebe zu, geschossen zu haben. Aber auch auf Allner treffe dies zu. Deshalb komme für diese beiden Angeklagten in Mittäterschaft begangener Mord in Betracht. Schreiber habe sich eingeschossen auf sein Ziel. Auch gegen Merkel hält der Staatsanwalt die Anklage wegen in Mittäterschaft begangenen Mordes aufrecht, ebenso gegenüber Heynemann, der durch Zeugenaussagen stark belastet worden sei. Mit am meisten beteiligt sei Bartzsch. Er habe in erheblicher Weise mitgewirkt bei dem Erfolg, der schließlich eingetreten sei. Auch die Teilnahme Beckers und Pietzschs sei erheblich, auch hier bitte er die Schuldfrage wegen in Mittäterschaft begangenen Mordes zu bejahen. Gottlöber habe auch von der Elbwiese geschossen. Er habe die Absicht gehabt, den um sein Leben ringenden Minister zu treffen.

Die Verteidiger ersuchten vor allem, sämtliche Schuldfragen bezüglich ihrer Klienten zu verneinen. Sollten die

Geschworenen die Frage wegen Raufhandels bei den Angeklagten Heynemann, Pietzsch und Schreiber bejahen, so sollten ihnen mildernde Umstände zugebilligt werden. Rechtsanwalt Liebknecht betonte in seinen Ausführungen, der Minister hätte sich vorher entfernen können wie die meisten Offiziere. Neuring habe das Gefühl der Menge verkannt und sei trotz der Warnung hinuntergegangen. Damit wäre das Unglück geschehen. Dunkle Elemente wie Musch hätten die Bewegung auszunutzen versucht. Spitzel seien eifrig am Werke gewesen. Ein Interesse an Unruhen hätten die am weitesten links stehenden Parteien nicht, sie seien vielmehr interessiert daran, daß Ruhe herrsche, um die Massen geistig aufklären zu können. Diese Bewegung nicht durchsetzen zu lassen, sei das Interesse anderer Kreise, die zu diesem Zwecke durch Spitzel und andere dunkle Elemente Putsch und Unruhen inszenieren.

Die Geschworenen verneinten, soweit die Angeklagten Fritze, Heynemann, Krebs, Merkel und Thamm in Frage kamen, sämtliche Schuldfragen. Die übrigen sechs Angeklagten Allner, Bartzsch, Becker, Gottlöber, Pietzsch und Schreiber wurden unter Verneinung der Schuldfrage des Mordes nur des Raufhandels für schuldig befunden. Außerdem war beim Angeklagten Bartzsch die Frage: Fällt ihm eine der körperlichen Mißhandlungen oder Gesundheitsschädigungen zur Last, denen der Tod des Ministers Neuring zuzuschreiben ist und die dessen Tod nicht einzeln, sondern nur durch das Zusammentreffen verursacht haben? bejaht worden. Die Geschworenen billigten ihm jedoch mildernde Umstände zu.«

Das Gericht zog sich zur Beratung zurück: »Das Urteil wurde kurz vor Mitternacht um viertel nach elf Uhr verkündet. Gemäß dem Wahrspruch der Geschworenen wurden die Angeklagten Becker, Gottlöber, Pietzsch zu je 2 Jahren 6 Monaten Gefängnis, Allner zu zwei Jahren Gefängnis, Bartzsch zu 3 Jahren Gefängnis und 5 Jahren Ehrverlust, Schreiber zu 1 Jahr 6 Monaten verurteilt. Die Angeklagten Fritze, Heynemann, Krebs, Merkel und Thamm wurden kostenlos freigesprochen. Strafmildernd wurde, soweit Verurteilung erfolgt ist, die Unbescholtenheit der Angeklagten Gottlöber, Pietzsch, Schreiber und Allner berücksichtigt, ferner bei Schreiber seine hysterische Veranlagung, sowie daß die Angeklagten in der allgemeinen Erregung der Masse gehandelt haben. Der allgemeine Amnestieerlaß findet keine Anwendung. Die Haftbefehle gegen Fritze, Heynemann, Krebs, Merkel und Thamm werden aufgehoben.«

Die freigesprochenen Angeklagten »wurden kurze Zeit darauf von ihren Angehörigen in Empfang genommen, während die übrigen Angeklagten wieder abgeführt wurden. Das Urteil wird wohl ganz allgemein den Eindruck hinterlassen, daß die bestialische Tat vom 12. April nicht die verdiente Sühne gefunden hat, und daß insbesondere die eigentlichen Schuldigen noch heute frei herumlaufen. Wie wir hören, wird in den nächsten Wochen vor dem Dresdner Landgericht noch eine weitere Anzahl von Straftaten zur Verhandlung kommen, die ebenfalls mehr oder weniger mit der Ermordung des Kriegsministers Neuring im Zusammenhang stehen.«

Das Spektakel war beendet. Die Türen des Dresdner Gerichtssaals wurden geschlossen.

Die Türen des Münchner Gerichtssaales öffneten sich im Januar 1920. Anton Graf von Arco auf Valley war am Jahresende 1919 von seiner Schussverletzung genesen und nunmehr verhandlungsfähig. Am 15. Januar begann im Münchner Justizpalast der kurze Prozess gegen den Mörder Kurt Eisners. Arco »erklärte bei seiner Vernehmung, er habe Eisner getötet, weil er in ihm einen Führer des Bolschewismus erblickte, der den eben erstandenen Freistaat Bayern an den Bolschewismus verraten wollte.« Bereits am Tag darauf erfolgte das Urteil gegen den Grafen. Es »lautete auf Todesstrafe. Von der Aberkennung der bürgerlichen Ehrenrechte wurde Abstand genommen. Nach Verkündung der Urteilsgründe erbat sich Graf Arco das Wort und führte aus, daß er die Konsequenzen ziehen werde. Er habe erfahren, daß drei Kameraden beabsichtigten, ihn zu befreien. Er würde das als eine Dummheit ansehen und bittet, davon Abstand zu nehmen. Sie sollen mithelfen am Wiederaufbau des Vaterlandes, wodurch sie diesem und ihm selbst den größten Dienst leisten werden.«

Die Kommentare unterschieden sich (wie gewohnt) parteipolitisch, waren jedoch in den Gedankengängen ähnlich. Die Verhandlung »hat erwiesen, was schon nach allem bisher bekannt gewordenem kaum noch bezweifelt werden konnte: daß nämlich die blutige Tat den wirren Instinkten eines einzelnen nationalistischen Fanatikers entsprungen war. Die Revolutionszeit hat leider eine ganze Reihe solcher Affekthandlungen gezeitigt, und es waren immer die politischen Extreme, an denen sich die hochgespannten politischen Leidenschaften in sinnlosen

Mordtaten entluden. Die Sozialdemokratische Partei hat stets und unter allen Umständen den Mord als politisches Kampfmittel verurteilt und verabscheut. Kein deutscher Sozialdemokrat hat im Bürgerkrieg die Mordwaffe zum Attentat erhoben, keiner, der sie hob, hat unter dem Einfluß sozialdemokratischer Gedankengänge gehandelt, die blöden Märchen, die sozialdemokratische Parteimitglieder, und gerade führende Parteigenossen, mit solchen Mordtaten in Verbindung brachten, verdienen nichts als Verachtung. Nur ein roher gänzlich unwissender Mensch wie jener Lindner, der das Attentat auf Auer im Bayerischen Landtag verübte, konnte der schwachsinnigen Verleumdung Glauben schenken, Auers Wille sei es gewesen, der Arcos Hand zur Tat lenkte.

Der Fall Arco ist geradezu ein Schulbeispiel dafür, wie ein wirrer Fanatiker durch sein ungehemmtes Handeln, Dinge, die im Begriffe sind, sich friedlich zu lösen, in fruchtbares Unheil verwandeln kann. Aus der Aussage des Attentäters geht hervor, daß er von der Persönlichkeit Eisners nur ein ganz verzerrtes Bild hatte, das aus den Schilderungen der reaktionären Presse zusammengeklaubt war. Vor allem wußte Arco nicht und konnte es nicht wissen, daß Eisner in dem Augenblick, in dem er ihn tötete, bereits den Beschluß gefaßt hatte, von seinem Amt als bayerischer Ministerpräsident zurückzutreten und daß damit der demokratisch-parlamentarische Gedanke einen großen friedlichen Sieg errungen hatte.

Wir kannten Kurt Eisner aus jahrzehntelanger Parteitätigkeit als einen der allerentschiedensten Anhänger des Gedankens, daß der Weg zum Sieg des Sozialismus nur über die Demokratie führen könnte. Eisner war ein glühender demokratischer Republikaner und zweifellos von redlichstem Wollen beseelt. Hätte ihm das Schicksal gegönnt, weiter zu leben, so würde er heute aller Wahrscheinlichkeit nach ein entschiedener Vorkämpfer der Demokratie gegen den bolschewistischen Terrorismus sein. Es ist, vom Menschlichen ganz abgesehen, ein Verlust für die Arbeiterbewegung, daß dieser Entwicklungsausgang durch den Schuß eines irregeleiteten Fanatikers zerstört wurde.

Was hat der Attentäter durch seine Tat politisch erreicht? Es ist nicht anzunehmen, daß er durch sie die Sprengung des Münchner Landtags und die kurze Schreckensherrschaft (der Räterepublik) wirklich hervorgerufen hat, die Pläne zu diesem Streich waren schon früher geschmiedet worden. Aber die Atmosphäre, in der ein solcher Versuch zu vorübergehendem Erfolg geführt werden konnte, hat der Mörder Eisners durch seine Tat erst geschaffen. Nachdem von reaktionärer Seite die Gewalt entfesselt war, waren auch die gewalttätigen Elemente auf der überradikalen Seite entfesselt, der moralische Widerstand gegen sie war durch den Schuß, der auf Eisner abgefeuert worden war, erschütternd. Arco hatte die Geister der blutigen Gewalt heraufbeschworen, und nun kamen sie ganz anders, als er es sich geträumt hatte. Immer und immer wieder hat sich so gezeigt, daß die Extreme von rechts und links sich unbewußt gegenseitig in die Hände arbeiten. Haben die Spartakisten und Linksunabhängigen durch ihr wahnwitziges Treiben die Stellung der Reaktion wieder gestärkt und den Kampf der Sozialdemokratie gegen sie unendlich erschwert, so haben sie umgekehrt die Mordtaten, die von reaktionären Elementen an Führern der äußersten Linken vollbracht wurden, auf die Saat des Bolschewismus wie ein befruchtender Regen gewirkt.«

Einen Tag nach der Urteilsverkündung folgende Erklärung: »Das Volksgericht beim Landgericht München I hatte in seinem gegen Graf Arco-Valley gefälltem Urteil ausgesprochen: Von einer Aberkennung der bürgerlichen Ehrenrechte konnte keine Rede sein, weil die Handlungsweise des jungen politisch unerfahrenen Mannes nicht niedrigster Gesinnung, sondern der glühendsten Liebe zu seinem Volke und Vaterland entsprang und ein Ausfluß seines Draufgängertums und der in weiten Volkskreisen herrschenden Empörung gegen Eisner war, weil ferner der Angeklagte seine Tat in allen ihren Einzelheiten ohne jeden Versuch einer Beschönigung oder Verschleierung mit offenem Edelmut in Achtung gebietender Weise als aufrechte Persönlichkeit eingestanden hat. – Demzufolge hat das (bayerische) Gesamtministerium in seiner heutigen Sitzung beschlossen, gnadenweise die Todesstrafe in lebenslängliche Festungshaft zu mildern. Weite Kreise des Volkes werden zu diesem Gnadenakt den Kopf schütteln. Mag auch die Tat des jugendlichen Fanatikers manchen mildernden Zug aufweisen, so wäre es immerhin gerechter gewesen, wenn der Wahrspruch des Volksgerichts ausgeführt worden wäre, nachdem gegen spartakistische Mörder ohne Begnadigung verfahren wurde.«

Die politischen Auseinandersetzungen gingen weiter. Und sie würden auch weiter mit brutalen Mitteln bis hin zu Mord und Putschversuch geführt werden.

V. Die Kabinette des Dr. Caligari

»Das Jahr 1919 wird mit blutroten Lettern in der Geschichte des Befreiungskampfes des deutschen Proletariats eingegraben werden müssen. Ein gewaltiges geschichtliches Drama hat sich in diesem Jahre in Deutschland abgespielt. Heute erkennen wir zurückblickend, daß wir Weltgeschichte erlebt haben in den Kämpfen, die wir in diesem Jahre um den Sozialismus geführt haben. In diese Erkenntnis mischt sich die andre, herbe, daß die deutschen Proletarier diese Kämpfe noch viel zu wenig als Wissende geführt haben. Sie waren nicht in dem Maße durchdrungen von der Größe ihrer geschichtlichen Mission, wie es für die Erreichung ihres großen Ziels nötig gewesen wäre. Sie haben sich treiben lassen im Strome des allgemeines Gangs der Revolution, statt das Steuer kühn voranzuhalten.«

Schwelt noch gelber Schnaps in euren Mündern, giert noch Dirnenblut in euren Augen: Hinter euch sind Schmerz und Qual und Not!
Hinter euch zerschlagen liegt das Haus der Nächte. Höllen des Asphalts sind eingestürzt. Alle Winter glitschrig aufgetaut.
Eure Fuselgassen sind gesäubert. Die mystischen Fabriken frieren nackt. Die Schlote steinerne Arme schleifen schlapp.
Vergangene Frühlinge auf Bahndammhügeln! Hungernde ihr vor vollen Bäckereien! O ihr armen Schläfer der Sonntagmorgen!

Auf, die Sonne häuft euch brennende Scheiterhaufen! Das Pflaster singt euch unter den Tanzenden Stiefeln! O ihr alle!
Heiße Jünglinge reden selbstverständlich in die Menge. Männer tragen ihren Sonnenturban ums kurze Haar. O die Zeit ist neu! Der Mensch ist groß!
Der Tyrann hängt an den roten Schloten. Makler müssen die schweren Klumpen Goldes schwitzend schleifen. Und ihr Proletarier seid voran.
Morgenfrühe strahlt euch grünend um die Schläfen. Arbeit glüht in euren starken Muskeln. Und der Menschheit Liebe ist bereit.

Die Zeit war voll und kaum zu fassen. »Kriegsmüdigkeit, Waffenstillstand, die Monarchie dankte ab. Revolutionsähnliche Scharmützel, Gründung der Weimarer Republik, Friedensvertrag von Versailles. In diesem Wechselbad politischer Ereignisse suchen die Menschen Ablenkung und Unterhaltung.« Kunst wurde Abbild und suchte neue Wege. Sie entstand nicht losgelöst von Zeit und Ort. Im Jahre 1919, als die Straßenschlachten tobten, schufen Kreative ihr ganz eignes Bild. »Obwohl expressionistische Malerei und Literatur schon Jahre vor dem Krieg existierten, fanden sie doch erst nach 1918 ein Publikum. In dieser Beziehung glich die Situation in Deutschland annähernd der in der Sowjetunion, wo während der kurzen Periode des Kriegskommunismus die verschiedensten Richtungen abstrakter Kunst sich großer Beliebtheit erfreut hatten. Einem revolutionären Volk mußte es so scheinen, als verbinde der Expressionismus mit der Absage an bürgerliche Traditionen den Glauben an die im Menschen gelegenen Kräfte, Gesellschaft und Natur nach freiem Ermessen zu gestalten. Solcher Eigenschaften wegen mag er viele Deutsche, die durch den Zusammenbruch ihrer Welt verstört waren, in seinen Bann gezogen haben.«

Berlin war der Schmelztiegel in Politik und Kunstgeschehen. Underground und große Bühnen bewegten das Publikum. Kabarett machte Furore: Claire Waldoff, Curt Bois, Trude Hesterberg und Otto Reutter.

Aber ’n Krieges-Gewinner, der hat heute Glück,
die andern werd’n dünner – so ’n Mann der wird dick.
Der weiß alle Quellen, der weiß, wo’s was gibt –
der weiß alle Stellen, wo man hintenrum schiebt.
Der weiß, wo man Plage und Sorge verlacht,
kennt keine fleischlosen Tage, keine fleischlose Nacht.
Der weiß, wo Musik ist, wo der Mensch sich zerstreut,
bloß er weiß nicht, dass Krieg war – so gut geht’s ihm heut!

Das neue Medium Film zog in die Lichtspieltheater. Babelsberg produzierte mit technischer und künstlerischer Innovation. Es machte Mimen und Regisseure zu Legenden. Trotz aller sozialer und staatlicher Unwägbarkeiten wurden auf dem Ufa-Filmgelände kulturgeschichtliche Meilensteine von den Großen der Szene gedreht: Richard Oswald, Phil Jutzi, Ernst Lubitsch, Fritz Lang oder Fritz Murnau. Natürlich konnten die Künstler nicht, von dem was sie an Wirklichkeit umgab, unbeeindruckt bleiben.

Die blutroten Ereignisse fanden sich anverwandelt auf Zelluloid.

Am Jahresende 1919 besaß die Stadt »ein neues Schlagwort mehr. ›Du mußt Caligari werden!‹ Seit Wochen schrie einem dieser geheimnisvolle Imperativ von allen Plakatsäulen entgegen, sprang aus den Spalten aller Tageszeitungen hervor. Eingeweihte fragten: ›Sind Sie auch schon Caligari?‹ So ungefähr wie man früher fragte: ›Sie sind wohl Manoli?‹ (sprichwörtlich gewordene Zigarettenwerbung damaliger Zeit). Und man munkelte von ›Expressionismus im Film‹ und ›verrückt‹.« Denn in dieser Zeit »da kommt das Kino zu seinem Recht. Komödien, Dramen, Ausstattungsfilme haben Konjunktur. Die Zensur wird abgeschafft. Das öffnet die Schleusen.« Kino wurde zum Massenmedium. Kino wurde Vergnügen und brauchte eine Werbestrategie, die das Publikum in die Filme lockte, auf dass sie Kassenschlager werden.

Sind Sie auch schon Caligari? »Von den Anschlagsäulen, in der Untergrundbahn, in den großen Cafés, von überallher rief es einem in grellen Farben an, und der Ruf pflanzte sich fort. In den Nachtbars und Klubs, auf der Straße sprachen Freunde und Bekannte uns mit dem kategorischen Imperativ an, ohne daß ein Mensch gewußt hätte, was diese Worte eigentlich bedeuten. Als kürzlich aber gar jemand behauptete, er sei bereits Caligari, beschloß ich der Bedeutung der Worte auf den Grund zu gehen, denn schließlich muß man doch den Ursprung geflügelter Worte wissen. In den Decla-Ateliers in Weißensee fand ich dann die Spur. Der graubärtige Cerberus an der Tür erklärte mir, der Weg zu Caligari führe nur über seine Leiche. ›Du sollst nicht töten‹, dachte ich und schlich mich durch die Hintertür ins Atelier, wo ich von dem Regisseur Robert Wiene erst mißtrauisch, als ich mich jedoch als Pressevertreter legitimierte, äußerst liebenswürdig empfangen wurde. Dadurch ermutigt und um meine Unwissenheit nach Möglichkeit zu verbergen, begann ich mein Interview mit der Frage: ›Sind Sie auch schon Caligari?‹, worauf er stutzte und bejahen zu wollen schien, dann schüttelte er aber energisch den Kopf und sagte: ›Gott sei Dank noch nicht, aber sicherlich, wenn der Film fertig ist, und Caligari? – Da hören Sie, wie er brüllt.‹ Im gleichen Moment erhob sich ein ohrenbetäubender Lärm und erschreckt und neugierig lief ich dem Regisseur Robert Wiene nach, der auf den Lärm hin auf seinen Posten zurückeilte. Ich kam noch rechtzeitig, um zu sehen, wie er zu meinem Erstaunen Werner Krauß in der vorzüglichen Maske eines Gelehrten in die Zwangsjacke stecken ließ, während Fritz Fehér mit geradezu satanischem Grinsen die Prozedur verfolgte. Er hatte aber zu früh gelacht, denn schon 5 Minuten später war ich Zeuge, wie Wiene Werner Krauß – er war der Dr. Caligari – befreien ließ, um nun Fehér selbst in dieses so gut in die heutige Zeit passende Kleidungsstück hineinzustecken. Das alles war so aufregend und spielte sich so blitzschnell ab, daß ich in den Bann des ominösen Imperativs geriet und fühlte, hier muß man Caligari werden. In der auf diese Szene folgenden Pause machte mich Rudolf Meinert, der Leiter der Decla-Fabrikationsabteilung mit den übrigen Mitarbeitern des Films bekannt. Conrad Veidt in der Maske eines Somnambulen namens Cesare hätte ich in der Tat nicht wiedererkannt, und auch Lil Dagover machte zuerst derart weltferne Augen, daß ich sie nur an ihrem reizenden Lächeln wiedererkannte, mit dem sie mich als alten Freund begrüßte. Jetzt wußte ich mit einem Male: dies mußte der expressionistische Film sein, von dem sie mir vor Wochen bereits vorgeschwärmt hatte. Expressionistischer Film? – Wie mans nehmen will, fiel der Regisseur Robert Wiene mir ins Wort und präsentiert mir gleichzeitig seine künstlerischen Mitarbeiter, die Kunstmaler Hermann Warm, Walter Reimann und Walter Röhrig, die sich alle drei zu gleicher Zeit räusperten. Ich übersetzte mir dieses Räuspern sofort richtig und bat um Entschuldigung und Aufklärung und ließ mir von jedem der Herren einen Vortrag halten über Kunst im Allgemeinen, dann Expressionismus in der Kunst überhaupt, und im Film im Besonderen. Ich wurde herumgeführt, ließ mir erklären und mich belehren, und möchte den Herren auf diesem Wege für die äußerst anregende halbe Stunde, die mich den Ernst und die künstlerische Gewissenhaftigkeit, mit der hier von allen Seiten unter Wienes Regie gearbeitet wurde, erkennen und bewundern ließen, meinen Dank abstatten.«

Am 26. Februar war für den Film *Das Kabinett des Dr. Caligari* im Marmorpalast Berlins (Kurfürstendamm 236) Premiere. Publikum und Kritik waren fasziniert. »Es gilt, eine neue Seite in der Geschichte des Films zu beginnen: *Das Kabinett des Dr. Caligari*, durch rhythmische Werberufe in den Lichtkreis allgemeiner Spannung gerückt, hat sich als eine künstlerische Einheit und ein Aufwärts in der Entwicklung des Filmspiels erwiesen;

es stellt zum ersten Male die bildende Kunst ebenbürtig neben die darstellende und schweißt Bild und Bewegung zu einer Wirkungsharmonie zusammen. Das Gelingen wiegt doppelt, denn man rief Expressionisten zu Helfern, und konnte sie rufen, da der phantastische Spuk schließlich als das irre Erleben eines kranken Gehirns enträtselt wird. Diese Welt des Wahns, nicht durch flackernde, huschende Visionen, sondern durch die ruhige, aber verzerrte Einstellung eines seelischen Blickes zu geben – das ist in Bildern von seltener körperlicher Geschlossenheit und Stimmungsschwere geglückt. Der Spielleiter Wiene hat mit rühmenswertem Stilgefühl die bewegte menschliche Gestalt den toten und doch mit der Handlung lebenden Hintergründen verbunden. Vor allem der Caligari des Werner Krauß (der hier in die vorderste Reihe der Filmdarsteller tritt) ist in Maske, Miene und Gebärde von gespenstischer Romantik, stärkster E. T. A. Hoffmann; ihm zunächst Veidt mit der Leichenblässe des Somnambulen. Im Abstand Twardowski, Lettinger, Lil Dagover – aber von einem auf den inneren Klang des Spiels abgestimmten Regiewillen zusammengefaßt. Dies ist der bleibende Eindruck: hier ist ein Kunstwerk geschaffen, das willig den natürlichen Gesetzen des Films folgt und sein eigenstes und stärkstes Ausdrucksmittel, das Malerische, in einem Grade der Vollendung zur Auswirkung bringt.«

Die Geschichte: Sie »spielt in einem erdichteten nordwestdeutschen Städtchen nahe der holländischen Grenze, das bezeichnenderweise Holstenwall heißt. Eines Tages zieht dort ein Jahrmarkt ein, mit Karussells und allerhand Attraktionen – darunter der des Dr. Caligari, eines unheimlichen bebrillten Mannes, der den Schlafwandler Cesare zur Schau stellt. Zur Beschaffung seiner Lizenz begibt sich Caligari zum Rathaus, wo ihn ein anmaßender Beamter von oben herab behandelt. Am nächsten Morgen wird dieser Beamte ermordet in seiner Wohnung aufgefunden, was jedoch die Stadtbewohner nicht vom Besuch des Jahrmarkts abschreckt. Unter der Menge, die ins Zelt des Dr. Caligari strömt und dort Cesare langsam aus einer aufrechtstehenden, sargartigen Kiste hervortreten sieht, befinden sich auch Francis und Alan, zwei in Jane, eine Arzttochter verliebte Studenten. Caligari erzählt dem schaudernden Publikum, daß der Schlafwandler Fragen nach der Zukunft beantworten werde. Alan, stark erregt, will wissen, wie lange er noch zu leben habe. Cesare öffnet die Lippen; es ist, als werde er von gewaltigen hypnotischen Kräften gelenkt, die von seinem Herrn und Meister ausstrahlen. ›Bis zum Morgengrauen‹, antwortet er. Bei Tagesanbruch muß Francis erfahren, daß Alan genau in derselben Weise wie jener Beamte erdolcht worden ist. Der Student, der Caligari in Verdacht hat, überredet Janes Vater, ihm bei seinen Nachforschungen behilflich zu sein. Mit einem Durchsuchungsbefehl versehen, dringen die beiden in den Wohnwagen des Schaustellers ein und fordern ihn auf, sein Medium aus der Trance zu wecken. Doch im selben Augenblick werden sie zur Polizeiwache geholt, um dort dem Verhör eines Verbrechers beizuwohnen, der gefaßt wurde, als er im Begriff stand, eine Frau zu töten, und nun leidenschaftlich ableugnet, der gesuchte Massenmörder zu sein.

Francis spürt Caligari weiter nach. Kaum ist es Nacht geworden, so späht er verstohlen durch ein Fenster des Wohnwagens. Er glaubt, Cesare in der Kiste liegen zu sehen; aber in Wirklichkeit bricht Cesare zur selben Zeit in Janes Schlafzimmer ein, zückt den Dolch, um das schlummernde Mädchen zu durchbohren, starrt es an, wirft den Dolch weg und flieht, mit der schreienden Jane im Arm, über Dächer und Straßen. Vom Vater verfolgt, läßt er Jane irgendwo zurück; sie wird nach Hause gebracht, während er selber vor Erschöpfung stirbt. Da Jane, in schlagendem Widerspruch zu dem, was Francis für die Wahrheit hält, darauf besteht, in ihrem Entführer Cesare erkannt zu haben, sucht Francis ein zweites Mal Caligari auf, um dieses quälende Rätsel zu lösen. Die zwei Polizisten in seiner Begleitung beschlagnahmen die sargartige Kiste, und Francis zieht aus ihr – eine Wachsfigur, die den Schlafwandler darstellt. In einem unbewachten Augenblick gelingt es Caligari, zu entkommen. Er sucht Zuflucht in einer Irrenanstalt. Der Student, der ihm auf den Fersen folgt, geht zum Anstaltsdirektor, um Erkundigungen über den Flüchtigen einzuziehen, und prallt erschreckt zurück: der Direktor und Dr. Caligari sind ein und dieselbe Person.

In der folgenden Nacht – der Direktor ist in Schlaf gesunken – durchsuchen Francis und drei Anstaltsärzte, die er in den Fall eingeweiht hat, dessen Dienstzimmer und entdecken dort Material, das diese Autorität auf dem Gebiet der Psychiatrie stark belastet. In einem Haufen von Büchern finden sie einen alten Band über einen Schausteller namens Caligari, der im achtzehnten Jahrhundert

Oberitalien bereiste, sein Medium Cesare auf hypnotischem Wege zu einer Reihe von Morden zwang und die Polizei durch eine Cesare modellierte Wachspuppe über dessen häufige Abwesenheit hinwegtäuschte. Besonders beweiskräftig sind die klinischen Aufzeichnungen des Direktors; sie zeigen, daß er die Angaben über die hypnotischen Fähigkeiten Caligaris selber nachzuprüfen wünschte, daß sein Wunsch zu einer fixen Idee gedieh und daß er, als schließlich sein Schlafwandler seiner Obhut anvertraut wurde, nicht der Versuchung widerstehen konnte, jene schrecklichen Spiele zu wiederholen. Er verwandelte sich in Caligari. Um ihm ein Geständnis abzupressen, konfrontiert Francis den Direktor mit der Leiche seines Werkzeugs, des Schlafwandlers. Als das Ungeheuer merkt, daß Cesare tot ist, beginnt er zu toben. Die Wärter stecken ihn in eine Zwangsjacke.«

So die Filmerzählung der österreichischen Autoren Hans Janowitz und Carl Mayer. Sie bekannten, daß sie »darin die Allmacht einer Staatsautorität brandmarken wollten, die sich in der allgemeinen Wehrpflicht und in Kriegserklärungen kundgab. Die deutsche Regierung im Krieg erschien den beiden Autoren als Urbild einer solchen gefräßigen Autorität. Als Untertanen der österreichisch-ungarischen Monarchie konnten sie besser als die meisten Reichsdeutschen die verhängnisvollen Tendenzen durchschauen, die dem deutschen System innewohnten. Im Charakter Caligaris sind diese Tendenzen zu Ende geführt; er versinnbildlicht unbegrenzte Autoritätssucht, die die Macht als solche vergöttert und in ihrem Herrschtrieb alle menschlichen Rechte und Werte unbarmherzig mit Füßen tritt. Cesare, ein bloßes Instrument, ist nicht so sehr der schuldige Mörder als Caligaris unschuldiges Opfer. So jedenfalls faßten die beiden Autoren selbst ihn auf. Dem pazifistisch gesinnten Janowitz zufolge hatten sie Cesare in der undeutlichen Absicht geschaffen, den Mann aus dem Volk darzustellen, der unter Druck der allgemeinen Wehrpflicht gedrillt wird, zu töten und selbst getötet zu werden. Der revolutionäre Sinn der Handlung tritt am Ende unverkennbar zutage, wenn der Psychiater als Caligari entlarvt wird: Vernunft überwältigt unvernünftige Gewalt.«

Die Regie am Werk wurde Dr. Robert Wiene übertragen. Wiene war mit dem Irrenhaus-Sujet vertraut, sein Vater, der berühmte Dresdner Königlich-Sächsische Hofschauspieler Karl Wiene, verbrachte geistesgestört das Ende seines Lebens in einem solchen Sanatorium. Robert Wiene nahm gegen die heftigen Proteste der Autoren eine wesentliche Änderung in der erzählten Geschichte vor. Er änderte den bisherigen Bericht über die wirklich verübten Morde und Gräueltaten in eine vom nunmehr wahnsinnigen »Francis ersonnene und erzählte Phantasie. Um diese Verwandlung zu bewerkstelligen, wurde die Originalhandlung in eine Rahmengeschichte eingebaut, in der Francis als Irrer auftritt.« So wurde aus Caligaris Mordgeschichte eine vom Irren erfundene Mär. Letztlich kann der Direktor respektive Dr. Caligari seine Diagnose richtigstellen und Heilung versprechen. Die Zuschauer begeben sich beruhigt auf den Heimweg.

Die Absichten der Autoren Janowitz und Mayer waren damit in ihr Gegenteil verkehrt worden. »Während die

Originalhandlung den der Autoritätssucht innewohnenden Wahnsinn aufdeckte, verherrlichte Wienes Caligari die Autorität als solche und bezichtigte ihre Widersacher des Wahnsinns. Ein revolutionärer Film wurde so in einen konformistischen Film umgewandelt; es war, als ob man sich ein Beispiel an der häufig geübten Praxis nähme, einen normalen, aber unbequemen Mitbürger für geistesgestört zu erklären und in eine Anstalt zu überführen.« Damit jedoch, vertrauten Produzenten, träfen sie weit eher den Publikumsgeschmack der breiten Masse, was sich auch bewahrheiten sollte.

»Wenn es zutrifft, daß in der Nachkriegszeit die meisten Deutschen danach drängten, sich von der harten Außenwelt ins Reich der Seele zurückzuziehen, dann war Wienes Fassung sicherlich mehr im Einklang mit einer solchen Haltung als die Originalhandlung; denn dadurch, daß diese Fassung das Original sozusagen einkapselte, spiegelte sie den allgemeinen Rückzug in die von einer Schutzhülle umgebene Innenwelt getreulich wider. In Caligari und verschiedenen anderen Filmen der Zeit diente der Kunstgriff der Rahmenerzählung nicht nur ästhetischen Zwecken, sondern symbolisierte einen bestimmten Gehalt. Bezeichnenderweise vermied es Wiene, die Originalgeschichte selbst zu verstümmeln. Obwohl Caligari ein konformistischer Film geworden war, wurde die revolutionäre Handlung darin beibehalten und sogar belastet – als eine Irrenphantasie. Caligaris Niederlage war jetzt ein psychologischer Tatbestand. Auf diese Weise gibt Wiene zu verstehen, daß die Deutschen sich während ihres Rückzugs in sich selbst dazu bewegt fühlten, ihre traditionelle Autoritätsgläubigkeit in Frage zu stellen. Sie enthielten sich, bis herunter zur Masse der sozialdemokratischen Arbeiter, revolutionärer Tätigkeit; aber zur selben Zeit scheint sich doch eine Art psychologischer Revolution in den Tiefen der Kollektivseele angebahnt zu haben. Der Film spiegelt diese Doppelseitigkeit deutschen Lebens dadurch wider, daß er die Wirklichkeit, in der Caligaris Autorität triumphiert, mit einer Halluzination verkoppelt, in der diese angemaßte Autorität vernichtet wird. Es hätte sich schwerlich eine bessere Anordnung von Symbolen für jenen Aufruhr gegen die angestammten autoritären Bedürfnisse treffen lassen, der sich anscheinend damals unter der Hülle eines Benehmens vollzog, das gewiß nicht aufrührerisch war.«

Sind auch Sie schon Caligari? Wollen Sie der Dr. Caligari sein?

Dr. Mabuse? Cipolla? Hendrik Höfgen? Mildred Ratched?

Quellen

Akten des Sächsischen Hauptstaatsarchivs Dresden.

Medien: u. a. *Dresdner Volkszeitung* (DVZ), *Leipziger Volkszeitung* (LVZ), *Leipziger Tageblatt* (LT), *Dresdner Hefte* (DH), *Sächsische Heimatblätter* (SHB), *Sächsische Justizgeschichte* (SJ), *Der Spiegel, Die Zeit.*

Albus, Günter: *Kulturgeschichtliche Tabellen zur deutschen Literatur.* Berlin, 1985.

Bernstein, Eduard: *Die deutsche Revolution.* Berlin 1921.

Blos, Wilhelm: *Von der Monarchie zum Volksstaat.* Stuttgart 1923.

Bramke, Werner/Reisinger, Silvio: *Leipzig in der Revolution von 1918/1919.* Leipzig 2009.

Bütner, Ben: *Die Novemberrevolution in Dresden 1918/19.* Norderstedt 2006.

Chronik 1918. Dortmund 1988.

Chronik 1919. Dortmund 1989.

Diehl, Ernst/Roßmann, Gerhard (Hg.): *Geschichte der SED. Abriß.* Berlin 1978.

Döblin, Alfred: November 1918. *Eine deutsche Revolution. Bürger und Soldaten* (Bd. 1). München 1995.

Döblin, Alfred: November 1918. *Eine deutsche Revolution. Verratenes Volk* (Bd. 2.1). München 1995.

Döblin, Alfred: November 1918. *Eine deutsche Revolution. Heimkehr der Fronttruppen* (Bd. 2.2). München 1995.

Döblin, Alfred: November 1918. *Eine deutsche Revolution. Karl und Rosa* (Bd. 3). München 1995.

Dreetz, Dieter/Geßner, Klaus/Sperling, Heinz: *Bewaffnete Kämpfe in Deutschland 1918–1923.* Berlin 1988.

Gallus, Alexander (Hg.): *Die vergessene Revolution von 1918/19.* Göttingen 2010.

Goll, Iwan: *Gefangen im Kreise. Dichtungen, Essays und Briefe.* Leipzig 1982.

Greiner-Mai, Herbert/Kruse, Hans-Joachim (Hg.): *Die deutsche Kriminalerzählung von Schiller bis zur Gegenwart II. Die Ursache.* Berlin 1968.

Haffner, Sebastian: *Der Verrat.* Berlin 1995.

Haffner, Sebastian: *Die deutsche Revolution 1918/1919.* Reinbek bei Hamburg 2004.
Höller, Ralf: *Der Anfang, der ein Ende war. Die Revolution in Bayern 1918/19.* Berlin 1999.
Hortzschansky, Günter (Hg.): *Illustrierte Geschichte der deutschen Novemberrevolution 1918/1919.* Berlin 1978.
Hültner, Robert: *Inspektor Kajetan und die Sache Koslowski.* München 1995.
Kracauer, Siegfried: *Von Caligari zu Hitler.* Frankfurt/M. 1979.
Materna, Ingo: *Der Vollzugsrat der Arbeiter- und Soldatenräte 1918/19.* Berlin 1978.
Müller, Richard: *Bürgerkrieg in Deutschland.* Berlin 1974.
Müller, Richard: *Die Novemberrevolution.* Berlin 1973.
Müller, Richard: *Vom Kaiserreich zur Republik.* Berlin 1974.
Renn, Ludwig: *Nachkrieg.* Berlin 2004.
Reso, Martin/Schlenstedt, Silvia/Wolter, Manfred (Hg.): *Expressionismus Lyrik.* Berlin/Weimar 1969.
Volker, Ullrich: *Die Revolution von 1918/19.* München 2009.
Wiegand, Richard: *»Wer hat uns verraten …« Die Sozialdemokratie in der Novemberrevolution.* Freiburg i. B. 1999.

Bildnachweis

Seite 12: BArch Bild 183-23042-0002; Seite 33: SLUB / Deutsche Fotothek; Seite 45: BArch B 145 Bild-P046275; Seite 52: BArch Bild 119-1577; Seite 55: BArch Bild 183-R73068; Seite 65: BArch Bild 183-21362-0014; Seite 72: BArch Bild 146-1988-075-02; Seite 110: SLUB Dresden / Deutsche Fotothek / *Dresdner Salonblatt* 16/1919. S. 333; Seite 122: SLUB / Deutsche Fotothek; Seite 125: SLUB / Deutsche Fotothek / Walter Möbius.

Nicht in allen Fällen konnten die Rechteinhaber ausfindig gemacht werden. Berechtigte Ansprüche bleiben gewahrt.